第一部

# 蜀山劍俠傳

7

## 多情成孽

還珠樓主——著

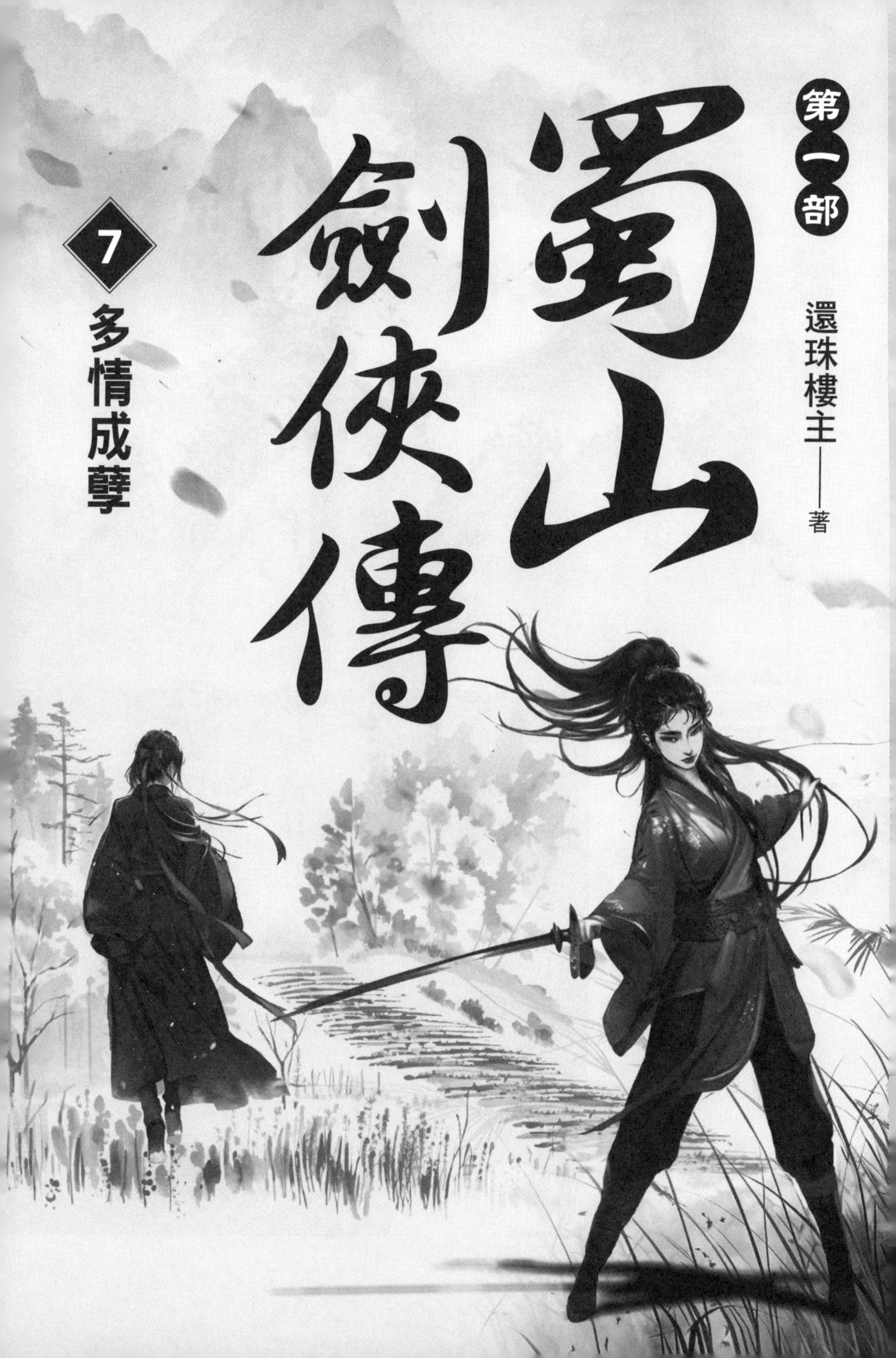

蜀山劍俠傳

# 目錄

# 第一章　群魔失利

且說紫玲、若蘭還未到亥末子初，先去尋找芝仙。到了芝仙生根之所一看，芝仙並不在那裡。照往常一般喚了幾聲，也未出現。依了若蘭，簡直就要將它那原體往繡雲澗那邊移去。紫玲卻主張慎重，說芝仙如不願移植，必有理由，還是尋著它，問明之後，如願意，再行移植為是。

於是二人又在崖前崖後，連繡雲澗、丹台，全都找遍，仍是沒有。眼看即交子初，若蘭猛道：「它是不是又上去了呢？」紫玲點頭會意，便和若蘭飛身到了上面。

只見靈雲一人正站在那裡查看形勢，二人便問見著芝仙沒有。靈雲道：「我在亥初來此，曾見它在崖腳深草中呼喚，我將它喚到面前，說妖人不久來犯，此地太險，叫它回去，不要出來。它和我連比手勢，指著草裡，意思是有些不捨。我又問它願意移植不？它搖了搖頭。隨後又往草裡鑽去，便不見了。我連喚幾聲，沒有出來。想看看它的出入路徑，直尋到現在也未尋著。我猜它已由間道回去，剛要回轉，你二人就來了。紫妹見聞廣博，你看此事該當如何？」

紫玲道：「看芝仙神氣，似乎不願移植。它能變化通靈，想必無甚妨害。倒是前洞有師祖靈符封鎖，我們不帶它，竟能隨意出入。萬一這條祕徑不僅是芝仙可以通行，那還了得！總得尋它出來才好。」一邊說一邊往四下細看。忽然逕往深草裡走去，驚喚道：「二位師姊快來，在這裡了！」

靈雲、若蘭也在幫著尋找，聞聲過去一看，紫玲劍光照處，那一片草竟是特別繁茂，正中央一處土地，已被紫玲無心中用飛劍挑起，現出深若三尺的土穴，微聞一股異香，清馨撲鼻。紫玲忽又驚嘆：「畢竟被它走了，真是可惜！」二人便問何事？

紫玲道：「二位師姊，請看這穴裡的土，不是明明像一匹小馬臥過的痕跡？又有這種遺留的香味。以前，靈物定在這裡生根，可惜我們不曾發現，又被申師姊飛劍誤傷驚走。適才大師姊見芝仙打此不見，這一類靈物，都長於土內穿行，想必跟蹤而去，也未可知。」

正說之間，忽見輕雲從洞內飛身出來，手裡拿著一封柬帖，見了靈雲說道：「我從太元洞出來，正要經飛雷捷徑到後洞去尋吳師姊，忽見一道金光，帶著這封柬帖飛來。我知是師尊飛劍傳書，接將過來，金光已是飛走。師姊請看。」

靈雲望空拜過，接來一看，裡面還附著兩道靈符。上面大意說：「過了明晚子丑之間，妖人定來侵犯，因知前洞有長眉真人封鎖，決不會擅侵前洞，後洞關係重大。各前輩師長均有要事羈身，不能歸來。妖法雖然厲害，有靈雲九天元陽尺，合眾弟子之力，終能無事。只須捱到紫郢、青索雙劍合璧，便是驅敵之日。石奇、趙燕兒有難在身，髯仙的飛雷洞也恐怕難保。可將這兩道靈符與趙、石二人佩帶，即使為妖法所困，也於性命無損。

「芝仙災劫已滿，無須移植。縱有潛入的敵人，也是自來送死。芝仙所尋的靈物，也是一個多年成形肉芝，名叫芝馬，日後必為芝仙引植仙府，功用甚大。此時無須兼顧，抗敵為重。芝仙出入的道路，乃是五府中另一捷徑，到處有靈符封鎖，只有草木之靈，可以藉著地氣在地下面穿行，無須防守。」另外還指示了一些應敵的機宜。

靈雲看完，說與輕雲、若蘭、紫玲等三人。因見為期已促，自己的調度還有未盡善處，柬上既說明了日期，期前必定無事，正可從容重新佈置。便命紫玲住手，仍將浮土攏好，一同回洞，召集眾人傳觀賜柬，依言行事。當晚無話。

第二日仍然不見芝仙的面，因有柬上預言，料知無事，都未放在心上，一個個聚精會神，準備迎敵。因恐人少，將于、楊二人與虎兒姊弟，分別關在室內，由紫玲用法術封鎖，以防萬一。

芷仙改去照料英男。當日黃昏過去，仍著吳文琪值班，防守後洞；因見時辰將到，特命中若蘭前去相助。餘人都在洞中候信。

若蘭領命，正由飛雷捷徑往後洞飛行，快離洞口不遠，忽見一個小人從一處石縫中逃出，往前飛跑，定睛一看，正是芝仙。連喊兩聲，未曾喊住。後洞正當敵人來路，恐它出去涉險，便駕劍光追了出去。

吳文琪正在後洞門口，與對面飛雷洞石、趙二人隔崖談話，忽聽後面若蘭連喊：「快將芝仙截住！」回身一看，芝仙跑得比箭還疾，轉瞬已到了面前，將手一抓未抓住，被它從腿縫裡穿過。一任二人叫喊，連頭也未回，逕往飛雷崖左側的孤峰下跑去。

二人知道時光已到戌正，敵人快來，哪敢怠慢，連忙飛身追去。怎奈今日芝仙竟像瘋了一般，穿石越板，縱躍如飛，滿峰亂竄亂蹦。二人劍光雖快，恐怕傷它，又不敢指揮上前攔阻，只好分頭兜捉。眼看追上，又被它遁入土中。及至定神細尋，又在旁的石縫中出現。二人看看追到峰後，正在顧此失彼，無計可施，敵人來犯時辰已漸漸切近。若蘭忽然急中生智，悄悄與文琪打個暗號，由文琪上前兜拿，自己暗用木石潛蹤之法，將身形隱去，靜等吳文琪追趕芝仙路過，暗中出其不意，將它擒住。

剛剛行完法術，隱去身形，不一會，眼看吳文琪正從遠處將芝仙追了回來，忽聽身旁叢草中輕輕響動，先疑是什麼蟲豸之類。回身一看，正是昨日所見那匹小白馬，從一個石罅裡鑽將出來，昂頭向芝仙來路望了一望，又往四下一看，似要覓地遁走。

若蘭一見，喜出望外，未容它往前竄走，早一伸手將它兩隻前腿捉住。那馬知道中了道兒，慘叫一聲，兩條後腿往下便掙。若蘭知它腳一著地，便要遁去，哪肯怠慢，就勢一伸左手，又將它兩條後腿捉住，提了起來。這時芝仙已來到切近，若蘭正想換手去捉時，那芝仙好似聞見什麼氣息，忽然停步，仰頭聞個不已。恰好文琪也趕將過來，將它抱起。若蘭忙解去法術，現出身來。芝仙見那匹白馬被若蘭擒住，十分歡喜，更不掙扎，只一手朝著天上連指。

二人這時已微聞峰那面隱隱有了破空之聲，猛想起來時只顧捉回芝仙，誤了守洞責任。這一驚非同小可，不暇多說，一同把手一揮，竟往洞中飛去。剛剛越過峰頂，便見下面飛雷洞被妖雲毒霧籠罩，石、趙二人不知去向，隱隱見有劍光飛躍，自己洞門這面，站定靈雲、輕雲、紫玲、寒萼、朱文等人。除各人劍光外，靈雲手上的九天元陽尺，已化成百十丈金光異彩，將洞門護住，正和飛雷洞上空十來個妖人對敵呢。

原來那峰高出天半，二人不知不覺中追越過去老遠。妖人來路正當峰前，又是偷襲，形跡詭祕，所以沒有覺察。憂急之中，料知敵人尚未侵入，略放寬心。

正打算飛劍護身，衝破妖氛，去與靈雲等人會合。身子還未飛投到那一片妖雲毒霧之中，那在飛雷洞上空的十來個妖人業已看見若蘭、文琪二人，自側面峰頂飛來，就中鬼影兒蕭龍子和鐵背頭陀伍祿兩人，正閒著無事，見來的是兩個絕色女子，喊一聲：「眾位道友，待我擒她。」

首先從妖雲中飛將過來，一人放出一道半紅半黃的光華，往若蘭、文琪飛去。

二人正忙著抵擋，妖陣中長臂神魔鄭元規和粉孩兒香霧真人馮吾，一個放起一片五色迷人香霧，一個放起一團烈焰，飛向對陣，卻被靈雲的九天元陽尺光華阻住。眼看幾個絕色美女不能到手，正在垂涎焦躁，猛一眼看到後來兩個女子，一個抱著一個小人，另一個抱著一匹小馬。定睛一看，心中大喜，也不招呼別人，不約而同地雙雙捨了對陣四人，竟自收轉火焰，飛趕上去。那長臂神魔鄭元規來得更快，長嘯一聲，將兩條手臂一振，倏地隱去身形，幻化成兩條蛟龍一般的長臂，帶著數十丈烈焰，直撲吳文琪。

同時靈雲等人，也看清若蘭、文琪二人抱著芝仙和一匹小馬，從側面高峰飛回。紫玲首先喊聲：「不好！」忙道：「申、吳二位恐要失陷，大師姊們可用全力禦敵，待我前去救援。」言還未了，一展手中彌塵旛，早化成一幢五色彩雲，衝破妖雲，直達若蘭、文琪二人面前。

若蘭、文琪剛將劍光飛去敵那對面來的僧道，忽見飛來一團烈火，當中現出兩條長臂飛舞而至，後緊跟著一片五色彩霧，便知妖人厲害，自己還得分神顧手上的芝仙、芝馬，正愁難以脫身。忽見紫玲駕一幢彩雲飛來，哪敢怠慢，連忙收轉劍光，與紫玲會合一起。

鄭元規、馮吾眼看可望成功，忽見一幢彩雲似電閃般在眼前一亮，便即飛回，再尋敵人，哪有蹤跡，好生痛惜。只得重又回身，來敵靈雲等人。這時，飛雷崖下兩道匹練般金光，倏地沖霄而上。接著便聽兩三聲慘呼過去，那劍光頃刻布散全崖。史南溪帶了十來個妖人，正往高處升起，疑是又來了什麼勁敵，也忙著飛遁開去。再往對陣一看，凝碧崖後洞站定的幾個敵人全都遁去，不見蹤跡，只剩數十丈高的金霞，燦爛全山，絲毫沒有空隙。

猛聽史南溪在那裡叫喊呼喚，一同飛身過去一問，才知史南溪見敵人法寶飛劍厲害，正在率領眾妖人佈置都天烈火陣法，忽然兩道金光沖霄直上，便知中了埋伏詭計。不及施展法術抵禦，連忙率眾打算稍退時，那用法術困住崖上石、趙二人的兔兒神倪均，竟自不及退卻，陷在金光埋伏之內。同時鬼影兒蕭龍子和鐵背頭陀伍祿返身飛回，正遇金光驟起，一個被金光捲走，一個挨著一些，半身皮肉都被削去。

陰素棠離得較近，剛想去救，偏偏伍祿急痛攻心，神志昏迷，不往上空遁走，反倒往下墜落。陰素棠識得金光厲害，不敢過於冒險，眼看伍祿葬身金光影裡。敵人未傷分毫，自家人卻慘死了三個。一干妖人銳氣頓挫，只氣得史南溪與鄭元規怒發不止。

原來石奇、趙燕兒在飛雷崖前，正與吳文琪閒話，只見申若蘭追趕芝仙飛身出來，文琪也隨著往側面高峰上趕去。燕兒年輕好玩，也打算跟去看個下落，被石奇阻住。起初以為她二人去去就回，誰知等了好一會不見回轉，眼看時辰快到，不由焦急起來。正打算分出一人往太元洞送信，忽聽遠遠天空中，似有極細微破空之聲，由遠而近。

石奇機警，情知不妙。果然一轉眼間，從空際陸續飛來十來個男女妖人，奇形怪狀，醜俊不一。見凝碧崖後洞無人防守，關係大為重要。明知妖人勢盛，抵敵不住，唯恐他們乘隙侵入，毀了仙府。忙喊：「師弟快去送信！」言還未了，雙足一頓，早身劍合一，化成一道白虹，迎上前去。

也是合該仙府不應遭劫，這新闢的飛雷捷徑，只有施龍姑與追魂姹女李四姑二人來過，餘人俱都不知底細，便由施、李兩個淫女在前引導，一照面便遇石奇飛身迎戰。施、李二人一見又是那個道童，想起前情，不由勾動淫念。兩心一意想將石奇生擒活捉回去，雙雙放出飛劍，將石奇圍住，忘了指給眾妖人真正地點。

趙燕兒本往飛雷捷徑跑去，一見師兄危急，同仇敵愾，重又回身，放出飛劍應戰。那些妖人見敵人並無防備，只有兩個道童應戰，並未在意。原想乘虛而入，偏偏凝碧崖後洞外觀，遠不如髯仙飛雷洞來得雄偉奇峻。又見石、趙二人從洞前崖上飛起，以為那洞便是凝碧崖後戶，不問青紅皂白，紛紛往飛雷洞飛去。

施、李二淫女正與石、趙二人殺得難解難分，百忙中看出錯誤，剛喊得一聲：「那裡不是，在這一邊！」

李四姑的情人兔兒神倪均忽然一眼看到施、李二淫女雙戰兩個道童，兀自不能得手，猜出二人心意。大喝一聲：「二位且退，待我擒他！」說罷，口中唸唸有詞，將兩手往前一張，一片黃煙紅霧，風捲一般直朝石、趙二人飛去。

施、李二淫女知道這是華山派中最厲害的波斯熈迷神邪火，只得避開，領了眾妖人去侵凝碧崖後洞。

石、趙二人被二淫女劍光絆住，眼看妖人侵入自己洞府，正在著急。忽見對面飛來一個兔耳鷹腮、油頭粉面的妖人，才一照面，便飛出一片黃煙紅霧，如風湧一般捲至，情知不妙。恰好敵人劍光也在這時撤去，不敢迎敵，收轉劍光，待往凝碧崖後洞逃遁，身子已被煙霧罩住。頓時便覺奇腥刺鼻，頭眩目昏。勉強落到崖上，用盡功力，將兩道劍光護住全身，只顧保命，竟忘了施展妙一真人所賜兩道靈符。

石、趙二人被困之時，太元洞中的齊靈雲等人，因為時辰已至，不見後洞傳警，尚以為妖人未來。還是寒萼、朱文二人心急，主張先去看個動靜。靈雲等人也因洞中埋伏業已設好，正好前往迎敵。

當下朱文、寒萼在前先行，餘下眾人也都隨往。才一出洞，便見飛雷崖上煙霧瀰漫，文琪、若蘭二人不知去向。還未及看清石、趙二人被陷，施龍姑早領了五六個妖人劈面飛來。朱文、寒萼心中大怒，首先將劍光放出手去。

對陣鬼影兒蕭龍子、鐵背頭陀伍祿、勾魂奼女李四姑、施龍姑四個淫孽剛將飛劍放起，猛聽幾聲嬌叱，敵人身後又飛出幾道光華，光中現出幾個絕色美女。兩下劍光才一交接，妖人這面便感不支。

粉孩兒馮吾、長臂神魔鄭元規和史南溪、陰素棠在後督隊，看見敵人雖只幾個幼年女子，發出的飛劍竟是宛若游龍，神化無窮，才知敵人並非可以輕侮，料知這般戰法難以取勝。史南溪打了一聲暗號，同了兩個妖人自去佈置陣法。餘人便各自將妖法異寶施展開來。

靈雲、紫玲見妖人紛紛放起法寶煙霧，知道厲害，除靈雲、輕雲、朱文三人的飛劍不怕邪污外，餘人都只得將飛劍收回，另打主意。

眾妖人見敵人撤了幾口飛劍，正得意洋洋，不料想就中一個長身玉立的女子，倏地從法寶囊內取出一個似尺非尺的東西，向煙光中一指，便飛起九盞金花，一團紫氣，立刻放出金光異彩，將所有妖法邪寶一齊阻止，休想上前一步。眾妖人中，除了史南溪與長臂神魔鄭元規自恃本領，不知忌憚，粉孩兒馮吾天生淫孽，色膽包天外，餘人多不知此寶妙用。

只陰素棠出身崑崙門下，得過真傳，雖然走入歧途，見聞廣博。起初聯合妖人一起，本早打點好了取巧主意。交手之際，便看出對陣敵人個個仙根深厚，劍術得有峨嵋真傳，不是等閒之輩。她還以為這些妖人厲害，或者可以取勝。及至靈雲九天元陽尺一出手，雖未見過，卻深知此寶來歷功用。漫說敵人皆非弱者，即此一寶，已足保障峨嵋而有餘。後來蕭龍子、伍祿自知不濟，退了下來，正遇若蘭、文琪飛回，趕上去迎敵。

鄭元規、馮吾又看出若蘭、文琪手上的芝仙、芝馬，想撿便宜，卻被紫玲抽空將若蘭、文琪接應回去。陰素棠又看出紫玲用的是寶相夫人的彌塵旛。暗想：「敵人年紀不大，哪裡去得來的這些奇珍異寶？」正在驚疑。

那石奇、趙燕兒飛劍光芒銳減，看看危殆。燕兒早已不支。石奇更被妖霧蒸得頭暈目眩，好容易用劍光掩護，一步一步退進洞口。忽然力盡神昏，一跤絆倒，被洞口一根石乳絆住道袍，嗶的一聲撕破，倏地懷中金光一亮，猛然想起兩道靈符。忙喊：「師弟還不施展教祖靈符，等待何時？」說罷，忙即如法施為。

二人剛剛誦完運用靈符的真言，便即心力交瘁，倒在地上。那靈符便在這時化成兩道金光，往上升起，籠罩全山，立刻妖焰消逝，毒霧無功，反死了幾個妖人。

這一來，陰素棠更看出那靈符是玄門仙法，只有長眉真人有此道力，因而疑心洞中尚有能人埋伏；不然只有那兩個道童，又被妖法困住，怎能施為？越發萌了不求有功，但求無過之想。

偏那史南溪竟不肯知難而退，一見自己這邊連遭失利，反而暴跳如雷。又看出金光起後，並無能人出來應戰，敵人反而退卻。明明是預先留下保洞之法，雖然厲害，伎倆止此，如用妖法攻打，並不難將金光消滅，隨心所欲。想到這裡，索性約齊一干妖人，不必再用飛劍法寶和敵人爭鬥，各持妖旛，按方位站定，由他與長臂神魔鄭元規、粉孩兒馮吾三人總領全陣妙用，施展都天烈火陣法，打算每日早午晚三次，用神雷和煉成的先天惡煞之氣，攻打飛雷崖和凝碧崖後洞。

陰素棠在眾妖人中最有本領，但因陣法尚未諳熟，便請她領了施龍姑等在空中巡哨，以防敵人衝出求救。在這攻打期間，如敵人一干主腦不得信來救，決無敗理。卻不料那靈符竟是當年長眉真人飛昇時節留下的九道靈符之一，連那封鎖前洞的靈符，俱都各有無窮妙用，豈是史南溪的妖法魔陣短期內所能消滅。他這裡只管打著如意算盤，暫且不提。

話說紫玲將若蘭、文琪二人接了回去，見著靈雲，恰好對崖靈符起了妙用。因有飛束預示機宜，知道凝碧仙府應有此劫，石、趙二人雖然被困，生命不致危險。如就在此時衝出禦敵，或許尚有差錯。便各將飛劍法寶收了回來，靜觀動靜。果然頃刻之間，聽見雷聲隱隱，金光上層似有烈焰彩霧飛揚，妖陣已經發動，暫時除了困守，別無善法。

因飛束尚另有機宜，靈雲須得回轉太元洞去主持，暫留下紫玲姊妹與輕雲、朱文和那九天元陽尺防守後洞，以備萬一。自己同了若蘭、文琪回洞。那芝仙、芝馬在若蘭、文琪犯險遇敵之際，本已在二人懷中，嚇得亂喊亂叫。一經回洞，當若蘭、文琪忙著相助應戰妖人之際，早就掙脫開去。最奇的是那匹芝馬，起初那般野性，一入山洞，竟然馴順起來，任芝仙騎著往洞內飛跑，絲毫也不抗拒。眾人因芝仙業已回轉，到了安全地方，便不再去管它。

靈雲回洞時節，問若蘭、文琪何故擅離職守，二人說了經過。被靈雲好生埋怨了一陣，然後命若蘭、文琪依照柬上之言行事。佈置妥貼，重又再往後洞。依了靈雲，既然飛柬明示仙府應有此次被困之厄，索性到時再議。妖人攻打不進，必然設法偷入，只專心在洞中等他前來落網，無須冒險出去迎敵。

紫玲、輕雲俱以靈雲之言為然。朱文、寒萼卻不忿妖人猖獗，定要相機出戰。靈雲料知戰雖無功，也無大礙，便自由她。因靈符金霞籠罩全山，固然外人攻打不進，裡面的人也不能衝破光圍而出。便將九天元陽尺交與朱文，吩咐二人小心在意，稍得小勝即回，切勿貪功輕敵。妖陣厲害，最好借九天元陽尺護身出陣，再和妖人對敵。

二人領命，與高采烈地將九天元陽尺往金霞中一指，立刻便有九朵金花、一團紫氣護住二人全身，聯袂破空而上。金花紫氣過處，頂上金霞分而復合。

上面一干妖人早將妖陣布好，滿以為敵人藉著靈符金霞隱蔽，不敢出戰，正準備到了預定時辰，動用烈火風雷猛力攻打。華山派玉桿真人金沈子，正把守陣的東面，猛見腳底霞光如萬丈金濤，突地往上升起有數十丈高下，金霞升處，飛起九盞金花，一團紫氣，內中現出兩個絕色美女。雖然垂涎美色，也知道那九朵金花的厲害。正想運用風雷攔阻，敵人卻已由金花紫氣護身，飛出陣去。

金沈子料知兩個女子定是逃出求救，從自己陣地上遁走，於面子上太不好看，忙駕妖光追上前去。陰素棠領了施、李二淫女，正在空中巡遊，忽見金光紫氣中擁著兩個女子，竟衝破妖陣飛身而出，也猜是去尋峨嵋主腦人物報警求救的。雖知九天元陽尺厲害，一則自己既已與史南溪等暫時連成一氣，究屬不便坐視成敗；二則來的又是兩個無名後輩，就此讓她們從自己手內遁走，豈不貽笑於人？

正待飛身上前迎敵，施龍姑早看出來人之中，有昔日腰斬孫凌波那一個女子在內。仇人相見，分外眼紅，不問青紅皂白，便將兩套子母金針對敵人打去。只見九朵金花閃處，兩套十八根飛針，如石沉大海，渺無蹤跡。

剛在驚愕痛惜，誰知敵人異常大膽，破了金針之後，反倒將那金花紫氣收去，現出全身，指著施龍姑等罵道：「我姊妹二人一時無聊，出山遊戲片刻，便要回轉仙府。不想遇見你們這群妖孽，阻我清興。如用玄天至寶和你對敵，顯得我姊妹倚仗師長法寶，來勝你們，忒顯得我姊妹法力不濟。有何本領，只管使將出來，莫待我姊妹倦遊歸去，你們不曾伏誅，失了指望。」

言還未了，後面的玉桿真人金沈子業已趕到，同時施龍姑、李四姑兩個淫孽也將飛劍放出。金沈子料知敵人非自己飛劍所能取勝，一追到便將手中拂塵一指，黑沉沉一片玄霜，直朝寒萼、朱文飛去。

寒萼、朱文剛將飛劍去敵施、李兩個淫孽，玄霜尚未臨頭，便覺身上一陣奇冷。朱文寶鏡業被金蟬、笑和尚借走，正懊悔不該聽信寒萼之言，恃強欺敵，將九天元陽尺收去，適才又說了許多狂話，不好意思再將尺取出。正在為難，喜得寒萼已將寶相夫人那粒金丹放將出來，一團其紅如火的光華，飛入玄霜之內，所到之處，那淫穢污惡邪嵐妖瘴所煉成的毒霜，竟被紅光融化成了極腥奇臭的水點，雨一般往峨嵋山頂落了下去。

金沈子原想用毒霜將二女迷倒，不料心愛之寶受損，忙使法術收轉時，業已消溶殆盡，心中大怒。只得收了拂塵，也將飛劍放出，會合施、李兩淫女，同敵朱文、寒萼。

那陰素棠本在躊躇，忽見來人輕敵，破了施龍姑金針之後，反將九天元陽尺收去，暗罵：「好兩個無知孽障，有了玄天至寶不用，豈非自找無趣！」及見朱文、寒萼放出飛劍，去敵施、李、金三人，一個是餐霞大師嫡傳，一個是寶相夫人心法，旁門玄妙，加以峨嵋派的正宗傳授，果然變化無窮。才知來人口出狂言，原有所恃。雖是暗中誇讚，畢竟二女劍術不在她的心上。見施、李、金三人不能取勝，喝一聲：「大膽賤婢，敢在此猖狂！」手一指，一道青光宛若神龍出海，直往朱文、寒萼頂上飛來。

二女和施、李二人對敵，本可佔得上風。添了一個華山派的能手金沈子，已覺只可勉力應付，不能取勝。忽又加上陰素棠修煉多年，深得崑崙派奧妙的兩口飛劍，怎是敵手？

寒萼首先感到不支，尚幸來時早和朱文商量好了步驟，一見敵眾我寡，勢不能敵，便用新招。恰好朱文也見出不妙，雙雙對打一聲暗號，寒萼忙從法寶囊內取出一件寶物，口誦真言，往劍光叢中飛去。一出手，便是一條數十丈長、三兩丈寬的五彩匹練，首先將陰素棠兩口青白光華絞住。

陰素棠一見寒萼施展當年天狐慣用的「己寅九沖小辰多寶法術」，才明白這女子竟與天狐寶相夫人有關，不知怎地會投到峨嵋門下？既用旁門幻術禦敵，足見敵人伎倆已窮。罵得一聲：「左道妖法，也敢來此賣弄！」說罷，將手朝兩道青白光華一指，立刻光華大盛，似兩條蛟龍，糾結著那條彩練只一絞，絲的一聲，便化成無數彩絮，飛揚四散，映目生花，恰似飄了一天彩霧冰紈，絢麗無儔。

陰素棠剛在快意，忽聽劍光叢中「哎呀」一聲。定睛往前一看，喊聲：「不好！」不及再作招呼，長袖一展，連人帶劍飛上前去。那青白兩道光華立刻便漲有數倍，將施、李兩淫女護住。就在這時，那邊妖陣上的史南溪，也看出下面敵人中有兩個女子飛出陣去。

陰素棠和施、李、金四人兀自不能取勝。知道驟然上前迎敵，二女有九天元陽尺在身，未必能夠生擒。便暗使毒計，將妖陣暗中隱隱向前移動，等到將敵人陷入陣中，再行發動，使其措手不及，主意打定，正在施為之際，忽見玉桿真人金沈子中了敵人法寶落地。接著陰素棠又運用玄功，施展平生本領去救護施、李二淫女。便知事有不妙，剛要飛身上前相助，猛聽一聲嬌叱道：「無知妖孽，暫饒爾等狗命！我姊妹要少陪了。」

史南溪一見敵人想走，又恨又怒，怪叫一聲，把手裡一面都天烈火旗往前一揮，口中唸唸有詞，立刻妖陣發動，千百丈烈火風雷，似雲飛電掣一般合圍上去。誰知敵人早有防備，又是九朵金花、一團紫氣飛起，所到之處，烈火風雷全都分散。眼睜睜看著那兩個少女衝破下面金霞，飛回凝碧崖去了，雖然暴怒，無法可施。那金沈子已在受傷時節，被下面金霞捲落，料知難有生理。只不知敵人用的是什麼法寶，竟然這般厲害。及至一見陰素棠，才知是當年天狐寶相夫人所煉的白眉針。想是金沈子一時疏忽，被敵人打中要穴，致遭慘死。敵人既有玄天至寶護身，怎便就此逃走，得勝之後，便即退了回去？好生不解。

# 第二章 涉險貪功

原來朱文與寒萼都是有些性傲，嫉惡如仇。寒萼素常更加小性，這次隨了紫玲投到峨嵋門下，見一干同門姊妹個個俱是仙風道骨，劍術高妙，同處在凝碧崖洞天福地，未嘗不歡喜佩服，興高采烈，以為從此可以參修正果。偏偏齊靈雲奉了師父之命，暫時統領同門，鎮守仙府，自知責任重大。起初人少，又加一干同門大半素有交誼，都是深受過師長戒律，奉命維謹，不用操心過慮，還好一些。及至從青螺歸來，添了紫玲等人，雖然無歧視，因見寒萼輕縱任性，表面上對眾人不得不端起一點尊嚴，以防日後有人逾閒蕩檢，違了教規。

紫玲向道心誠，救母情殷，不但不以為苦，反越發加了幾分敬佩。靈雲見她如此，自然免不了有許多獎勉敬愛之言。

寒萼素常在紫玲谷放縱慣了的，見靈雲待她姊妹顯有歧異，自己又好幾次恃強逞能，越眾行事，結果卻不甚佳，本已無趣。再加靈雲對她雖沒深說過什麼，那種不怒而威的神氣，也令她有些不快。及至在兩儀微塵陣內失陷，被靈雲救出時，紫玲又當眾責難。靈雲新得長眉真人七修劍，分給眾同門保管，卻沒自己的份，益發認為沒有面子，表面上說不出口，只是心裡怏怏失望。總想得一機會，立點功給大家看看。難得妖人侵犯仙府，正好建功出氣。

誰知靈雲卻堅持師命，略向妖人對敵，等靈符發動，便命謹守，好生不以為然。因和朱文素日投契，再四慫恿出戰。朱文雖和寒萼性情相投，對於靈雲姊弟，既有救命之恩，又有師長之命，卻與別的同門一樣敬愛服從。因為好事貪功，再聽寒萼說應敵之法，覺得有勝無敗，不禁躍躍欲試，便隨了寒萼去向靈雲請戰。

靈雲本想不准，因連日覺出寒萼神情有些陽奉陰違，不願意當眾掃她的面子；又料知二人並無災厄，只得答應，將九天元陽尺交與二人防身，衝破金霞光圍出戰。

二人衝出妖陣，便照預定方略，收尺誘敵。不料敵人勢盛，尤其陰素棠的飛劍厲害。因為玉桿真人金沈子神氣鬼頭鬼腦，語言無狀，早已惱在心裡，一面由寒萼用天狐寶相夫人的旁門真傳已寅九沖小乘多寶法術煉成的一條錦帶飛上前去，暫將陰素棠劍光敵住；同時朱文便取出九天元陽尺準備退卻，寒萼就勢取出幾根白眉針首先朝金沈子七竅打去。

那金沈子見陰素棠劍光厲害，正想生擒敵人，心存邪念之際，忽見眼前似有幾絲光華一閃，便知道不妙，忙想避開，已是不及。只覺兩眼一陣奇痛，心中一團迷糊，往下一落，正落在金霞之上，被捲了去。

話說寒萼那條錦帶，原是旁門一種速成法寶，不論何物，只須經過九個己寅日便可煉成。看去雖數十百丈五色光華，卻沒多大作用。不過這種旁門小乘法術，也經過一些時日祭煉，雖然遇上正經法寶飛劍不堪一擊，卻足能阻擋片刻工夫。行法的人見勢不敵，豁出犧牲數日苦功煉成的法寶被別人損壞，便可此時乘隙遁走，再妙不過。這原是寶相夫人傳授二女遇見強敵脫身之法。

紫玲姊妹到了峨嵋，朱文等人因她姊妹擅長旁門法術，比若蘭所學還多，平時常請她姊妹施展出來，以開眼界。紫玲遇事謙退，總是強而後可。寒萼原喜賣弄，在無事時，用小乘法煉了幾件寶物，準備幾時大家比劍，使出來博取一笑。出戰之時，偶然想起，便帶在身旁，果然用上。及至用白眉針傷了金沈子，二次又用針去傷施、李二淫女時，被陰素棠識破，知道來人所用寶物是極厲害的白眉針。施、李二人危機一髮，想起施龍姑母親金針聖母的交誼，不好意思袖手，連忙身劍合一，運用玄功，飛上前去救護她們。

寒萼見小乘法寶已被敵人破去，陰素棠劍光厲害，白眉針竟被阻住，知道再不見機，不能討好，樂得佔了便宜賣乖。本還想多說幾句大話開心，正遇見史南溪見警追來，妖陣發動，更不遲延，與朱文會在一起，各駕劍光，仍在九天元陽尺的金花紫氣擁護之下，衝破下面光層，飛回洞去。

靈雲、紫玲等人見寒萼、朱文已去多時，正在懸念，忽見二人面帶喜容飛回，問起出陣得勝情形，也甚心喜，便讚了寒萼幾句。寒萼自是高興，哪把妖人放在心上。靈雲、紫玲都主張得意不可再往，寒萼、朱文哪裡肯聽，當時並未爭論什麼。

這頭一日，眾妖人因連遭失利，都在氣憤頭上。史南溪更是氣得暴跳如雷，盡量發揮妖陣威力，雖然有金光彩霞罩護洞頂，那烈火風雷之聲竟是山搖地動，十分清晰。眾人不敢怠慢，除若蘭、文琪要在太元洞左近埋伏外，餘人全都齊集後洞，準備萬一。

寒萼、朱文幾番要想乘隙出戰，都被靈雲阻住。朱文還沒什麼，寒萼好生不滿，背著靈雲單人試了試，沒有九天元陽尺，用盡平生本領，竟衝不到上面去，這才作罷。

第二日起，沒出什麼事變。第五日以後，護洞金霞卻越來越覺減少。敵人方面，自然也是每日三次烈火風雷，攻打越急，漸漸可以從金霞光影中，透視出上面妖人動作。休說寒萼、朱文等人，連靈雲明知九天元陽尺可以應付，也有些著慌起來。寒萼更堅持說靈符光霞銳減，縱不輕敵出戰，也須趁金光沒有消滅以前，就便分身上去，探一個虛實動靜，省得光霞被妖法煉散。九天元陽尺只可作專門防敵之用，無法分身。

靈雲也覺言之有理，仍由朱文拿著九天元陽尺，陪了寒萼同去。寒萼、朱文滿以為這次仍和上次一般，好歹也殺死兩個妖人回來。高高興興地走出洞外，將九天元陽尺一展，九朵金花和一團紫氣護著二人，衝破光霞，飛身直上。

這時正值敵人風雷攻打過去，上面盡是烈火毒煙，雖然金花紫氣到處，十丈以內煙消火滅，可是十丈以外，只看出一片赤紅，看不出妖人所在。來時靈雲原再三囑咐，九天元陽尺固是妙用無窮，妖陣也極為厲害，頗有變化，務須和上次一樣，不可深入，等衝出妖陣，敵人追來，再行迎敵。如見妖陣往前移動，不論勝負，急速飛回，以免迷了門戶，縱有至寶護身，難免被困。偏偏二人輕敵貪功心勝，一見敵陣無人，以為妖人沒有防到自己隔了數日，又復出戰，必定還在陣的深處。仗著九天元陽尺護身，算計好了退路方向，逕往妖陣中央飛去。

前去沒有多遠，猛覺天旋地轉，烈火風雷同時發動，四圍現出六七個妖僧妖道，分持著妖旛妖旗，一展動便是震天價一個大霹靂，夾著畝許大小一片紅火，劈面打來。且喜九天元陽尺真個神妙，敵人烈火風雷越大，金花紫氣也越來越盛，休說近身，一到十丈以內，便即消滅。一任四圍紅焰熊熊，烈火飛揚，罡飄怒號，聲勢駭人，絲毫沒有效用。二人才略微放心，便想仍用前法誘敵出陣交手。誰知無論走向何處，烈火風雷都是跟著轟打。

寒萼還夢想立功，幾次將白眉針放將出去，總見敵人身旁一道黑煙，一閃便沒蹤影。留神一看，原來是一個奇胖無比的老頭兒，周身黑煙圍繞，手裡拿著一個似鎚非鎚的東西，飛行迅速，疾若電閃。每逢寒萼放針出去，他便趕到敵人頭裡，用那鎚一晃，將針收去。寒萼一見大驚，不敢再施故技，這才知道敵人有了準備，無法取勝。暗道今日晦氣，互打一聲暗號，打算往原路飛回。

不料史南溪自從那日失利，一面用妖法加緊嚴密佈置，準備誘敵入陣，再行下手，事前隱身陣內，並不出戰。同時這兩日內，又到了幾個極厲害的幫手，有兩個便是史南溪派神行頭陀法勝往南海伏牛島珊瑚窩去約來的南海雙童甄艮、甄兌。還有一個，便是破寒萼白眉針的陷空老祖大徒弟靈威叟。

甄艮、甄兌原是南海散仙，素常並不為惡。因前些年烈火祖師和史南溪往南海駝龍礁採藥相遇，正值甄艮、甄兌在誅那裡一條害人的千年鯊鯨，雖然有法術制住，兀自弄牠不死。史南溪趁鯊鯨吐出元珠，與甄氏兄弟相抗之際，從旁撿便宜，用飛劍從魚口飛入，將鯊鯨穿胸刺死。因這一點香火因緣，就此結交。以後每一見面，必談起峨嵋門下如何恃強欺凌異派。

甄氏弟兄隱居南海多年，不曾出山，各派情形不甚了了。激於情感，聽了心中不服，當時未免誇口說：「史道友異日如有相需之處，必定前往相助一臂。」當時只顧高興一說，後來又遇同道中人一談，才知從小就以仙體仙根成道，僻隱海隅，見聞大少。那峨嵋派竟是光明正直，能人眾多。倒是烈火祖師和史南溪輩，素常無惡不作。便對史南溪等冷淡了起來。

及至這次法勝奉命相請，約攻峨嵋，甄氏弟兄本不願去，一則不便食了前言，二則久聞峨嵋威名，想到中土來見識。弟兄二人一商量，去便是去，只是相機行事，仗著裂石穿雲之能，略踐前言即歸，拿定主意，不傷峨嵋一人。這才同了法勝前往。眼看快離姑婆嶺不遠，不料遇見一個駝背異人，將甄氏弟兄同法勝困住，冷嘲熱諷，耍笑了一個極情盡致。

甄艮頭次出門，還未上陣，便栽觔斗，原想知難而退。甄兌卻主張好歹踐了前言再說，真個能力不濟，索性再投名師，學習道法，去報駝子之仇。反正一樣掃興，總算對史南溪踐了前言，哪怕下回不管。法勝又從旁苦求，三人依然上路。到了姑婆嶺，見洞門緊閉，又由法勝領往峨嵋。

史南溪說了此來目的，甄氏弟兄一聽，凝碧崖有成形肉芝，不禁心中一動。又值史南溪要命法勝前去偷盜，得便暗傷敵人。甄氏弟兄便自告奮勇，願意一同前去。甄氏弟兄同法勝在路上吃虧，以及盜芝之事，暫且留為後敘。

且說那靈威叟不約而至，事出有因。當初長臂神魔鄭元規在陷空老祖門下犯了戒條，靈威叟因鄭元規既有同門之誼，又有一次在無心中救過他的愛子靈奇，才再三替他求情送信，免去許多責罰。誰知鄭元規狼子野心，逃走時節，趁陷空老祖正在煉法，不能分身追他，便盜去許多靈丹法寶，還投身到五毒天王列霸多門下，無惡不作。害得靈威叟受了許多苦楚，未免灰心，不想再和他相見。

偏偏事有湊巧。那靈奇原是靈威叟未成道時，和一個貴家之女通姦所生的私生子，落地便被靈威叟盜走，寄養別處。那女子不久死去，靈威叟也被陷空老祖收為弟子。想起前情，幾次求陷空老祖准靈奇上山，陷空老祖卻執意不允。靈威叟無法，舐犢情殷，只得求了一些靈藥給靈奇服用，自己也時常下山去傳授他的道法。

靈奇天資頗好，本領也甚了得，只是少年心性，雖不仗著本領採花為惡，卻無端在衡山閒遊，遇見金姥姥羅紫煙的門人崔綺，一見鍾情，便去勾搭。崔綺翻臉，兩下動起手來。彼時崔綺入門不久，看看可以取勝，又遇崔綺的同門何玫和追雲叟的大弟子岳雯，在遠處閒眺看見，相次趕來。三打一，對吳、崔二女還可應付，那岳雯卻是異常了得。正在危急，幸遇鄭元規路過，救了性命。因那裡距追雲叟、金姥姥的洞府最近，靈奇業已帶傷，並未戀戰，即行退去。

但靈奇卻是一往情癡，愛定了崔綺，三番五次前往衡山窺伺，很少遇上；遇上時候，總有能人在側，不敢與上次一般涉險。靈威叟得知此事，知道金姥姥不大好惹，只得將靈奇逼往縉雲峰喝石崖仙源洞去，用法術將洞封鎖，命靈奇在洞中養心學道。第二年便值鄭元規犯戒，靈威叟被處罰面壁三年。及至期滿出山，前去看望，靈奇再三苦求解禁，決不出外生事。靈威叟先還不信，及見靈奇三年靜修，果然悔過樣子，才略放心。

解禁後，靈奇也幾年未往衡山去。不料事有湊巧，日前又在仙霞嶺附近遇見崔、吳二女。靈奇與崔綺原有前因，不禁又勾起舊情，不知怎的，竟會怎麼也丟不下。暗中跟隨二女在山中採藥，走了好幾天。末後一個按捺不住，趁崔綺和何玫分手時，竟現身出來，跪在地下，直說自己也是修道之上，自知情孽，並無邪念，只求結為一個忘形之交；否則就請崔綺下手，用飛劍將他殺死。

崔綺方在沉吟驚異，恰好何玫路遇半邊老尼門下縹緲兒石明珠、女崑崙石玉珠，一同飛身回來。何玫剛說此人便是以前在衡山調戲崔綺、被同黨救走的妖人，石氏姊妹全吃過異派的虧，嫉惡如仇，不問青紅皂白，飛劍便殺。靈奇只得起身抵擋，因在洞中潛修數年，又得乃父盡心傳授，本領大進。石氏姊妹不比岳雯，雖然一人敵四，還是可以支持。

崔綺因石氏姊妹動手，不好意思旁觀。何玫也因金姥姥說過靈奇來歷，知他並不似異派中的淫孽，也沒有傷他之心。反是石玉珠見難取勝，將師父新傳的五丁斧暗中放將出去。五色華光一閃，還算靈奇逃避得快，斬斷了一隻左腕。

石氏姊妹正要下毒手，多虧崔、吳二女攔住說：「師父說此人尚無大惡，由他改過自新去吧。」靈奇才從死裡逃生，見四女已走，拿著半截斷腕回洞痛哭。正在自怨自艾，不好和父親去說，恰值靈威叟便中路過，下來看望，一見愛子受傷，又不肯明說實話，又恨又心痛。好容易向師父求了萬年續斷和靈玉膏，將他手腕接上。無奈事隔數日，精血虧耗太過，不能復原。再向師父去求靈丹時，陷空老祖卻說，因他多事，被鄭元規盜走了一葫蘆靈丹，藥草雖已採齊，還得數年苦功去煉。自己不久也有災劫，所剩不多，要留著自己備用，不肯賜與。

靈威叟無法，猛想起鄭元規盜走師父靈丹不少，這幾年雖不來往，自己於他有救命之恩，何不去向他討要？及至到了崆峒山一問，說鄭元規已被史南溪約往峨嵋。又趕到峨嵋後山飛雷崖上空，才得相見。

鄭元規反怪他近年來不該和他冷淡，事急相求，須助他破了凝碧崖再說。又說：「靈奇定是為峨嵋門下所傷，不然，他素來不喜生事，與人無仇無怨，除了峨嵋門下，一見異派不問青紅皂白，恃強動手，還有何人？」

靈威叟萬沒想到他兒子還是遇見了崔綺，一見傷處，早疑心是峨嵋、崑崙兩派中人用的法寶，聞言動心，起了怒意。靈威叟為了顧全愛子，幾方面一湊合，便答應下來。今日對敵，見來人用的是玄天至寶，甚為驚奇。後來又見放出白眉針，知道厲害，便用北海鯨涎煉成的鯨涎鎚，將針收去。

朱文、寒萼見勢不佳，欲往回路遁走。不想史南溪在二女進陣時節，已暗用妖法移形換岳，改了方向。二女飛行了一會，才覺得不是頭路。寒萼一著急，便對朱文道：「師姊，我們已迷失方向，休要四面亂闖。不管他青紅皂白，憑著天尺威力，往前加緊直行，總有出陣之時。好歹出陣，看明白了再說。」說罷，二人一齊運用玄功，照直疾飛。

那妖陣原是隨時移動，二人先前一面退走，一面還想相機處治一兩個敵人，所以不覺。一經決定逃遁，畢竟九天元陽尺神妙無窮，不但所到之處火散煙消，眾妖人連用許多妖術法寶也都不能近身，竟被二人衝出陣去，用目一看，已離前洞不遠。知道難從後洞回去，又慮敵人知道前洞地點。正在且飛且想，眾妖人也在後面加緊追趕之際，忽然正對面飛來一道奇異光華和一道紅線，那光華竟攔在二人前面，將金花紫氣阻住。紅線卻往二人身後飛去，猛聽一聲大喊道：「史師叔請速回去，這兩個賤婢自有青海教祖來收拾！」

一干妖人，倒有好幾個認得來人是毒龍尊者的門人俞德。一聽藏靈子竟來相助，不由喜出望外。知道藏靈子脾氣古怪，招呼一聲，一齊退去。

寒萼、朱文見金花紫氣被來人光華阻住，心剛一驚，不知怎地神志一暈，朱文手中的元陽尺平空脫手飛去。同時那道光華便飛將上來，先將朱文、寒萼圍住，現出一個容貌清奇、身材瘦小、穿著一件寬衣博袖道袍的矮道士，指著二女喝道：「那兩個女子，誰是天狐遺孽？快通上名來送死，免得旁人無辜受害。」

言還未了，俞德業已阻住史南溪等人，單同了靈威叟飛身過來。一見二女已被藏靈子困住，心中大喜。聞言正要答話，忽見一片紅霞，疾如電掣，自天直下，眨眼飛進藏靈子光圈之內。接著便聽到洪鐘般一聲大喝道：「好一個倚強凌弱的矮鬼！枉稱一派宗主，食言背信，怕硬欺軟，替你害羞。」

俞德定睛往光圈中一看，紅霞影裡，一個身材高大、白足布鞋、容貌奇偉的駝背道人，伸出一雙其白如玉的纖長大手，也不用什麼法寶，竟將那光圈分開。近手處，光華平空縮小，被駝子一手抓住一頭，一任那光華變幻騰挪，似龍蛇般亂竄，卻不能掙脫開去。

駝子罵了藏靈子幾句，便對寒萼道：「你二人還不快走！由我與矮鬼算帳。」

朱文、寒萼失了九天元陽尺，已是嚇得魂飛天外；又被來人用劍光困住，知道不妙。正當危機一髮，剛將劍光放出，準備死命相拚之際，忽見一片紅霞中飛來了救星，一照面便將敵人劍光破去，雖不認得那駝子是誰，準知是一位道行高深的老前輩，決非外人。方在驚喜，一聞此言，朱文首先躬身答道：「弟子一根九天元陽尺被妖人收去，還望仙長作主取回。」

駝子笑道：「都有我哩。你二人都不是矮鬼對手，那尺我自會代你二人取回。急速閃過一旁，免我礙手！」

朱文、寒萼不敢違拗，適才一與敵人劍光接觸已知厲害，既有前輩能人在場，不犯再拚，便駕遁光，從駝子肘下穿將出去。

駝子放過二女，將手一放，那光華便復了原狀。同時那瘦矮道士也飛身過來，收了劍光，正要另使法寶取勝，那駝子已指著喝道：「矮鬼且慢動手，聽我一言。」

矮道士也真聽話，便即停了施為，指著駝子罵道：「你這萬年不死的駝鬼！我自報殺徒之仇，干你甚事，強來出頭？別人怕你，須知我不怕你。如說不出理來，叫你知我厲害。」

駝子聞言，一些也不著急，咧著一張闊口笑道：「藏矮子！不是我揭你短處，前月在九龍峰頂上相遇，我同你說的什麼？敵我相遇，勝者為強。害你孽徒身死，乃是他自己的同惡夥伴。你卻怕仇人妖法厲害，不敢招惹，當時答應了我，還是不敢前去尋他。三仙道友與你素無仇怨，他們因事不能分身，被一干妖孽將洞府困住，你卻來此趁火打劫，欺凌道行淺薄的後輩，枉自負為一派宗主，豈不令各派道友齒冷？還敢在我面前逞能，真是寡廉鮮恥！」

那矮道士聞言大怒道：「駝鬼休再信口雌黃！前日聽你之言，便要去尋綠袍老妖算帳。分別時，你用話激我，說到了時日才能前去。我因為時日尚早，閒遊訪友，行至此間，又遇俞德，苦苦哀求，要我放他孽師。我見他為師之命，不惜再三冒死跟蹤，準備帶他回去。忽見前面有兩個女子，拿著九天元陽尺飛行逃遁。他認出有一個是天狐之女，順便之事，豈有不辦之理？我還不肯亂殺無辜，正待問明仇人，將她擒回青海報仇，你便出來多事，誰在倚強凌弱和趁火打劫？」

駝子答道：「你還要強詞奪理。我輩行事須要光明磊落，不當效那世俗下流，見財起意。就算你不是趁火打劫，乘人於危，秦女是你仇人，那餐霞道友的女弟子朱文，和你又有什麼殺徒之恨？卻倚仗一些障眼的法兒，將她九天元陽尺搶去？你如以一派宗主自命，還是我那幾句老話：天狐二女不過微末道行，豈是你的敵手？你如將綠袍老妖誅卻，再來擒她回山處治，只要你不怕開罪峨嵋，自問道力勝過三仙二老，誰能說你做得不對？如今放著首惡元兇不敢招惹，卻來輕舉妄動，說你不是成心欺軟怕硬，避重就輕，遮羞蓋醜，誰人肯信？

「再說天狐二女如今已投入了峨嵋門下，你和峨嵋諸道友也有一些香火之情。他們的弟子行為狠辣，在仇敵相遇之時，不肯手下留情，以致傷了你孽徒性命，你心懷不忿，也應自己上門和諸道友評理。哪怕你自己理虧，不肯服輸，興起兵戎，勝了顯你道力本領，超軼群倫，不枉你一派宗主。就是敗了，也可長點閱歷見識，重去投師煉法，再來報仇，畢竟來去光明。如今別人家長不在家，你卻抽空偷偷摸摸來欺負人家小孩子，勝之不武，不勝更加可笑。

「自古迄今，無論正邪各教各派中的首腦人物，有哪一個似你這般沒臉？依我之勸，天狐二女逃走不了。不如急速回山，到了時日，自去尋綠袍老妖算完了帳。只要你能親手將元惡誅卻，優勝劣敗，各憑道力本領，我駝子決不管你們兩家的閒帳。」

一言甫畢，只氣得那矮道士戟指怒罵道：「駝子，你少肆狂言。今日我如不依你，定說我以大壓小。我定將綠袍老妖誅卻，再來尋她們，不過容她們多活些時，也不怕這兩個賤婢飛上天去。那九天元陽尺原在青螺峪，與天書一起封藏，被凌化子覷便，派一個與我有瓜葛的無名下輩盜去。我不便再向那人手裡要回，便宜化子享了現成。他卻借與旁人，到處賣弄。我如想要，還等今日？不過暫時收去，問明仇敵，處治以後，即予發還，你偏來多事。你這駝鬼素來口是心非，要我還尺，須適才那女子親來，交你萬萬不能。」

駝子笑道：「你詞遁理窮，自然要拿話遮臉。我還給你一個便宜：只要你能斬卻老妖，量你也不敢與三仙二老起釁，省你到時膽小為難，我要代替三仙二老作主，在中秋節前找著天狐二女，自往紫玲谷相候，作為你們兩家私鬥，勝敗悉憑公理。我將勸三仙二老不來袒護，由我去做公斷，決不插手。你看如何？」說完，便將手一招，將朱文喊了過來，說道：「這位是青海派教祖藏靈子，適才搶去你的元陽尺，如今還你，還不上前接受？」說時，藏靈子早把袍袖一揚，九天元陽尺飛將過來。

朱文忙用法收住，躬身道謝。正要和駝子見禮，藏靈子已帶了俞德，口裡道一聲：「駝鬼再見！容我將諸事辦完，再和你一總算帳，休要到時不踐前約。」說完，一道光華，破空而去。

朱文、寒萼早猜出來人是藏靈子。一見駝子這麼大本領，雙方對答時，藏靈子雖嘴裡逞強，卻處處顯出知難而退，不由又驚又喜。見他一走，連忙上前拜見駝子。駝子並不答理，只將手一招，靈威叟飛落面前，躬身下拜。

原來靈威叟起初見藏靈子趕來相助，因是師父好友，正準備隨了俞德上前拜見，猛見一片紅霞飛來，一個駝子用玄門分光捉影之法，將藏靈子劍光擒住。定睛一看，認出來人是曾在北海將師父陷空老祖制服，後來又成為朋友的前輩散仙中第一能手。師父平日嘗自稱並世無敵，只有駝子是他唯一剋星。知道此人喜管閒事，相助峨嵋，一舉手間，史南溪這一班妖人便可立刻瓦解。見機早的，至多只能逃卻性命而已。

因這人手辣，不講情面，一意孤行，本想溜走，忽見駝子目光射來，已經看見自己。暗想：「此時不上前參拜，日後難免相遇，終是不妙。」靈機一動，想起此人靈丹更勝師父所煉十倍，有起死回生、超凡換骨之功。與其多樹強敵，去乞憐於忘恩負義的鄭元規，何如上前求他？主意一定，見兩下方在說話，便躬身侍立在側。未及與藏靈子見禮，已然飛走。又見駝子招他，連忙上前參拜。

駝子道：「你是你師父承繼道統之人，怎麼也來染這渾水？我早知這些淫孽來此擾鬧，因不干我事，不屑與小醜妖魔比勝，料他們也難討公道，不曾多事。適見藏靈子以強凌弱，又受一個後輩苦求，才出面將他攆走。你見我還有事麼？」

靈威叟說了心事。駝子便取了一粒丹藥交與靈威叟，說道：「你有此丹，足救你子。如今劫數將臨，你師父兵解不遠，峨嵋氣運正盛，少為妖人利用。這裡群孽，我自聽其滅亡，也不屑管。速回北海去吧。」靈威叟連忙叩首稱謝，也不再去陣中與群妖相見，逕自破空飛走。

駝子又喚朱文、寒萼起立，說道：「我已多年不問世事，此番出山，實為端午前閒遊雪山，無心中在玄冰谷遇見一個有緣人，當時我恐他受魔火之害，將他帶回山去一問，才知他乃天狐之婿。我於靜中推詳原因，知道天狐脫劫非此子不可，就連忙帶他回山，也有些前因後果。如今我命他替我辦事去了，不久便要回轉峨嵋。他已在齊道友門下，我自不便再行收錄。念他為我跋涉之勞，知天狐二女目前先後有兩次厄難，又因東海三仙昔日有惠於我，先在路上激動藏靈子，使他去助三仙道友一臂之力。又到此地來助你二人脫難。」朱文一聽甚喜。

駝子又道：「只是藏靈子記著殺徒之恨，必不干休，百蠻山事完，定要趕到紫玲谷尋你姊妹報仇。此事三仙二老均不便出面。我這裡有柬帖一封，丹藥三粒，上面註明時日，到時開看，自見分曉。凝碧仙府該有被困之厄，期滿自解。你二人回去，見了同門姊妹，不准提起紫玲谷之事；不到日期，也不准拆看柬帖，只管到時依言行事，自有妙用。只齊靈雲一人知我來歷。現時洞中已有妖人潛襲，妖陣雖然尋常，你二人寡難勝眾，可從前洞回去便了。」

朱文、寒萼聽來人口氣，料知班輩甚高，自然聽命。等到聽完了話，方要叩問法號，請他相助，早日解圍。駝子早將袍袖一揮，一片紅霞，破空而去。同望山後，妖焰瀰漫，風雷正盛，恐眾同門懸念，不敢久停，逕從前洞往凝碧崖前飛去。遠遠望見繡雲澗往丹台那條路上光華亂閃，疑心出了什麼變故，大吃一驚。急忙改道飛上前去，近前一看，若蘭、文琪兩人正用絲絛綑著一個頭陀，一人一隻手提著那頭陀的衣領，喜笑顏開地剛要飛起。

若蘭一眼看到朱文、寒萼二人飛來，便即迎上前去說道：「我二人奉命，持了教祖靈符在太元洞側防守，也不知這賊和尚和兩個小賊用什妖法穿光進來，想將芝仙盜走。我二人聞得地下響動，便將靈符施展。為首兩個小賊妖法飛劍都甚厲害，若非預先防備，幾乎吃了他們的大虧。如今已被教祖靈符發生妙用，引入丹台兩儀微塵陣去困住，等候教主回山再行發落。只有這個賊和尚，見吳師姊破去他的飛劍，想要逃去，被我將他擒住，不願殺他，以免污了仙府，正準備去見大師姊請命處治呢。」

說罷，四人一路，擒了那頭陀，直往飛雷捷徑飛去。到了一看，靈符金光靠後洞一邊的，已經逐漸消散收斂，只剩飛雷洞口一片地方金霞猶濃。敵人注意後洞，只管把烈火風雷威力施展，震得山搖地動，石破天驚，聲勢十分駭人。

靈雲、輕雲、紫玲三人，已各將飛劍放出，準備靈符一破，應付非常。因九天元陽尺被朱文、寒萼二人攜走，一去不歸，雖然東上預示沒有妨害，終不放心。正在著急，一見四人同時從飛雷捷徑飛來，又驚又喜。剛要見面說話，猛聽震天價一個大霹靂，夾著數十丈方圓一團烈火，從上面打將下來。洞口光華倏地分散，變成片片金霞，朝對崖飛聚過去。烈焰風雷中簇擁著五六個妖人，風捲殘雲一般飛到。

眾人這一驚非同小可，紛紛放出飛劍法寶抵禦。靈雲連話也顧不得說，早將朱文手中的九天元陽尺接過，口念真言，將手一揚，飛起九朵金花、一團紫氣，直升到上空。將洞頂護住，才行停止。

這時那九朵金花俱大有畝許，不住在空中上下飛揚，隨著敵人烈火風雷動轉。一任那一團團的大雷火一個接一個打個不休，打在金花上面，只打得紫霧生霞，金屑紛飛，光焰卻是越來越盛。雷火一到，便即消滅囚散，休得想佔絲毫便宜。

眾人先時還恐靈雲獨力難支，大家一齊動手。及見這般光景，才行放心，不願白費氣力，各人收了飛劍。談說經過，才知朱文、寒萼出戰不久，上面雷火曾經稍微輕緩一些。靈雲等方以為是朱文、寒萼將敵人引出陣外對敵，施展九天元陽尺的妙用，所以雷火之勢稍減。約過去個把時辰，忽然敵人聲威大盛，烈火風雷似驚濤掣電一般打來，同時護洞金霞也被妖火煉得逐漸衰弱。靈雲方後悔不該將九天元陽尺交朱文帶走，萬一妖火將金霞煉散，如何抵禦？

誰知敵人一面用那猛烈妖火攻洞，一面卻請南海雙童甄氏弟兄帶了神行頭陀法勝，運用他二人在南海多年苦功煉就的本領，窮搜山脈，潛通地肺，從峨嵋側面穿過一千三百丈的地竅，循著山根泉脈，深入凝碧腹地，在太元洞左近鑽將上來，打算乘眾人無力後顧之際，先盜走芝仙、芝馬，二次回身再裡應外合。幸而飛劍傳書，預示先機，靈雲早已嚴密佈置，命若蘭、文琪二人在太元洞、繡雲澗一帶，持了教祖所賜的靈符遊巡守候。

# 第三章 覬覦肉芝

話說若蘭擔任的是太元洞左近，因為好些天沒有動靜，靈雲又不許擅離職守，也不知後洞勝負如何，正在徘徊懸想。忽見路側奇石後面草叢一動，芝仙騎著芝馬跑了出來，快到若蘭跟前，倏地從馬背上跳下，口中呀呀，朝著前面修篁中亂指。

若蘭頗喜那匹芝馬，自從前些日救牠回洞，仍是見人就逃，始終不似芝仙馴順，聽人招呼。見芝仙一下地，牠倒如飛跑去，便想將牠追回，抱在手裡，看個仔細。身剛離地飛起要追，文琪原在繡雲澗左近窺視，遠望芝仙騎著芝馬跑出，這種靈物誰不希罕，也忙著飛身過來。猛一眼看見芝仙神態有異，連忙喚住若蘭。身一落地，芝仙早伸小手拉了二人衣袂，便往前走。走到修篁叢裡，朝地下指了兩指。又伏身下去，將頭貼地，似聽有什麼響動，忽地面現驚惶，口裡「呀」了一聲，朝芝馬走的那一面飛一般跑了下去。

文琪道：「蘭妹，你看芝仙神色驚惶，又指給我二人地方，莫非柬上之言要應驗了嗎？」言還未了，若蘭忙比劃手勢，要文琪噤聲，也學芝仙將耳貼地，細心一聽，並無什麼響動。情知芝仙決非無因如此，又恐大家守在一起，旁處出了事故難以知曉，兩人附耳一商量，反正早晚俱要施為，還是有備無患的好。若蘭、文琪合計之後，便由文琪運用靈符，施展仙法妙用，將繡雲澗往丹台的埋伏發動，只留下一條誘敵的門戶。若蘭自恃本領，卻在芝仙所指之處附近守候。不消片刻，文琪也施為妥當，照舊飛行巡視，與若蘭立處相去僅三數十丈，有什動作，一目了然。

二人俱都聚精會神，準備迎敵。待了一會，文琪遙用手勢問若蘭有什麼動靜。若蘭搖了搖頭，重又伏身地上一聽，彷彿似有一種極微細的破土之音，心中又驚又喜。知道來人擅長專門穿山破石，行地無跡之能，一不留神將他驚走，再要擒他，便非易事。非等他破土上升，離了地面，用第二道靈符斷卻他的歸路，不能成功。一面和文琪打了個招呼，暗中沉氣凝神，靜靜注意。沒有半盞茶時，地底響聲雖不甚大，伏地聽去，已經比前入耳清晰，漸漸越來越近。

若蘭倏地將身飛起。文琪知有警兆，連忙準備，也將身形隱去。沙沙幾聲過去，三道青黃光華一閃，從修篁叢裡飛起三個人來，為首一人是個頭陀，後面是兩個道童打扮的矮子。

這三人一出土，若蘭已看出那頭陀本領平常，後面的矮子卻非一般。忙將氣沉住，先不露面，趁來人離了原地有十丈以外，口誦真言，搶上前去，將第二道靈符取將出來，往空一展，立刻一道金光飛起，瞬息不見。知道埋伏俱已發動，敵人退路封鎖，萬難逃遁。這才嬌叱一聲道：「大膽妖孽，已入樊籠，還不束手受縛！」

那來的三人，正是南海雙童甄氏弟兄和神行頭陀法勝。他們先在史南溪面前告了奮勇，以為峨嵋縱有靈符封鎖，也擋不了自己有穿山入地的無窮妙用。起初從峨嵋側面，帶了法勝，施展法術，直鑽下去，穿石行土，彷彿破浪分波，並無阻擋，心中甚喜。及至下到千餘丈左右，循著山脈再往橫走，快達敵人地界，覺著到處石土都和別處不同，石沙異常堅硬，休想容易穿透。用盡法術心力，有好一會工夫，只鑽進了二三十丈遠近，山脈又只此一條通路。正在著急，忽見左側不遠，三人行過之處，有一團白影子一閃。

法勝雖也會地下穿行，卻比甄艮弟兄差得太多，首先追將過去，並未查見什麼。甄氏跟著近前，從劍光影裡仔細辨認，竟看出有一處土石鬆散，像一種伏生土內的東西出入之路，鼻端還微微聞見一絲香氣。知道峨嵋仙府地質堅硬，難於穿透，若非天生靈物，離地面這般深的所在，雖是夏日，其熱如火，怎能支持？聞得肉芝通靈無比，差一些的法術封鎖，都阻它不住，適才白影，便是肉芝也說不定。既在此地發現，生根之處想必不遠。這裡石土這樣堅硬，何不循它經行之路搜查，若能到手，豈不省事？想到這裡，剛拉了乃弟甄兌打算前進，那法勝也在無意中尋著一處地方比較鬆軟，看出便宜，首先循路往前鑽去。

甄氏弟兄對肉芝本有覬覦之念，因是為友請來，還不好意思得了獨吞。先見史南溪派神行頭陀法勝跟了同來，便疑他有監視之心，已是不悅。及見法勝貪功直前，暗忖：「一路來時，都是我弟兄給你開路，這時發現肉芝，你卻搶在前頭。凝碧崖是峨嵋根本重地，未必沒有準備。莫看這裡土鬆，便認作通行無阻，少時難保不叫你知道厲害。」

弟兄二人彼此用手一拉，雖然都是一樣心思，畢竟大利當前，不由得不往前注意。誰知路一打通，竟比初下來時還要易走。法勝更是賣弄，穿行如飛。惟獨白影卻未再現，料知已驚逃上去。算計快達峨嵋腹地，仍是法勝在前，三人便一同斜著往上穿行，湊巧經行之處的泥石也正合心意，彷彿天生的一條地下甬道。試試別處，依舊與先前一樣艱難。利令智昏，哪裡知道敵人早有了準備，特地給他們留的入口。

等到快達地面，神行頭陀法勝首先飛出，甄氏弟兄也就隨在後面，飛身直上，深入敵人腹地。雖然藝高人膽大，也不免要加上幾分小心，一面放起劍光，準備遇敵交手。定睛一看，到處都是瑤草琪花，嘉木奇樹，巖靈石秀，仙景無邊，果然不愧是奧區仙府，洞天福地。只是地方雖大，四外都是靜盪盪的，不見一個人影。

三人以為敵人定是傾巢出戰，內部空虛，正好從容下手，那肉芝既在來時地底發現，生根之處必在左近，且尋著了再作計較。走沒多遠，一眼看到路側矗立一座洞府。正在搜尋觀察，猛覺身後似有一片金霞閃爍了一下，便知有警。接著又聽見一個女子的呵叱聲音。連忙回身一看，一個美如天仙的少女，正從身後飛到，一照面便是一道青光飛來，別的卻無什麼動靜。

甄兒喊一聲：「來得好！」也將一道青光飛起，才得敵住。那女子猛然又是一揚手，便是數十溜尺許長像梭一般的紅光飛將過來。

甄艮一見，暗忖：「以前曾聽師長說過，各派飛劍中像梭的，只有桂花山福仙潭紅花姥姥一人，乃是獨門傳授。這女子既在峨嵋門下，怎會有異派的厲害法寶？」恐乃弟吃虧，一面將劍光飛出助陣，一面從法寶囊內取出師父所傳的鎮山之寶——用十餘對千年虎鯊雙目煉成的魚龍幻光球，一脫手便是二十四點銀色光華，宛似一群盌大的流星在空中飛舞。及至與若蘭的丙靈梭一接觸，倏地變幻了顏色，星光大如笆斗，輝映中天，照得凝碧崖前一片仙景彩霞紛披，瞬息千變，浮光耀金，流芒四射。

那丙靈梭是紅花姥姥親自煉成的鎮山異寶，雖能將敵人法寶阻住不得上前，但那光華過分強烈，一任若蘭煉就慧目，兀自被它照射得眼睛生疼，不可逼視。心神稍一疏懈，飛劍光芒便受了敵人壓迫。文琪又被那頭陀絆住，不能飛劍相助，才知敵人果然厲害。想照先時打的主意，憑自己法寶道力將來人生擒，決不能夠。只得微咬銀牙，將手一招，身劍相合。因為敵人法寶厲害，還不敢就將丙靈梭收回，仍用它抵擋敵人。一面往繡雲澗那邊退走，誘敵入陣。

甄氏兄弟焉知厲害，見敵人敗走，不假思索，逕自追了下去。

這時法勝和文琪對敵，劍光已被文琪壓得光芒大減，正在危急。甄氏弟兄因他適才情形可惡，又不知道前行不遠便進入了埋伏，反而存心讓法勝吃點苦頭，想先將這少女擒住，再行回身相救。飛行迅速，轉眼已入繡雲澗口。見前面峭壁拂雲，山容如繡，清溪在側，泉聲淙淙。心中正誇好景致，忽然前面金霞一閃，那少女連她所用的丙靈梭和眼前景物，全都沒了蹤影。用目四顧，到處都是白茫茫的，什麼東西也看不見，天低得快要壓到頂上。情知不妙，待要回身，哪裡都是一般。沒有多時，心裡一迷，忽一陣頭暈神昏，倒於就地。由此甄氏弟兄便陷身兩儀微塵陣內，直到乾坤正氣妙一真人回山，才將他們放出，這且不提。

且說那神行頭陀法勝，在華山派門下，除了早年得到一部道書，學成了穿山行地的異術，飛行迅速，來去無跡外，別的本領俱甚平常，班輩也是最卑。前奉史南溪之命出外約人時，因知自己地遁功夫尚有欠缺，聞得南海雙童是此中聖手，滿想便中求甄氏弟兄指教。誰知甄氏弟兄近年已深知烈火祖師、史南溪等為人，方在後悔擇交不慎。為了以往相助之德，不便推卻，此來本屬勉強。一見法勝滿臉凶光，言行卑鄙，心中已是厭惡。

偏偏行近姑婆嶺時，路過一個大村鎮，法勝因為連日忙著趕路約人，未動酒肉，要下去飽餐一頓。在酒肆中遇見一個駝子和一個俊美少年，法勝見那少年是峨嵋門下，仗著甄氏弟兄在座，不問對方深淺，逞強叫陣。被駝子引到山中無人之處，空手接去三人的寶劍法寶，羞辱戲侮，無所不至。末了又將三人陷在爛泥淖裡，受了好幾天的活罪，才還了飛劍法寶，放三人逃走。

甄氏弟兄推原禍首，口裡不說，心裡卻恨法勝到了極點，哪裡還肯教他法術。幸而那駝子行時，自己表白不是峨嵋派中人。又經他再三苦求，總算向史南溪復了使命，省卻一場責罰。對於甄氏弟兄，未免由嫉生恨，一聽二人要偷入凝碧盜取肉芝，看出別有用意，偷偷向史南溪遞了個眼色。史南溪也恐甄氏弟兄見寶起意，臨時生了異心，明著派他前去相助，暗中實是監防。

法勝到了土裡一看，果然甄氏弟兄道術驚人，直穿地底千百丈，直似魚入江河，遊行無阻。自己平時鑽山入地，哪有這般神妙。甄氏弟兄又故意拿他取笑，足登處便是數十丈遠近。他雖是順著二人打通之路前進，到底山石沙土，不比天空水裡，哪裡追趕得上，累得力盡精疲，兀自落後。

快達腹地，石土忽然堅硬起來。正在鑽尋無路，忽見白影一晃，無心中竟被他發現一處地方，泥沙異常鬆軟。連忙施展本領，往前一鑽。那經行之處，約有二尺方圓，恰可容人進入。雖一樣有泥沙填沒，一經使法穿行，竟是順溜已極，彷彿原有地底一條斜行往上的現成甬洞。離身二尺以外，又照樣堅硬。以致他在前面穿行，甄氏弟兄那般地行神速，都不能越過，反而循著他開的甬道前進。知是巧遇山脈中的氣孔，不由喜出望外。

因適才地下聞見異香，猜那肉芝生根之處必在附近地面之上。一出土便東張西望，用鼻連嗅，準備一見就下手。走出原地沒有多遠，忽聽身後一聲嬌叱，剛要回望，倏地側面崖壁上飛落一個紫衣少女，一照面，便是一道青光飛將過來。知道敵人有了準備，忙將劍光放出迎敵。起初還仗有甄氏兄弟相助，並未著忙。百忙中偷眼往側面一望，才見另外還有一個少女，劍光法寶甚是厲害，正和甄氏兄弟殺得難解難分。

甄氏兄弟兩個打一個，並不管自己的開帳。對面紫衣女子的劍光又神化無窮，頃刻工夫，竟將自己那道黃光絞住，任憑運用全副精神，休說取勝，連收回逃遁都不能夠。漸漸勢弱光消，急得頭上青筋直迸，通體汗流。正在心慌著急之際，若蘭已經誘敵詐敗逃走。

起初文琪見那兩個矮子放出來的劍光厲害，自己站在遠處，尚覺光彩射目。時候一久，恐若蘭有了閃失，正怪她還不退走。相隔又遠，恐敵人警覺，不便高聲招呼。見來的頭陀劍術平常，暗忖：「這種蠢物，何須小題大做？」當下便運用玄功，朝著空中劍光一指，立時光華大盛。

法勝見勢不佳，知道飛劍萬難保住，又因甄氏兄弟乘勝追敵，明明有心不來相助。自己被紫衣女子絆住，既不能脫身追上一路，又不便出聲求救，勢在緊急，當然保命要緊。暗中咬牙痛恨，把心一橫，唸咒施法，便想擇路遁走。氣剛一懈，那道黃光被紫衣女子的青光壓得光芒銳減，猛然鏘的一聲，斷為兩截，恰似帶火殘枝，噹噹兩響，變為頑鐵，墜落地上。

法勝心裡一驚，慌不迭地剛要回身逃走，正趕上若蘭誘敵陷陣飛回，一見頭陀被文琪破了飛劍相逃，哪裡容得，法寶囊內取出一根絲條，使用禁法，將手一揚，一道光華飛起，將法勝綑個結實。三個敵人，一個也不曾漏網。大功告成，正遇朱文、寒萼到來，便一同到後洞見了靈雲等人，說了經過。

這時在敵人妖陣壓罩之下，烈火風雷越來越盛，護洞金霞消逝殆盡，只剩飛雷洞前石奇、趙燕兒存身的上空，有畝許大一團光華，一任雷火攻打，依舊輝耀光明罷了。

靈雲等人哪敢怠慢，一齊合力防守，靜等時機到來。遇到緊急之時，除靈雲運用九天元陽尺外，餘人各將飛劍放起，準備萬一。似這樣在危急震撼之中，又過了兩天，神鵰突然飛回。

靈雲因李英瓊自救回余英男後，二次前往莽蒼山除妖盜玉，多日沒有音信，正愁她出了差錯，一見佛奴獨自飛回，大吃一驚。忙請紫玲持了九天元陽尺暫代防守，退入後洞，問神鵰：「英瓊是否在莽蒼有難，需人去救？」神鵰點頭示意，連聲哀鳴。

靈雲見狀大驚！敵強我弱，正愁力量不支，怎能分人去救？稍一遲延，英瓊生命堪虞，還有溫玉和青索劍再落敵手，那還了得！神鵰雖是靈異，言語不通，又不知英瓊怎麼遇難，對方能力高下。算計無論莽蒼方面情勢如何，道行稍差一點的同門，縱然去了也是無用。

靈雲細一尋思，自己主持全局，萬難分身。只有紫玲精細穩練，劍術雖非正宗，卻有幾件得用法寶，道術更高出儕輩之上。此時雖然靠她之處正多，為救英瓊，別人實未必能夠勝任。見神鵰不住哀鳴示意，料知事在緊急，遲則生變，不暇再多計利害，匆匆趕往後洞，同紫玲附耳說了機宜。命紫玲帶了兩粒靈丹，騎著神鵰，暗出前洞，飛往莽蒼山相機行事。如見事緩，可先將英瓊救回再說。又因紫玲一走，如同去了一條膀臂，歸來早晚，難以逆料。雖說洞中擒著了三個妖人，各處俱有埋伏佈置，不愁敵人偷入，畢竟還不甚放心。

若蘭、文琪要代紫玲相助眾人禦敵，洞中無人。南姑雖無本領，自隨眾人練氣學道，也頗身輕足健。便命紫玲出洞時，放出南姑姊弟，去幫助芷仙照料英男。芷仙不時巡行各地，如有動靜，無須迎敵，可用飛劍傳警，以便分人救援。芷仙能力有限，兩口寶劍卻是仙人遺留神物，臨危用人之際，總比沒有強些。

紫玲領命去後不久，靈雲又接到妙一夫人飛劍傳書。大意說：教祖即行回山，聚會神仙，開闢五府。英瓊歸來傷癒後，可命輕雲隨了同去，先取青索劍，後斬妖尸。史、鄭諸孽，能力止此，伎倆已窮。除每日三次烈火風雷攻打最烈時，大家多留一點神外，有那九天元陽尺盡可應付，無須全體日夜防守，荒了日常功課。餘外還預示了一些機宜。靈雲拜觀已畢，傳與諸同門，俱都放心大悅，照書行事。

只輕雲曾前往黃山，聽得餐霞大師說起三英二雲之中，惟有自己一人塵緣未盡，將來婚姻應在姓嚴的身上。行時賜偈，並有英、雲遇合的暗示，心中時常想起難過。這次閱讀飛劍傳書，見有嚴人英的名字，又說自己前往取劍，全仗姓嚴的相助，才能成功。想起餐霞大師的前言，不由又羞又急。無奈師命難違，心中又想得那一口青索劍。暗忖：「靈雲起初未始不是三世塵緣糾纏，全仗毅力解脫。自己只拿定主意，怕他何來？且喜眾同門均注重應敵，沒能留神到這一節，索性擱置一旁，到日再相機應付。」

第二日，紫玲將英瓊救回峨嵋休養。身體復原之後，靈雲便命輕雲照飛劍傳書所言行事。

英瓊便同了輕雲三上莽蒼，先會見了嚴人英、莊易、金蟬、笑和尚等人，尋著青索劍，劍斬了妖尸軀殼，倒翻靈玉崖，帶了溫玉回到峨嵋，仍從前洞入內，見靈雲等人一個也未在太元洞內。問起芷仙，敵人那面又添了兩個萬妙仙姑許飛娘約來的妖黨，只有早晚、子夜過去，風雷稍懈。

靈雲因余英男日受靈泉浴體，自腰以下血脈漸漸融和，有了知覺，反倒痛苦起來，抽空同了紫玲回洞看望。上面新來的兩個妖人看出下面輕敵，忽然又用烈火風雷攻打。

朱文以為敵人又施故伎，並沒放在心上，照舊使用九天元陽尺迎敵。猛一眼看到烈火風雷掩護之中，有一個紫面長鬚、相貌凶惡的道人，手裡持著一面小旗，所指之處，雷火也隨著攻打起落。

朱文受了寒萼慫恿，一時貪功好勝，沒有防到敵人賣弄玄虛，誤認妖道手裡拿的是妖陣主旗。先還未敢擅離洞口，忽然看到一股猛烈雷火過處，煙光中的妖人飛臨切近，被朱文九天元陽尺連指幾指，九朵金花、一團紫氣飛將過去，雷火也立時消散。那妖道好似被金霞掃著一些，受了重傷，往下一落，重又勉強飛起，往左側面斜著上升。送上門的一件大功，哪裡肯捨，忙與寒萼二人飛起追去，追沒多遠，妖道便被金花紫氣罩住。方在心喜，忽聽若蘭連聲嬌叱，回身一看，有兩三畝大的一團烈火，後面跟著四五個妖人，疾如雲飛，正往洞口捲到。才知中了敵人誘敵之計，雖相隔不遠，已是不及救援。

若蘭便用全神將飛劍法寶放出抵禦。那團烈火已然罩向頭上，眼看危機頃刻，若蘭性命難保。不顧再斬那墜落的妖道，慌不迭地忙使九天元陽尺飛回抵禦時，倏地眼前一黑，一片烏雲中隱現出兩條形如蛟龍的黑影，比電閃還快，同時也在洞口前面落下。以為妖人雙管齊下，若蘭定難免難。就在朱文、寒萼飛回應援，金花、紫氣正往烈火團中飛落之際，那片烏雲竟趕在妖人烈火之前，當著若蘭前面降落。等到朱文、寒萼飛回，烏雲已將妖人烈火托住。接著又是一片紫陰陰的光華從空飛下，現出一個英俊少年。

寒萼首先看出來人是苦孩兒司徒平，不由又驚又喜。知道那片烏雲是司徒平用的法寶，恐為九天元陽尺所損，忙喊「師姊留神」時，朱文也認清了敵友，早默誦真言，用手將尺一指，玄天至寶，果然靈異非常，那九朵金花帶著一團紫氣，竟捨了那片烏雲，往那團烈火飛去。

敵人來得太猛，先吃那片烏雲出其不意地一擋，略一停頓間，正值金花、紫氣飛星墜流一般趕到，一個收法不及，兩下一經接觸，恰似火山爆發，散了一天的紅雨，轉瞬煙消火滅。那隱在烏雲中像兩條蛟龍一般的東西，在司徒平的指揮下，更不怠慢，也跟著交頭接尾，飛空直上，朝著烈火後面諸妖人捲去，只聽「噯呀」一聲慘叫過去，平空掉下兩個半截屍身。

寒萼、若蘭等人方要乘勝追趕，朱文因為剛才稍一離洞，差點閃失，連忙止住。同時敵人方面已將妖陣發動，烈火風雷如疾雨狂濤一般打到。

靈雲、紫玲也從洞中回來，見了司徒平，也是心喜驚奇。一面運用仙尺抵擋雷火，一面問起前情。才知那日在玄冰谷崖上雪凹之中將司徒平帶走的人，便是巫山靈羊峰九仙洞的大方真人神駝乙休。他是多年不曾出世，正邪各派之外唯一的高人。因為路過青螺，行至雪山頂上，見下面妖霧魔火瀰漫，無心中看出司徒平資稟過人，又算出與他有緣，一時心喜，將司徒平帶回山去，傳了些道法。只有十多天，便留下司徒平，命在洞中煉他傳授的法術，然後獨自出遊。

日前乙休回去，又傳授了一柄烏龍剪和兩道靈符、一封柬帖。說道：「峨嵋仙府現為妖人所困，解圍後不久，便是天狐脫劫之期，你須在期前回去。見了天狐二女，照柬行事。那裡上有妖陣籠罩，非我靈符不能下去。下時如見金花紫氣，那便是峨嵋門下所持的玄天至寶九天元陽尺，只一現身便可相見。

「事前還須代我辦一點事：岷山白犀潭底，住著我一個多年未見的朋友，你可拿那另一道靈符和一根竹簡，繞道前往潭邊，口中呼三聲『韓仙子，有人給你帶書來了』。說完不可稍停，即將竹簡投往潭內，無論有何動靜，不許回望。只將我傳的真言急速行使，便借靈符妙用回往峨嵋。

「不過去時甚難。你駕劍到了岷山，便須下落。那潭在山背後，四圍峭壁低處又陰森，又幽靜，路極險峻難走。你須在山腳一步一拜，拜到潭邊。路上必遇見許多艱難困苦，稍一心志不堅，便誤我事，你也有性命之憂，不可大意。如將此事辦成，我日後必助你如願成道，以酬此勞。」

司徒平前在萬妙仙姑門下，見聞本不甚廣，惟獨這位神駝乙休的大名卻聽說過。明知他有大本領，卻命自己替他辦事，必非容易。不過這人性情古怪，絲毫違拗他不得。況又得了他許多好處，更是義不容辭，只得恭恭敬敬地跪謝領命。

神駝乙休帶笑將司徒平喚起，另給一粒丹藥服下，吩咐即時起身。說他自己還與人訂了約會，要出山一行。路過峨嵋時，也許伸手管一回閒事。說罷自去。

司徒平送走神駝乙休後，便獨自往岷山進發。到了山腳，落下劍光，照神駝乙休所指途徑，誠心誠意，一步一拜地拜了上去。初起倒還容易。後來山道越走越崎嶇，從那時起，直拜了一天一夜，一步也未停歇，還未走出一半的路。若換常人，縱不累死，就是一路飢渴，也受不了。總算司徒平修煉功深，又有靈丹增補體力，雖覺力困神乏，尚能支持。他為人素來忠厚，受人重託，知道前路艱難，並不止此，除虔心跪拜外，尚須留神觀察沿路動靜。

先一二日並無什麼異兆。拜到第三天早上，拜進一個山峽之中，兩崖壁立，高有千丈，時有雲霧繞崖出沒，崖壁上滿生碧苔，綠油油莫可攀附。前路只有一條不到尺寬的天然石埂，斜附在離地數百丈的崖腰上。下面是一條無底深澗，洪波浩浩，飛泉擊石，激起一片浪花水氣，籠罩澗面，變成一片白茫茫的煙霧。耳旁只聽濤聲震耳，卻看不見真正的水流。真個是上薄青旻，下臨無地，極險窮幽，猿猱難渡。

司徒平拜進那條窄石埂上，情知已達重要關頭，前路更不知有無危險，一不小心，功虧一簣。略緩了緩，斂息凝神，將真氣全提到上半身，兩膝併攏，行道家的最敬禮，五體投地，往前跪拜行走。

那石埂原是斜溜向外，窄的地方只容一膝，力量不能平均，稍一不慎，便要滑墜澗底。一任司徒平有練氣功夫，在連日跪拜，毫不停歇，心神交憊之下，提著氣拜走這艱難絕險，蛇都難走的危壁，真比初學御氣飛行，還要費勁十倍。幸而那條石埂圍附崖腰，雖然高高下下，寬寬窄窄，一些也不平順，尚無中斷之處，否則更是無計可施。

走了半日，行進越深，形勢越險，直累得司徒平足軟筋麻，神庸骸散，心卻絲毫也不懈怠，反倒越發虔敬起來。行至一處，崖回石轉，默憶路程，轉過崖角，逕由一個石洞穿出，便是潭邊。功成在即，心中大喜，不由精神一振，拜到崖邊，剛立起來，待要折過崖角，重拜下去，還未及注視前面路徑，忽然一片輕雲劈面飛起。等到拜罷起身，已是一片溟濛，周身裹在雲中，伸手不辨五指。危崖掩覆之下，本就昏黑，不比平日，哪有月光照路。又當神疲力盡之際，兩眼直冒金星，哪裡看得清眼前景物。

司徒平遵守著神駝乙休之命，既不能放出劍光照路，更不能用遁法飛行，只得提神運氣，格外謹慎留神，摸一步拜一步地往前行進。拜走還沒有兩三步，猛然聞見奇腥刺鼻。定睛往前面一看，雲氣蓊翳中，一對海盌大的金光，中間各含著一粒酒杯大小，比火還亮的紅心，赤芒耀目，像一對極大的怪眼，一閃一閃地，正緩緩往前移來，已離自己不遠。

司徒平猜那金紅光華，必是什麼凶狠怪物的雙目。這一驚非同小可，忙著便要將飛劍放出，防身抵禦。猛一動念：「來時神駝乙休曾說，此去山途中，必然遇見許多艱難怪異之事，除了山路難走，餘外皆是幻象，只須按定心神，以虔誠毅力應付，決無凶險。何況前面不遠便是仙靈窟宅，豈容妖物猖獗？反正是福不是禍，是禍躲不過。事已至此，索性最後一拚，闖將過去，看看到底是否幻景。自己也是劫後餘生，天狐深明前因後果，她既說全仗自己脫劫，豈能在此命喪妖物之口？即使遭受凶險，神駝乙休縱未前知，也必不能坐視不管。譬如當初不遇秦氏姊妹，也許早就慘死在許飛娘手下，又當如何？」

想到這裡，把心一橫，兩眼一閉，重又恭恭敬敬，虔誠拜將下去。身才拜倒，妖物雖還沒有就撲到身上，那股子奇腥已經越來越近，刺鼻暈腦。雖說信心堅定，毅力沉潛，當這密邇妖邪，轉眼便要接觸，又在這幽暗奇險的環境中，畢竟還是有些心驚膽怯。料知不消片刻便可過去，適才主意一個打錯，被妖物撲上身來，那時想逃已不可能，不死也必帶重傷。又想到此時一個把握不住，萬一怪物是假，豈不將連日所受艱難辛苦，都付流水？寧可葬身妖物口內，也不可失言背信，使垂成之功，敗於俄頃。索性兩眼睜開，看看妖物到底是何形狀，死也要死個明白，成敗付之命數。

剛把膽子一壯，便聽一種類似鸞鳳和鳴的異聲，由前面遠處傳來。睜眼一看，前面光華已經緩緩倒退下去，金光強烈，耀眼生花，用盡目力也未看出那東西形狀。只依稀辨出一些鱗角，彷彿甚是高大猙獰。金紅光華在密雲層中射透出來，反映出一層層五光十色的彩暈，隨著雲兒轉動，捲起無量數的大小金紅旋圈，漸漸由明而晦，朝前面低處降了下去，半晌才沒有蹤跡。那雲也由密而稀，逐漸可以分辨眼前景物。才看出經行之處，是一個寬有丈許的一條平滑崗脊。兩邊都有深壑，高崖低覆，密陰交匝，不露一線天光，陰沉沉像一個天剛見曙的神氣。

往前又拜不了兩步，伏地時節，摸著一手濕陰陰的腥涎。細一辨認，崗脊中間，有一條四五尺寬的蜿蜒濕痕，那妖物分明是龍蛇一類。計算距離最近時，相隔至多不過丈許，暗中好不慶幸。妖物既退，雲霧又開，驚魂一定，越發氣穩神安，把一路上勞乏全都忘卻，漸行漸覺崗脊漸漸低了下去。

拜走約有兩三里之遙，兩面危崖的頂，忽然越過兩旁溪澗，往中央湊合攏來。景物也由明而暗，依稀辨出一些大概，彷彿進入了一個幽奇的古洞。前行約有里許，崗脊已盡，迎面危壁擋路，只壁根危石交錯處，有一個孔竅，高可容人。知從孔中拜出，下面便是深潭，不由又驚又喜。略一定神，循孔拜入，從石竅拜到潭邊，約有一箭之地。雖然不遠，上面盡是一根根的石鐘乳，下面又是石筍森立，砂石交錯，鋒利如刃，阻頭礙足。常人到此，怕沒有穿肉碎骨之險。還算司徒平練就玄功，雖未受傷，也受了許多小痛苦，才行通過。

到了竅口，他將身拜倒，探身出去，偷眼往上下一望，那潭大抵十畝，四面俱是危崖，團團圍裹，逐漸由寬到窄往上收攏，到極頂中間，形成一個四五尺的圓孔。日光從孔中直射潭心，照在其平如鏡的潭水上面，被四圍暗色一襯，絕似一片暗碧琉璃當中，鑲著一塊璧玉。四壁奇石挺生，千狀百態，就著這潭心一點點天光，那些危壁怪石，黑影裡看去，彷彿到了龍宮鬼國，到處都是魚龍曼衍，魔鬼猙獰，飛舞跳躍，凶厲非凡。

初看疑是眼眩，略一細看，更覺個個形態生動，磨牙吮血，似待攫人而噬。那孔竅突出壁腰，距離下面已有千百餘丈，從頂到底，其高更不必說。滿眼都是雄隱幽奇，陰森可怖的景象。知道不是善地，不敢多作留連，忙從身畔法寶囊中取出竹簡，捧在頭上，默誦傳的咒語。剛剛念畢，猛見潭心起了一陣怪風，登時耳旁異聲四起，四壁鬼物妖魔、龍蛇異獸之類，一齊活動，似要脫石飛來，聲勢好不駭人。

司徒平哪裡還敢有絲毫怠慢，戰兢兢拜罷起身，雙手持簡，照乙休囑咐，喊了三聲，往潭心中擲了下去。簡才脫手，猛覺腰上被一個極堅硬的東西觸了一下，其痛無比。不敢回看，就勢默運玄功，駕起遁光，逕朝潭心上面的圓孔天窗中穿了上去。才一飛起，便聽異聲大作，越來越盛，怪風狂濤，澎湃呼號，山鳴谷應，石破天驚。及至飛出穴口，上面竟是岷山頂上一個亙古人跡不到的所在。雖是夏日，積雪猶未消融，皚皚一片，白日無光。耳聽後面一片風沙如疾雷暴雨一般打到，慌不迭地直飛，逃出岷山地界。後面沒了聲響，心才稍定，精力已盡，身又受傷，再被空中罡風一吹，覺著背上傷處奇痛入骨。

# 第四章　潛襲峨嵋

話說司徒平尋了一個僻靜的山谷落下，又尋了一個石洞，取出丹藥服了，然後運用玄功，直休養了兩天，方漸痊癒。心中惦記仙府被困之事，便往峨嵋後山飛來。

到了一看，正值史南溪、鄭元規等連續失利，曠日無功，又約來了兩個妖黨：一個是華山派本門的厲害人物赤火神洪發，一個是竹山七子中的金剛爪戚文化。俱因在路上遇見黃山五雲步的萬妙仙姑許飛娘，說知史南溪等一干妖人潛襲峨嵋之事，勸他二人前去參加。

洪、戚二人得了信，便趕到峨嵋。史、鄭等人雖仗烈火風雷，將敵人洞府圍困，不但未佔便宜，反傷了許多黨羽。日前有一女子從外飛至，正想乘大家不備，暗破都天烈火神旗。幸虧香霧真人馮吾趕到，正待將那女子擒住，又被一個同黨女子將她救走。後來才知是天狐寶相夫人的二女秦氏姊妹。先來的一個名叫秦寒萼，同了一個姓朱的女子，已經在陣中出入數次，眾人俱沒奈其何，這一次差點被她壞了中央主旗。目前下面敵人護洞金光雖被烈火風雷煉化，只是敵人手內有九天元陽尺，乃是玄天至寶，烈火風雷一律無功。還有南海雙童甄氏兄弟和神行頭陀法勝，在初來幾日內，曾用地下穿行之法，偷入敵人洞府去盜肉芝，也是一去不歸，不知生死下落。

正在愁煩，一見洪、戚二人趕到，甚是心喜。見面之後，說了經過，互商克敵之法。洪發道：「諸位道友，怎地這般臨陣兒戲行事？敵人首腦一個不在，只幾個黃毛幼女，我等便吃了許多大虧，連傷許多道友。再延挨下去，峨嵋一干妖道得信回山，更無勝理。依我之見，少時仍用烈火風雷攻打，戚道友長於身外化身，可由他用替身幻化誘敵，只須將那用九天元陽尺的女子引開一旁，再由我與眾道友乘隙下去，運用全力，將敵人根本重地毀去，順便好歹也殺他幾個出氣，豈不是好？」

史、鄭等人聞言大喜。當時照計行事，先由戚文化在上面運用元神，幻化替身前去誘敵。

朱文、寒萼果然中了道兒，以為敵人受了重傷，近在咫尺，還不手到擒來。誰知才一離洞，洪發已看出九天元陽尺厲害，戚文化弄假成真，元神已受了重傷，迫不及待，將一團烈火飛起。不想正遇苦孩兒司徒平趕到，見下面妖雲瀰漫，烈焰飛揚，連忙取出烏龍剪，展動靈符，衝破妖氛直下。一見申若蘭正在危急，將手一揚，烏龍剪先飛將上去，擋住敵人妖火。及至朱文返身回救，司徒平見金花紫氣照處，烈火全消，更不怠慢，將手一揚，烏龍剪飛將過去，似兩條蛟龍，往上一絞，將洪發腰斬兩截，跌下地來。

史、鄭等人又折羽翼，自是懊喪萬分。知道敵人不可輕侮，就此罷手更是不甘。只得仍用老法攻打，靜候烈火祖師事畢趕來，再行克敵報仇。靈雲這一面，雖有九天元陽尺護住洞口，卻也不能擅離，反守為攻。兩方暫時仍是相持不下。

司徒平與眾人見面之後，互談了一陣經過，協助防守。

就在第二天，英瓊、輕雲、嚴人英等從莽蒼山斬了妖尸，得了青索、溫玉，帶了米、劉二矮和袁星的屍體趕回。本打算一到，便用紫郢、青索二劍聯合去破敵人中央主旗，因有袁星凝事，仍入前洞，在凝碧崖前落下。先往太元洞見了芷仙，問了連日敵情，放下袁星屍體。逕往後洞與眾同門相見。

靈雲又取出最後飛劍傳書，與三人觀看，恰好破敵之期應在明午。既有一日空閒，索性將袁星救轉，英男身體復原，再行協力破陣。便將九天元陽尺仍交朱文，與嚴人英、寒萼、司徒平、若蘭、文琪等人一同防守。餘人先往靈泉，扶起英男，由英瓊與輕雲將她抱往太元洞內，放在石榻之上。

英男雖得回生，仍是奄奄一息，近來日受靈泉陽和之氣浸潤，骨中冰髓逐漸融解，有了知覺。因未全體融化，反覺痛楚，不住皺眉咬牙喊疼。靈雲忙命英瓊取出溫玉。又命輕雲尋來芝仙，向它求血。芝仙慘然應允。靈雲便取一塊玉玦，在芝仙左臂上輕輕割了一下，用玉瓶接了十來滴仙液。再取一粒仙丹，分為兩半，與芝仙半服半敷傷處。見這次芝仙已不似以前，一經取血便形神委頓，仍是好好的。知它功行大進，俱都代它心喜。謝慰了幾句，仍由輕雲送往生根之處將息。

靈雲見諸事齊備，才對眾人道：「英男師妹陷身的冰窟，乃天地窮陰凝閉之氣所萃，縱有半仙之體，若在黑霜發動時陷入，也難生還，何況凡體。總算她仙根深厚，又在無心中服了靈藥仙草，雖然通體凍僵，元氣不曾消散，又仗教祖靈丹，才得回生。但是她骨髓業已凍結，下半身便成了堅冰一般。九天元陽尺雖有純陽奧妙，只能引魂歸竅，祛除邪毒；而且陽氣太盛，由外照射進去，定然骨髓受傷。此次如不得萬年溫玉，或者再遲些日，便誤事了。」

一面說著，早將玉瓶對著英男的嘴灌服下去。然後命紫玲坐上榻去，將英男濕衣解了，扶起靠在紫玲懷中坐定。再命英瓊取出溫玉，放在英男兩足心中間，用兩手各握一足，緊緊夾攏。那玉實體只有鵝卵大小，微微帶扁。一出現便是紫光豔豔，時泛紅霞，滿室皆春，照得眾人面目眉髮時紅時紫。

英男先服了芝血下去，精神稍振。那塊溫玉一貼上了足心，立刻覺著千百絲暖氣由湧泉穴底鑽入，穿過毛孔，直通經絡，瞬息到了腿際，又覺一陣辣癢癢的，通體舒泰，骨髓疼痛逐漸減輕。芝血又引著陽和之氣，自上而下，兩下會合行動。兩個時辰過去，精神大振，已不似先前氣喘吁吁。早有芷仙將備就的麥粥，摻了靈丹端來。英瓊在旁連忙接過，用羹匙一口一口地餵給她吃。

先時英男雖早從芷仙等人口中得知英瓊冒險相救細情，心中感激，高興自不必說，日日總想和英瓊見面長談。無奈英瓊使命未完，回去不久就走，自己又體弱氣虛。這時身略復原，一見眾姊妹這般慇勤救護，尤其英瓊情義深重，現於顏色，內心感動過甚，不由喜下淚來。

英瓊又將妙一夫人恩准收錄，仙府美景如何佳妙，眾同門個個道法高深，情感水乳，勝於骨肉，明日破敵之後便可隨了大師姊學習劍法，一一說了。英男聽了，自是加倍心喜。大家治癒了英男，本該去救袁星，因九天元陽尺要守後洞，不能取來應用，只好候破敵之後再說。

米、劉兩矮自隨英瓊拜見靈雲等人之後，英瓊總覺自己資歷學行尚淺，越眾收徒，心內不安，便命等在凝碧崖前候命。子夜過去，英男身體逐漸康復，約計不消多的時日便可恢復安健。

靈雲見時辰快到，便責成芷仙、南姑照料英男，重新分配眾人職務，定準到時由紫玲、英瓊、輕雲、人英四人繞出前洞，乘敵人烈火風雷攻打正盛之時，用彌塵旛護身，直攻妖陣，用紫郢、青索二劍聯合去斬斷敵陣中央主旗。那時敵人見有人由外攻入，必然捨了下面，返身接應。自己帶了後洞諸同門，用九天元陽尺衝破妖氛，裡應外合。

計議已定，英瓊想起米、劉二矮出身旁門左道，雖說立誓改邪歸正，又有青囊仙子華仙姑說情保他們，靈雲、紫玲等人見了也說可以收錄，到底其心難測。仙府盡多靈藥異寶，自己責任太大，見靈雲忘了分配二矮職務，留在洞內，不甚放心，只得據實和靈雲說了。

靈雲笑道：「你平時那般天真，怎麼一到自己頭上，顧慮就多起來了？你想仙府重地，這兩人如非夙因仙緣，休說不能到此，就連青囊仙子也不會從旁多口。上次掌教夫人曾對我說，眾同門中，只你將來險難太多，一切均准便宜行事。昨日二人初來，我已看出他們的意志誠懇，悔過之心甚切。雖出身旁門左道，只不過當初誤入歧途，比較楊成志生具惡根，還強多了。你莫膽小多疑，阻人遷善之路。昨日匆忙，未及細問，不知他二人有何本領。妖陣中人不比尋常，所以不曾吩咐他們去應攻應守，正要問明了你，給他們一點建功之路呢。」英瓊便將二人所能說了。

靈雲道：「穿地之能，此時尚用不著。可帶在你身旁，同去破陣，由他二人相機建功便了。」

英瓊正要去喚二人前來謝命，靈雲又喊住說道：「本門收徒，自師祖長眉真人以來，各位師伯師叔收徒，男女之分，素未錯過，你入門不久，獨蒙特許，必有深意。既在你的門下，總算一家，每日令其在崖前打坐。無處存身，也不要緊，不久各男同門陸續都要到來，可令他們暫時與于、楊二人同居。等五府開闢，拜見了掌教師尊之後，再作計議便了。」

英瓊領命，將二矮喚至後洞，向靈雲拜謝起立，靜候時辰一到，便即分別出去破敵。

靈雲這一提到楊成志，寒萼卻又多了心。因為楊成志自從覬覦芝仙，誤入兩儀微塵陣闖了大禍，自知在峨嵋門下不能立足，又悔又恨。因自己當初陷身妖窟，是蒙秦氏姊妹援引，癡心妄想，擬求秦氏姊妹講情。

紫玲素有遠見，又極謙遜，方後悔當初多此一舉，怎肯代他進言。寒萼卻是小孩心性，當不住楊成志再三苦求，便冒冒失失答應下來。及至朝靈雲一說，靈雲道：「此事非同小可。如今芝仙無恙，雖然可以恕其無知，不咎既往，但是仙陣被他發動，教祖遺留的靈丹至寶不知有無傷損，掌教真人回山，大家都擔著許多不是，怎能容他在此？破敵之後，便要將他送往青螺。他如有志悔過向上，凌真人也非等閒之輩，一樣可以成就。本門教規素嚴，似他這等狂妄胡為，即使我等拚著受責，代他求下鴻恩，收列門牆，異日有了差錯，豈不更是求榮反辱？」

寒萼聞言，當時也覺靈雲之言有理，並未放在心上。後來一天一天過去，總覺出靈雲等人對紫玲還可，對自己處處都顯出有些歧視。再加上幾次敵勢稍懈，靈雲不肯轉守為攻，自己不服氣，逞能出頭，都遭失敗，越顯沒臉。先時還只怨恨靈雲一人。末後幾天，一次負氣冒險，偷出前洞，去破敵人中央主旗，陷身陣內，若非紫玲得信趕救得快，險被妖人擄去。回來時節，被紫玲當眾埋怨了一陣。又一次，便是司徒平回山那一天，攛掇朱文離洞擒敵，若蘭險些命喪妖人雷火之下，紫玲又著實數說了幾句。於是連紫玲也暗怪起來。

英瓊在眾同門中得天獨厚，備受掌教真人恩遇，而年紀卻是最輕，論到資歷和功行，又屬不深，再加上眾同門的過分愛護。寒萼相形之下，本就不服。這次見她竟從外面擅自收了兩個左道旁門回山，靈雲不但毫不阻止，反說她秉承師命，一切均可便宜行事。暗想：「楊成志雖由妖窟救出，並未多受妖人習染。這新來的米、劉兩矮，明明以前是異派中為惡多端的妖人，力窮來歸，焉知可靠？分明以人為重，顯有厚薄。」越想越氣。當時因應敵在即，未說什麼，只望著司徒平冷笑了笑，便即走開。

不多一會，天光近午，眾人各按分派行事。紫玲首先持了彌塵旛，帶了英瓊、輕雲、人英三人與米、劉二矮，飛出前洞。

這時史南溪等妖人因迭有死傷，忿恨已極，雖然多日攻打不生效用，仍想著敵人主腦人物不在洞府之內，只憑一柄九天元陽尺和幾個少年男女，只要一有空隙，仍有求勝之道，所以到時仍用猛烈雷火攻打。只有陰素棠旁觀者清，料到圍困多日，敵人首腦一個不歸，事先必有通盤籌算。幾次建議，既是烈火祖師一時難到，單用陣法圍困，曠日持久，延到敵人那邊的主腦回山，縱然烈火祖師趕來，也難濟事。不如暫將陣法撤退，誘敵出戰，對方沒有法術封鎖的仙府做防禦，九天元陽尺只能抵擋一面，料這一群小孩子有何道行，好歹還可傷他幾個，遮遮羞臉。

史、鄭等人未始不聽，幾次將陣勢撤退，故意露出破綻，好誘敵人衝出。誰知對方早有主意，給他一個不理不睬。間有一兩個女子出敵，不是少勝即去，便是敗了被人救回。只急得有力無處使。

這日史、鄭等人在焦躁仇恨之中，決計來一次全體出動，一面用烈火風雷攻打，一面豁出損失一些法寶，大家同時各施本領，一齊施為，給敵人來個以多為勝，措手不及。除陰素棠一人早萌退志，以為此非上策，藉口要防敵人由外衝入，約了施龍姑仍在空中防守外，餘人都隨著史、鄭諸人，到時發動。這裡眾妖人剛剛分道揚鑣，紫玲、英瓊、輕雲、人英等六人，已用彌塵旛化成一幢彩雲飛至。

陰素棠與施龍姑隱身空中，正在巡行，見山那邊一幢彩雲飛起，疾如電逝，轉眼快到面前，認得是寶相夫人的彌塵旛，知道敵人又來衝陣。依了施龍姑，便要上前攔阻。陰素棠知此寶神妙無比，敵人如不收寶現身迎敵，有彩雲擁護，尋常法寶飛劍攻不進去，敵人卻可由內放出法寶飛劍應戰，有勝無敗。又加慧目看出彩雲中隱隱光華閃動，敵人來勢頗盛，此番不比上回，來者不善。史、鄭等人既非好相識，眼前形勢又決難討好，更加打點了退身步數，不肯去犯渾水。想看金針聖母情面，將龍姑點醒，走時一路，又覺不好意思。只得巧說：「敵人攻陣，並非衝出求援，正是自尋死路。我們先無須露面，容他過去，堵他退路，豈不反勞為逸？」話才說完，那幢彩雲已到了近旁，一晃投入陣去。

龍姑見陰素棠連日神態消極，這時又不肯動手，好生不滿。正待開言，猛覺後面一片紅光照來，未及回身，便聽腦後有人大喝道：「妖孽勢窮力竭，劫數已在眼前，你還在此等死麼？」說罷，那一片紅光已罩到龍姑頭上，也未看清來人是誰，只覺一陣頭暈神昏，便被來人用法寶攝去。

陰素棠先疑又有敵人暗使法寶，聞聲注視，紅光中現出一個高大道童，手持紅袋，朝著自己微一躬身，便將龍姑攝走，轉眼沒入天邊，只依稀剩下雲際一絲殘紅影子，認得來人正是青海藏靈子的得意門人熊血兒。知道史、鄭等人定然凶多吉少，心中一動，也想退走。畢竟此時勝負未分，還恐異日相見不好意思，遲疑了一會。及至降到陣前上空，往妖陣一看，一道紫巍巍和一道青瑩瑩的光華夭矯騰挪，正似兩條神龍彩虹一般，在陣中飛躍，所到之處，妖氛盡散。定睛一看，不由大吃一驚。料知眾妖人必定瓦解無疑，縱然下去也是有敗無勝，及早抽身，是為上策。便不再入陣，逕自借遁光回轉棗花崖去了。不提。

紫玲等一行六人將要飛到妖陣上空，一眼看見左近不遠，有兩道遁光遊行，竟自沒有上前阻攔，猜是敵人意在引敵入陣。因為時辰已至，破陣要緊，既是敵人不來阻攔，樂得省事，早些下手。卻不料是陰素棠生了異心，被熊血兒趕來將龍姑攝走，以致日後生出許多事來，這都留為後敘。

且說紫玲等彩雲迅速，轉瞬便闖入妖陣中去。彌塵旛雖然神妙，畢竟不如九天元陽尺玄天至寶，又值雷火最烈之際，眾人在彩雲擁護中，兀自覺得有些震撼。知道厲害，不敢大意，便將飛劍紛紛放起，以備萬一。

這時四圍都是一片暗紅，罡飈怒號，火焰瀰漫，一團團的大雷火直往下面打去，山搖地動，聲勢委實有些驚人。

六人正行之間，忽地對面一個大霹靂，帶著十幾團栲栳大的烈火，疾如閃電，打將過來。眾人有彌塵旛護身，也禁不住晃了幾晃。

紫玲知是來了敵人，口誦真言，將手一指，六人全從彩雲中現出全身。各運慧眼，定睛往前一看，雷火過處，對面飛來一個妖嬈道姑，手裡拿著一面紅旗，上面繪著許多風雲符籙，旗角上烈焰飛揚，火星滾滾，只一展動，便是震天價的霹靂烈火飛起打來。

這女子正是史南溪的新戀淫女，異教邪魔追魂蚍女李四姑。因見史、鄭等人今日運用全力出戰，自己以前和施龍姑在飛雷崖前吃過峨嵋派的苦頭，自知能力不濟；敵人有九天元陽尺，迷人的妖術魔法又無處施展，特意向史南溪討了這個輕鬆差使，代他持著都天烈火神旗，從上面往下發動雷火。以為這旗經烈火祖師修煉多年，有無窮妙用，人一遇上，便成齏粉。只有一柄九天元陽尺可以抵禦，敵人又須用在下面應戰。如無人進陣便罷，一有便是自來送死。正在得意揚揚，盡量施展雷火威力，為一千妖人助威之際，忽見對面陣門上風雷開處，煙氛滾滾，一幢彩雲，從火焰中似衝風破浪一般飛來，認出是那日救走陷陣女子的那幢彩雲，知道來人不是弱者。

偏偏史、鄭等人事前沒料到，敵人也會乘此時來破陣，全力貫注下面，陣上面並未派人主持，以為有了那面都天烈火神旗，便不妨事。曾告李四姑，萬一有人進出，只管用雷火飛打，非到緊急，無須報警。所以李四姑雖知來人厲害，並不著慌。頭一次施展烈火風雷，正值紫玲等在彩雲中現出身來，並不知是敵人存心露面，還以為風雷收效，將彩雲衝散了些，心中甚喜。說時遲，那時快，第二次又將風雷祭起。

紫玲知道烈火厲害，還在持重，打定有勝無敗的主意，想俟二次風雷過去，再行下手。英瓊方聽紫玲說了一句：「那女子持的不是妖陣中的主旗嗎？」早已忍耐不住，就在對面風雷二次又起之際，同時喊一聲：「周師姊還不動手，等待何時？」

英瓊說畢，紫郢劍首先飛起，輕雲的青索劍也跟著出去。兩條劍光才一離開雲幢，便如長虹亙天，神龍出海，一紫一青兩道光華，匯成一道異彩，橫展開來，似電閃亂竄，迎著烈火風雷閃了兩下，立刻雷散煙消。更不用人指揮，就勢撥轉頭，往前馳去，倏地光華大盛，燭地經天。因為去勢太疾，淫孽李四姑連看也未看清，只覺眼前紫青色光華一閃，登時連人帶手中拿的都天烈火神旗，同時被青紫光華絞住，血肉殘焰，有如雨落星飛，一齊了帳，「噯呀」之聲都未及喊出。

眾人破了妖陣主旗，見陣中餘焰未消，先不下去，各人運用法寶飛劍，隨著索、郢青紫兩道劍光，驅散妖氛。只見光霞瀲灩，所到之處如飄風之掃浮雲，立刻消逝。

那史南溪同了長臂神魔鄭元規、香霧真人粉孩兒馮吾、陰陽臉子吳鳳、百靈女朱鳳仙，還有連日新由許飛娘轉約來的青身玄女趙青娃、虎爪天王拿敗、天遊羅漢邢題等一干妖人，先用雷火攻打了一陣，一聲招呼，同時下落。對面金花紫氣中，一眼看見神行頭陀法勝被敵人用法術綁在後洞門首，神態甚是狼狽，史南溪越發憤怒。

史南溪對鄭元規道：「這一干狗男女，捉了人去不殺，卻吊在洞門，羞辱我們。幾次去搶，俱被那妖尺擋住。我等臉上大無光彩，活活要將人氣死！道兄玄功奧妙，變化無窮。等我用雷火去對付那妖尺，諸位道友同時施展法力，去和敵人相拚。道兄可在旁乘隙將法勝搶回，以免給我們丟臉。」說時，眾妖人早已忍耐不住，紛紛各將劍光法寶祭起。

靈雲自紫玲走後，知破陣克敵在即，自是越發謹慎小心。早帶了朱文、寒萼、文琪、若蘭、司徒平等，在後洞口外靜候。先見一陣猛烈雷火打下，仍用九天元陽尺往上一指，金花紫氣起處，妖焰盡散，雷火無功。那風雷烈火儘管隨散隨消，仍是越來越盛。料知敵人伎倆已窮，靜候紫玲等前去破了妖陣主旗，裡應外合，一絲也不著急，安心謹守，以逸待勞。

那雷火攻打了一陣，忽然一陣紅雲紫霧中，現出十來個奇形怪狀的妖人，從烈火後面飛來。為首一人正是史南溪，遍體火焰，一身妖霧，兩手一搓一揚，便有震天價大霹靂打將過來。

靈雲見妖人勢盛，只管發揮天尺妙用，也不上前。急得對面妖人在用許多法寶妖術，全被天尺的金花紫氣阻住，不得上前。寒萼、若蘭更是淘氣，見敵人情態急躁，沒處奈何，便指定妖人大罵：「無知妖孽，轉眼伏誅授首，還敢在此猖狂！」罵聲未了，對陣百靈女朱鳳仙被二人一罵，忽然想了一個怪主意，對眾說道：「賤婢如此可惡，我們何不羞辱她一番，藉此出出心頭惡氣。」

一句話將眾妖孽提醒，一面仍舊攻打，口裡也罵將起來。他這罵更是可惡，淫詞穢語，罵不絕口。

那陰陽臉子吳鳳、粉孩兒馮吾、虎爪天王拿敗與百靈女朱鳳仙，幾個異教中的下流妖孽，更是骯髒不堪，罵了幾聲，索性連上下衣一齊脫去，赤身露體，做出許多惡形醜態，滿口污穢言語。

寒萼等人起初因為好容易盼到今日是解圍破敵的日子，由內往外，由外往裡，反正是自己這幾個人，還不是一樣。及見靈雲持重不出，只守不攻，已是氣悶。又見了眾妖孽這一陣穢罵醜態，休說眾人，連靈雲也惱怒起來，覺得這些妖孽萬不可任其存留在世，為禍人間。算計紫玲等六人已達妖陣，不知收功與否，還想忍耐片時。旁邊惱了朱文，口稱：「大師姊，今日既是克敵之期，你看妖人如此可惡，我等還不動手，豈容他等長此猖獗，污人耳目？」

靈雲未及還言，寒萼早萬分忍耐不住，口裡隨聲附和，用手左拉朱文，右拉若蘭，三人先後飛出陣去。

靈雲恐防有失，忙喊：「師妹們少等，容我同行，休得分開。」接著將手一指，將那九朵金花及紫氣分散開來，原想護著眾人迎敵，以防有失。誰知寒萼因為開始辱罵是對陣那個妖女，恨她不過，一出陣，便朝百靈女朱鳳仙飛去。

若蘭、朱文卻又認定那粉孩兒馮吾妖形怪狀，穢語淫聲，同那副不男不女的醜態，罪該萬死，不約而同地飛劍過去。她三人事先沒和靈雲商量，怒氣頭上，各自行動不打緊，卻正合了敵人的心意，巴不得她們能夠分開，才好下手，只略引遠一些，便即施為。

靈雲見三人不在一起，雖不定有礙，究非穩妥。同時妖陣上面雷火來勢更急，靈雲既防雷火，又顧三人，不免心中一慌。暗想：「敵人如此勢盛人多，若不待英瓊、輕雲兩口飛劍得勝回來接應，恐難取勝。敵人雷火妖法俱在對面施展，必須多加小心，前後留神，稍向前面移動，量不妨事。好在已到破敵時辰，紫玲等人也快由上而下，仍是先護著三人要緊。」喊了兩聲，見三人盛怒之下仍未回頭，只得運用天尺飛上前去。果然身才飛起，對面那個赤身露體、不男不女的妖道，忽然放出一片五色粉霧，眼看若蘭、朱文似要暈倒，往下敗退。靈雲一見不好，連忙飛上前去，金花紫氣照處，香消霧散，朱文、若蘭神志也立即清爽。

就在這時，忽聽司徒平連聲大喝。回頭一看，就在靈雲救人空隙，從空中飛下一隻畝許方圓的大毛手，正要去抓那洞壁上倒吊著的頭陀——那日擒來的法勝。

靈雲因為這班妖孽永世不會悔悟，本要將他斬首。寒萼再三說，可以留著誘敵。靈雲因她連日正犯小性，想日久緩緩感化，暫時不願多傷她的感情，便允了她。由若蘭用法術禁制，吊在洞口，以作激怒敵人之用。

眾人離洞迎戰時節，吳文琪素來度德量力，見靈雲不願妄動，雖然一樣仇恨妖人，並未上前。司徒平見三人同時離洞，靈雲也往前追去，唯恐隔離過遠，防守無人，也未上前。見金花剛隨靈雲離開洞口不過丈許遠近，忽然一隻大毛手從空飛下，直取法勝。

司徒平急不暇擇，一面高聲報警，先將飛劍放了出去。誰知劍光繞在大毛手上，敵人竟似沒有感覺。同時靈雲、朱文、若蘭三人一見洞口有警，忙捨敵人飛回時，上面烈火風雷又同時打到，只得仍用九天元陽尺抵禦。文琪飛劍也難制敵。

那隻毛手竟將法勝搶起，就待飛走。司徒平見飛劍要失，一著急，猛想起神駝乙休所賜的烏龍剪，還未及使用。百忙之中，也不顧得別的，忙從法寶囊內將剪取出，才一離手，兩條蛟龍般東西，帶起一片烏光黑雲，疾如電閃，追上前去。那毛手想已知道厲害，不顧再救法勝，將手一鬆，縮入上空不見。

司徒平的劍光還在空中懸繞，那法勝墜在空中，被烏龍剪趕上一絞，立時腰斬墜地。司徒平也不窮追，忙將劍光收起。

當寒萼、朱文、若蘭三人分頭出戰之際，眾妖人原想將敵人引得離開洞口遠一些，不在九天元陽尺金花的罩護之下，再行下手。不料寒萼怒在心裡，出陣太急，與百靈女朱鳳仙一照面，飛劍剛放出去，左手一揚，白眉針連續而出，一線細如游絲的光華只閃得兩閃，朱鳳仙躲避不及，竟將雙目打中，敗退下去。那針順血攻心，敗退不遠，登時墜地身死。

虎爪天王拿敗一見朱鳳仙慘死，心中大怒，與青身玄女趙青娃雙雙飛劍出戰。正待展動法寶，寒萼心辣手快，一面飛劍抵禦，白眉針接連發出，拿敗虎爪上早中了一針。趙青娃未及施展妖法，被陰陽臉子吳鳳看出那針厲害，忙喊：「仙姊留神，這是天狐白眉針！」趙青娃聞言大驚，忙取一個飛囊往空一擲，一朵妖雲將身護住。

這邊香霧真人粉孩兒馮吾，貪看來的二女美貌，正要行法擒拿，忽被靈雲破了迷人香霧救去。方在悔惜，一眼瞥見寒萼正在大顯白眉針威力，丰神美麗，也不亞於適才二女，連忙轉身飛來。天遊羅漢邢題，也看出便宜，趕來合圍。

這裡史南溪見靈雲帶了出戰的人返身回去，重施九天元陽尺，護住洞口。長臂神魔鄭元規人未救出，反傷了法勝性命。又見寒萼將百靈女朱鳳仙用針刺死，連著又傷虎爪天王拿敗。俱都怒發千丈，不約而同飛將過來，欲得寒萼而甘心。還未近前，史南溪猛聽上面雷火忽然停止，正在驚疑，忽見敵人洞口一干青年女子倏地全數衝殺上來。百忙中往上一看，見有兩道青紫光華，似游龍一般滿空飛舞，所到之處，煙火齊消。妖陣中心，天光已是照下，知道妖陣已破，主旗定然被毀，這一驚非同小可。同時對面敵人紫光業已飛到。

史南溪惱怒到了極處，大喝一聲，連同那幾個殘餘妖人，各將法寶飛劍紛紛祭起，分頭接住厮殺，準備決一死戰。對面齊靈雲知敵人妖法厲害，眾同門業已分開應戰，便持著一柄九天元陽尺飛行空中，往來接應，專破妖法。

那虎爪天王拿敗的虎爪中了一白眉針，自知不妙，幸而他生就畸形，本來無手，兩隻虎爪原是用妖法安上去的，恐那針透入手臂，連忙自行斷去，重又飛劍上前助戰。

香霧真人粉孩兒馮吾，早看出今日形勢凶多吉少，無奈為色所迷，只管戀戀不走。先見寒萼勢單，想找便宜。及見妖陣一破，眾妖人不顧得合圍寒萼，分開應敵，他知寒萼白眉針厲害，留下天遊羅漢邢題去敵寒萼。劫數當前，邪心猶自未退，仗著自己邪法攝人厲害，遁法迅速，滿想在對陣許多美女中覷準一個劍法平常的，乘她措手不及，用妖霧迷了攝走。主意打好，一眼看到敵人雖然個個年幼，本領俱非尋常。只有一個與青身玄女對敵的青衣女子，劍光不似峨嵋嫡派，以為好欺。忙用遁光飛將過去，乘那女子全神貫注飛劍之際，便想趁機下手。

那女子正是黑鳳凰申若蘭，一上陣早看見一干妖人俱在應敵，只有適才用妖霧差點將自己迷倒的那個妖道在空際盤旋，似想相機行使妖法。無奈對面青身玄女趙青娃是個勁敵，急切不能取勝，自己吃過虧，不由加了幾分防備。此時猛見他鬼鬼祟祟，正朝自己身後飛來，便知來意不善。一面指揮飛劍應付前面敵人，暗從法寶囊內取出丙靈梭，未容馮吾施展那迷人香霧，倏地回身將手一揚，便是數十溜尺許長像梭一般的紅光，直朝馮吾打去。

馮吾眼看飛臨切近，那女子絲毫也未覺察，剛在心喜，將手一指，一片五色香霧才飛出去，忽見那子女回身將手一揚，數十溜紅光隕星一般飛到。心想：「這女子倒也狡猾，居然用法寶來暗算自己。」當下一面放出飛劍，想將那紅光敵住；一面仍指揮香霧過去迷人。正打著如意算盤，就在那片香霧快要飛向若蘭頭上，馮吾劍光也與丙靈梭剛剛接觸之際，倏地眼前一亮，九朵金花和一團紫氣如電駛雲飛般直捲過來。

紫氣光華一照，粉霧全消。馮吾方悔功敗垂成，猛見一道紫虹從空飛射，相離數十丈外，已覺寒光耀眼，冷氣森森。知道不妙，正待抽身，哪知連人帶飛劍已被紫光罩住，性命垂危。忙用脫體分身之法，咬緊牙關，把心一橫，將一條左臂平伸出去，紫光掃處，斷了下來。同時馮吾也借血光行使妖法遁走。

話說馮吾逃走後，那口飛劍眼看被紫光一絞，便要毀滅。若蘭看出那劍雖是妖人所用，本質不差，毀了未免可惜。恰巧靈雲指揮九天元陽尺過來，破了妖人香霧，見青身玄女趙青娃劍光不弱，便將飛劍放出助戰。抽空捨了敵人，高叫道：「瓊妹莫壞這劍，你只將它擋住，待我收了它去。」

英瓊原是同了紫玲、輕雲等，用紫郢、青索兩道光華在上面驅掃妖焰，頃刻之間業已將近畢事。氛雲散處，一眼看見下面有人暗算若蘭，飛劍下來相助，一照面，劍光便將馮吾罩住，只見一道血光一閃，妖人業已斷臂遁走。心中正可惜下手晚了一些，還想去破那口飛劍時，聽若蘭一喊，忙即止住。那劍失了憑依，又有劍光圈住，哪能飛遁，不多一會，便被那數十道紅光圍住，追得緩緩降下。若蘭將手一招，連那丙靈梭一齊收入法寶囊內。

英瓊見若蘭將劍收去，回頭一看，戰場上敵我形勢已經大變。原來虎爪天王拿敗獨戰女空空吳文琪，被嚴人英用飛劍追殺，只見銀光一閃，登時廢命。天遊羅漢邢題，劍光甚是靈活，又識得白眉針厲害，寒萼連放飛針，俱被邢題用妖法防身，未能奏效。寒萼一著急，便將寶相夫人金丹放出，一團栲栳大的紅光，直朝邢題打去。

邢題料難抵敵，想要收劍逃走，正遇司徒平傷了竹山七子中的金剛爪戚文化，飛身過來，一指烏龍剪，一片烏光中現出兩條蛟龍，交頭剪尾飛來。邢題忙著收劍，慢了一些，將雙足齊膝絞斷。還算他玄功奧妙，怪叫一聲，負痛破空逃走。

這一干妖人死散逃亡之餘，只剩下長臂神魔鄭元規、陰陽臉子吳鳳、青身玄女趙青娃與史南溪四人，還在死命支持。尤其是史、鄭二人最為厲害，若論本領，峨嵋一班小同門原非敵手。也是妖人該遭劫數，偏遇見英、雲會合，紫郢、青索雙劍出世，又有那一柄九天元陽尺，縱有妖術邪法也無處施用，才有這場慘敗。這且不提。

那陰陽臉子吳鳳，原與邢題、趙青娃等人合敵寒萼，一見敵人紛紛出戰，正要迎上前去，猛見妖陣被破，從空中先後飛墜下六個人來，一眼看到那最後落下的兩個矮子甚是臉熟。不及細看，對陣女神童朱文已經飛到，只得迎著交起手來。兩人恰是勁敵，劍光絞在一起，殺了個難解難分。

這時妖焰已散，陽光透下，恢復了清明景象。吳鳳詭計多端，看見下面飛雷洞口光影裡，橫臥著那日初來時所見的兩個道童，護身金光被多日烈火風雷轟打，已經稀得似一團光霧。情知這兩個道童仗著靈符護身，雖中妖法，並未身死。暗想：「自己這面死傷多人，敵人一個也不曾受傷，明明形勢凶多吉少。現時史、鄭二人不退，不便單獨遁走，早晚終須敗逃。何不暗使法術，分身過去，趁那兩童護身金光散去，抽空將他們殺死，可略微解恨。」

想到這裡，暗運玄功，將手一招，空中劍光倏地飛回，與身相合，重又朝著朱文飛去。朱文以為敵人身劍合一來拚死活，也將身飛起，與劍相合，迎上前去。誰知吳風暗使狡猾，早已隱身往下飛墜。剛剛飛近兩個道童身旁，正待行法破去那殘餘金光，施展毒手。腳才沾地，猛被兩隻怪手將他擒住，心中大驚。還未及行法抵禦，倏地迎面飛來一道黑煙，立時一陣頭暈，不省人事。

那朱文身劍合一去敵敵人飛劍，幾個迴旋之後，猛覺敵人飛劍光華未減，忽然失了靈活，彷彿無人駕馭一般。先還恐是敵人詭計，及見敵人飛劍一任自己壓迫，恰巧寒萼得勝飛來，看出破綻，忙喚：「師姊，敵人業已逃走，現成便宜你還不撿？」一句話將朱文提醒，又有寒萼幫著，果然很容易地將那飛劍收了。

正在這時，恰值英瓊飛來，一眼看到朱文獲勝，對陣妖人只剩三個，青身玄女趙青娃獨敵靈雲，連施邪法異寶，都被九天元陽尺破去，智窮力竭，勢將逃遁。英瓊哪裡容得，嬌叱一聲，紫虹電閃般飛出。趙青娃剛駕遁光飛起，被英瓊紫光橫掃過來，只一繞，身首異處。

那史南溪與長臂神魔鄭元規先戰輕雲、紫玲，一個有彌塵旛，一個有青索劍，神妙無窮。又有靈雲往來策應，妖法雷火全然無效。鄭元規一見大怒，忙運玄功，元神幻化大手，從空往輕雲頭上抓來。

輕雲飛劍是峨嵋至寶，鄭元規所用飛劍原不是它敵手。無奈妖人邪法厲害，更番變化。輕雲久經大敵，不求有功，先求無過，防衛時候較多。及至鬥了一會，見妖人飛劍光芒大減，心中大喜。正盼成功，忽見頭上烏煙瘴氣中，隱現一隻大手抓來，不由吃了一驚。未容收劍防禦，正遇嚴人英斬了拿敗，飛身過來助戰。見輕雲危急，銀光疾如電閃，飛將出去，與那大手鬥在一起。

偏偏這時靈雲又回身去救護若蘭，身子被趙青娃絆住，急切不能奏功。史、鄭二人一見金花紫氣飛走，暗忖：「不乘此時下手，更待何時？」雙雙一打招呼，各將全身妖法本領一齊施為。

長臂神魔鄭元規料知自己飛劍不是敵人對手，索性收了回來，只用元神變化應戰。鄭元規已是勁敵，再加上史南溪雙手雷火猛烈，妖法厲害。紫玲、輕雲和人英三人見勢不佳，只得用彌塵旛護身，勉強應戰，以免有失。輕雲飛劍雖然仍舊活躍，也難取勝。

雙方拚命惡鬥沒有半刻，眾妖人一齊伏誅逃散。一干峨嵋同門先後包圍上來，滿天空都是法寶飛劍，光華燦爛。

史、鄭二人先時急怒攻心，存了有敵無我之念，此時也心慌起來。鄭元規首先覺出金花紫氣二次飛來，再如戀戰，決無倖理，正想逃遁。紫玲在彩雲掩護之下應戰，一見靈雲、英瓊先後飛到，忙喊：「周師姊，還不將雙劍會合去除敵人？」說罷，便將寶旛收起。

輕雲聞言，一指青索劍，與英瓊紫光合而為一，便朝敵人飛去。雙劍合璧，威力大增。

鄭元規剛要飛走，元神已快被金光罩住，又遇青紫光華橫捲過來，百險中陡生急智，倏地將飛劍放將出去。先是一陣黑煙一閃，一道綠光迎著青紫光華互相一絞，綠光便成粉碎，灑了一天的鬼火，紛紛下落。輕雲、英瓊鼻端只聞著一股子腥風，再找妖人，已經不見。

史南溪此時忽然見機，一見鄭元規快被金光罩住，放起飛劍，便知他準備棄劍逃走。遭此慘敗，勢孤力弱，縱能傷害一二敵人，又何濟於事？不如回山等烈火祖師回來，再商報仇之策為是。就趁眾人圍攻鄭元規之際，倏地兩手一揚，十數團大雷火朝紫玲、人英等打去。紫玲剛把彌塵旛抵禦，史南溪已在雷火光中逃走。靈雲知道追趕不上，便同眾人去救石、趙二人。

# 第五章　掣電飛龍

這時妖雲盡散，清光大來。仙山風物，依舊清麗；嵐光水色，幽絕人間。除了地下妖人的屍身和血跡外，宛然不像是經過了一番魔劫的氣象。及至到了飛雷洞前一看，好好一座洞府，已被妖人雷火轟去半邊，錦絡珠纓，金庭玉柱，多半震成碎段，散落了一地。那石奇、趙燕兒二人護身金光業已消散，躺在洞前，奄奄一息。靈雲見飛雷洞受了重劫，非一時半時所能整理。又恐妖人去而復轉，須將他二人抬往太元洞內醫治，才為穩妥。只是後洞仍須派人輪流防守，便問何人願任這第一次值班？

紫玲方要開言，寒萼先拿眼一看司徒平，搶著說道：「妹子願任首次值班，但恐道力不濟，平哥新回，不比眾姊妹已受多日勞累，他又有乙休真人賜烏龍剪，意欲請他相助妹子防守後洞，料可無礙。不知大師姊以為勝任否？」

靈雲因善後事多，又忙著要救石、趙二人和袁星，知道二人夙緣，寒萼要藉此和司徒平敘些闊別，略一思考，便即答應，留下寒萼、司徒平防守後洞。命人英、英瓊、輕雲三人扶了石、趙二人，大家一齊回轉太元洞去，少時再來收拾餘燼。

司徒平知道寒萼有些拗性，雖覺她此舉有些不避形跡，面子上還不敢公然現出。紫玲聞言，卻是大大不以為然。又聽寒萼當了眾人喚司平徒做平哥，形跡太顯親密，一些不顧別人齒冷。雖說眾同門都是心地光明，不以為意，也總是不妥。又知二人緣孽牽纏，寒萼心浮性活，萬一失檢，連自己也是難堪，心中好生難過。本想攔阻，無奈靈雲已經隨口答應，只得走在後面，回頭對寒萼看了幾眼。寒萼心裡明白紫玲用意，不禁又好氣，又好笑，裝作不知，把頭偏向一邊去了。自此兩人誤會越深，暫且不提。

且說靈雲帶了眾同門回轉太元洞，將石、趙二人放在石榻之上。然後取出妙一夫人預賜的金丹，命人英塞入二人口內，再用九天元陽尺驅散邪氣。二人本未曾死，不過被妖法雷火困住多日，身子疲憊不堪，經此一番救治，不多時，便行醒轉。靈雲吩咐尚須慢慢調養，不要下榻。二人只得口中稱謝。

靈雲救好了二人，再拿著九天元陽尺去救袁星。先給牠口裡塞了靈丹，誦罷真言，將尺一指，那九朵金花和那一團紫氣，便圍著袁星滾轉起來。不消片刻，袁星怪叫一聲，翻身縱起。一見主人同眾仙姑一同在側，知是死裡逃生，忙又跳下榻來，跪倒叩謝。

靈雲道：「你這次頗受了些辛苦，快出外歇息去吧，少時還有事要你做呢。」袁星叩了幾個頭，剛剛領命走出，英瓊忽然想起一事，「嗳」了一聲，便往外走。靈雲忙問何故？

英瓊回身道：「眾人都在，破了妖陣之後，獨不見米、劉二人，還有神鵰佛奴。原因他們辛苦多日，一則妖法厲害，二則今日也用他們不著，命他們在太元洞前警備，防有妖人偷入，適才回洞，也未看見。佛奴不怕有何災難，只恐米、劉二人吉凶難保，所以想往後洞去看個仔細。」

靈雲道：「便是我適才也因後洞飛雷崖有好些妖人的屍身血跡，須人打掃，欲待救了袁星，等牠出洞，稍微運行血氣，復原之後，領了米、劉二人，去往崖上打掃。適才匆匆回來，不是你提起，還以為二人是聽你吩咐，在洞外候命呢。」

紫玲道：「適才戰場上，我見有一個兩面妖人和朱師妹對敵，那廝忽用玄功分身之法遁走，意在乘隙侵害石、趙二位師兄。曾見米、劉二人突然在飛雷洞前現身，與那妖人交手。只一照面，便即一同隱去。彼時正值匆忙之中，不及趕去救援，也不知他二人勝敗如何。」

正說之間，袁星忽從洞外進來跪稟道：「米、劉二人說他們追趕妖人，被佛奴追去擒來抓死，屍首已帶回飛雷崖，有佛奴看住，現在太元洞外候命。」

靈雲略一尋思，說道：「反正還有事分配他們二人，命他們無須進洞，我等即時出去。」說罷，便命人英看護石、趙二人，大家一同出洞。

米、劉二矮見眾人出洞，迎上前來拜見。靈雲便問和妖人交戰經過。米、劉二人剛要開口，袁星在旁，大聲說道：「你二人還是實說的好，那佛奴好不刁鑽，我還吃過牠不少的苦呢。」

二矮把臉一紅。英瓊早已看出，喝問袁星鬼祟什麼！米、劉二人知難隱瞞，便由劉遇安躬身答道：「弟子等自知道力不濟，不是妖人敵手。初入仙山，又急於建立一點功勞，破完妖陣之後，便隱身在旁，等候時機。後來見眾仙姑都忙於交戰，崖前被困的兩位大仙卻無人照管。弟子二人知那護身金光將要消散，擋不住厲害妖人，恐防有失，便起了立功之想。隱身守在二位大仙身旁，只說不求有功，但求無過。等沒多時，果然有一個妖人看出便宜，化身飛來，剛把二位大仙護身餘光破去，便被弟子二人出其不意，用旁門擒拿魔法，合力將他擒住。

「一看，才知他是當年弟子等的師叔陰陽臉子吳鳳。便將他帶往僻靜之處，原想問他一些虛實，再擒將回來。經不住他再三說好話，弟子等想起師門大義，心中不忍，忘了他一向心辣手狠，不合將擒拿法解了。誰知這廝一旦脫身，便與弟子等翻臉。那擒拿法原是先師未兵解時所傳，吳鳳以前雖是同門一派，卻並未學會。不過那法須預先佈置，引人入彀，匆促之間，不能使用。所幸那廝有兩樣厲害法寶，事前因想脫身，已經送與弟子二人，否則定遭他的毒手無疑。

「弟子等見他忘恩反噬，就要下手，一面虛與委蛇，反而向他求情，暗中想法抵敵。

未及施為出來，已經被他看破。也是那廝該死，因知弟子等有入地之能，竟下絕情，用法術將弟子等困住，苦苦逼迫，先要還他那兩樣法寶。弟子等情知中了奸計，本就難以脫身，故作投降，乘他不備，打了一黑霉釘，正中他的左臉。那廝急怒交加，催動妖法，四面都是烈火紅蛇包圍上來。眼看危險萬分，忽從空際飛下一黑一白兩隻火眼金睛大神鵰來。黑的一隻正是主人座下仙禽佛奴。白的一隻更是厲害，首先衝入火煙之中，兩隻銀爪上放出十來道光華，把那些火蛇一陣亂抓，那雷火竟不能傷牠半根毛羽。

「那吳鳳先不見機，只管運用妖法。及至見勢不佳，想要逃走，卻被佛奴兩爪將他前胸後背一齊抓住，再被白鵰趕上前來一爪，一道黑煙閃處，被佛奴生生抓死。兩隻神鵰對鳴了幾聲，白的一隻沖霄飛去。佛奴抓了吳鳳屍身，回到飛雷崖放下，長鳴示意。秦仙姑也命弟子等進洞請命。弟子等不合擒敵又縱，幾遭不測，還求主人和眾仙姑開恩饒恕。」

英瓊心想：「兩矮縱敵，只為顧念師門恩義，情有可原。」便聽靈雲發落。

靈雲卻早聽出二人還有些須不實不盡之處，便道：「你二人之事，我已料知。念在暗保石、趙二仙有功，暫時免罰。」說罷，便向紫玲道：「有勞紫妹帶他二人和袁星去往飛雷崖，借紫妹法力，汲取隔崖山泉，洗淨仙山，監率他三人等將殘留妖人屍身碎體，搬往遠處消化埋葬如何？」

紫玲巴不得藉此去相機勸化寒萼，欣然領命，帶了三人便走。靈雲因掌教真人回山開府在即，微塵陣內還困著南海雙童，須往察看，便帶了眾同門自去。不提。

且說寒萼、司徒平二人等眾人走後，便並肩坐在後洞門外石頭上面，敘說別後經過。二人原有夙緣，久別重逢，分外顯得親密。司徒平畢竟多經憂患，不比寒萼童心猶在，見寒萼舉動言語不稍顧忌，深恐誤犯教規，遭受重罰，心中好生不安，卻又不敢說出。

寒萼早看出他的心意，想起眾同門相待情節，顯有厚薄，不禁生氣，滿臉怒容對司徒平道：「我自到此間，原說既是同門一家，自然一體待遇；若論本領，也不見得全比我姊妹強些。偏偏他們大半輕視我。尤其齊大師姊，暫時既算眾姊妹中的領袖，本應至公無私，才是正理。但她心有偏見，對大姊尚可，對我處處用著權術，不當人待。如說因我年輕，管得緊些，像大姊一般，有不妥的地方，明和我說也倒罷了，她卻故意裝呆，既知我能力不濟，那次我往微塵陣去，就該明說陣中玄妙，加以阻攔，也省得我身陷陣內，幾遭不測，還當眾丟臉。

「隨後好幾次，都對我用了心機，等我失利回來，明白示意大姊來數說我。還有那次得那七修劍，連不如我的人全有，只不給我一口，明明看我出身異教，不配得那仙家寶物。更有大姊與我骨肉，卻處處向著外人。你道氣人不氣，只說等你回來，訴些心裡委屈，誰知你也如此怕事。我也不貪什麼金仙正果，仙人好修，這裡拘束悶氣卻受它不慣。遲早總有一天，把我逼回紫玲谷去，有無成就，委之天命。」

司徒平知她愛鬧小性，眾人如果輕視異類，何以獨厚紫玲？不過自己新來，不知底細，不便深說，只得用言勸解。說的話未免膚泛，不著邊際，寒萼不但沒有消氣，反倒連他也嗔怪起來。

正說之間，忽見神鵰抓著一個妖人屍首，同了米、劉二矮飛到崖前落下，見寒萼、司徒平在那裡防守，米、劉二矮便上前參拜。略說經過，稍有不實，神鵰便即長鳴。寒萼也懶得問，便命神鵰看著屍首，米、劉二矮前往太元洞外候命，自己仍與司徒平說氣話。

司徒平見她翠黛含顰，滿臉嬌嗔，想起紫玲谷救自己時，許多深情密意，好生心中不忍，不住地軟語低聲，溫言撫慰。說道：「我司徒平百劫餘生，早分必死，多蒙大姊和你將我救活，慢說犧牲功行，同你回轉紫玲谷，就是重墮泥犁，也所心甘。無奈岳母轉劫在即，眼巴巴望我三人到時前去救她。峨嵋正教，去取門人甚嚴，僥倖得入門牆，真是幾生修到。異日去救岳母，得本派助力，自較容易。就往岳母身上想，也應忍辱負重，何況將來還可得一正果？同門諸師姊都是心地光明，怎會分出厚薄？只恐是見你年輕，故意磨你銳氣，心中相待原是一樣。縱有什麼不對之處，也須等見掌教師尊，自有公道。此時負氣一走，不但有理變作無理，岳母千載良機，豈不為我二人所誤？」

寒萼冷笑道：「你哪裡知道。聽大姊素常口氣，好像我不知如何淫賤似的。只她一人和你是名義上的夫妻，將來前途無量。似我非和你有那苟且私情不可，慢說正果，還須墮劫。卻不想我們這夫妻名頭，既有母親作主，又有前輩仙尊作伐，須不是個私的。神仙中夫妻盡有的是，休說劉桓、葛鮑，就拿眼前的掌教師尊來說，竟連兒女都有三個，雖說已轉數劫，到底是他親生，還不是做著一教宗主。怎地輪到我們就成下流？我早拿定主意，偏不讓她料就。

「可是親密依舊親密，本是夫妻，怕什麼旁人議論？便是師長，也只問德行修為如何，莫不成還管到兒女之私？我們又不做什麼醜事，反正心志堅定，怕她何來？她既如此，我偏賭氣，和你回轉紫玲谷去，仍照往常修煉功課。等掌教師尊回山開府，再來參拜領訓，我同你好好努力前途，多立內外功行。掌教師尊既是仙人，定然憐念，略跡原心，一樣傳授道法。既省煩惱，還可爭氣。只要我們腳跟立定，不犯教規，難道說因我得罪了掌教師尊的女兒，便將我二人逐出門牆？再過兩日看看，如果還和以前一樣，我寧受重譴，也是非走不可。」

司徒平見她一派強詞奪理，知道一時化解不開，只得勉強順著她說兩句。原想敷衍她息了怒，過了半天，問明紫玲之後，再行勸解。偏巧紫玲領命飛來，一眼看見二人並肩同坐，耳鬢厮磨，神態甚是親密，知寒萼情魔已深，前途可慮，不禁又憐又恨。因後面米、劉二矮就要跟來，只看了二人一眼。寒萼笑著招呼了一聲，仍如無事。司徒平卻看出紫玲不滿神色，臉脹通紅，連忙站起。米、劉、袁星也相次來到。

紫玲當了外人，自是不便深說，便和二人說了來意。正要吩咐行事，見神鵰還站在陰陽臉妖人的屍體旁邊，一爪還抓住不放，見紫玲到來，連聲長鳴。心中奇怪，走過去定睛一看，又問了袁星幾句，忙喊寒萼近前說道：「你看這妖人，分明已將元神遁走，如果潛藏在側，豈不仍可還陽？難怪神鵰守著不走。師姊命你二人在此防守，責任何等重大，你們只顧說話，也不看個仔細。休說妖人元神偷來復體，就是被妖黨前來盜走，也是異日之患。怎地這般粗心？」

寒萼聞言，也低頭細看了看，冷笑道：「大姊倒會責備人。你看妖人前腦後背，已被神鵰抓穿，肚腸外露。他如有本領還原，豈能容容易易便被神鵰抓來？我和平哥已是多日不見，母親超劫在即，趁無事的時候商量商量，也不算有犯清規咧。如說妖人想弄玄虛，只恐妹子本領雖然不濟，也沒這般容易。」

這一番話，當著米、劉兩矮，紫玲聽了甚是難過，略一尋思道：「如此說來，不但我，連神鵰守在這裡也是多事的了。」說罷，便對神鵰道：「這具妖尸，由我們三人處理，將他用丹藥消化掩埋。你擒敵有功，少時再告訴你主人。如今敵人慘敗，難保不來生事，可去天空瞭望，有無餘孽來此窺伺？」

神鵰聞命，睜著一雙金睛，對紫玲望了一望，展開雙翼，盤空而去。

# 第六章　多情成孽

紫玲便命二矮與袁星去將崖上所有殘屍碎體一齊提來，與吳鳳屍身放在一處，再用仙藥消化，自己也隨在二矮後面指點。寒萼搶白了紫玲一頓，見她無言可答，略覺消氣，索性仍喚司徒平到洞口石上坐談。

司徒平見他姊妹拌口，已是不安。又見寒萼喚他，其勢不能不依。跟著走沒幾步，正在心中為難，忽聽紫玲在身後大喝道：「無知妖孽，竟敢漏網！」接著光華一閃，便是一幢彩雲飛起。

寒萼、司徒平大吃一驚，連忙回身注視，吳鳳的屍身已經復活，從地下捲起一團黑煙正要飛走。幸而紫玲早有防備，存心欲擒先縱，明是隨了二矮前走，時刻都在留神動靜，未容吳鳳飛起，彌塵旛已化彩雲飛來，將他罩住。就在這時，那神鵰何等通靈，早看出紫玲心計，並未飛遠，一見妖人想逃，星流電閃般束翼下擊。

起先吳鳳因黑白二鵰來勢厲害，知難逃命，把心一橫，捨了軀殼，將元神隱遁。二鵰並未看出，原可逃回山去，借體還原。及見原身並未被二鵰抓裂，不禁又起希冀：一則借體還原，總不如原有的好；二則法寶囊內還有兩樣寶物，捨不得丟棄，重又回身窺伺。心想：「只要原身一脫鵰爪，便可與元神合了遁走。」誰知神鵰受了同伴指示，緊緊抓定，竟然不肯離開一步，只由二矮回去請命。

吳鳳乾自心急，知道這東西異常厲害，適才已經吃過苦頭；又以為二鵰一樣神化，若以元神相拚，本無不可，偏偏原身又被牠抓住，投鼠須要忌器。法寶飛劍已無用處，萬一驚覺，只要被牠兩爪抓裂，便成粉碎。不敢造次，隱藏在側，靜候時機。認定成固可喜，敗亦至多毀了軀殼，元神仍可逃走。不料袁星能通鳥語，一出來便代神鵰解說牠受了白鵰指教，留下妖人軀殼。言還未了，紫玲機警，已明白是誘妖人元神前來伏誅，忙止住袁星。便喚寒萼來問，偏遇寒萼頂嘴，索性將計就計，故意遣走神鵰，裝作不備。

吳鳳恐神鵰覺察，元神藏處相隔本遠，袁星又只說了一半，沒有聽清，只聽明了秦氏姊妹的大聲問答。先聽紫玲盤問之言，以為看出破綻，甚是吃驚。及見她二人拌嘴走開，再舉目往空中一望，不知神鵰隱身彩雲以內，一見沒有蹤影，心中大喜。暗忖：「聞得峨嵋消骨丹藥甚是厲害，莫待她回來措手不及，功敗垂成。」匆促之中，又忘了彌塵旛彩雲飛動，疾如電掣，以為紫玲縱然到時警覺，相隔有三數十步之遙，也必追趕不上。

誰知元神剛與身合，駕遁飛起，彩雲已經照臨頭上。此時吳鳳如果仍舊棄了軀殼，未始不可二次逃生。也是他該遭劫數，已回原身，不捨就棄，一時亂了主意，妄想抵敵，連身逃遁，左手雷火剛剛發出，接著又在法寶囊內去取寶物。就在這略一停頓之間，上面神鵰飛到，紫玲與袁星、二矮齊放飛劍法寶，自不必說。

寒萼因自己適才任性，看走了眼，萬一妖人逃走，少時又受埋怨，又氣又急。忙喊：「平哥，還不快放你的烏龍剪！」司徒平已將飛劍放出，聞言又將烏龍剪放在空中。

吳鳳本是打戰中逃走主意，及見敵人法寶飛劍紛紛祭起，幸而彩雲被自己雷火略微托住，勢子一緩，正好逃走。猛地又見頭上一片烏雲罩到，現出兩點金睛，知是神鵰飛來。忙把遁光往下一落，一面運用玄功，準備萬一難以脫身，仍將元神遁走。不料司徒平的烏龍剪又從下面飛上，迎個正著。那剪原是神駝乙休多年修煉的異寶，專斬修道人的元神，只要不能抵禦，被那兩條蛟龍般的烏光絞住，便難脫身。吳鳳惡貫滿盈，不但軀殼被眾人飛劍斬成多段，連元神也同時被斬消滅。

紫玲眼看吳鳳頂上隱隱飛起一道白煙，被烏龍剪絞散，知獲全功，大家收了法寶飛劍相見。寒萼雖然內愧，幸而敵人是死在司徒平手內，還可遮羞。見紫玲沒有說話，也就不再開口。紫玲也不去理她，這才正經命二矮、袁星，將全崖妖人屍首殘肢收放一起。再命袁星先在遠處擇好一個僻靜所在，掘下深坑等候。

二矮便求紫玲將吳鳳法寶囊賜他二人。紫玲點頭應了，二矮心中大喜，感激非凡。又對紫玲說，他二人能用法術將屍骨殘肢運走。紫玲含笑點頭。二矮立刻口誦咒語，施展旁門搬運之法，將所有屍體全都移到袁星所擇之處，拋入坑內。

紫玲取出化骨丹藥灑了下去，頃刻之間化成黃水。才命袁星、二矮用土掩埋好了，回轉飛雷崖。又從身旁取出四面小旗，分與袁星、二矮，傳了咒語，自己也拿著一面，向隔崖一指，那水倏地飛起四五尺粗細的四股飛泉，宛如四條銀龍，起自洪濤之中。隨著四旗指處，滿崖飛舞沖射，不消頃刻，已將崖上妖跡血污，洗蕩得乾乾淨淨。

袁星素來看慣不說。那二矮自命是旁門能手，只為高人點化，志在逃劫避災，屈身奴僕，雖然心意甚誠，究還不知峨嵋門下有多大本領。及至來此沒有多日，先見大眾飛劍法寶神化無窮，又見紫玲等適才對敵施為，連鵰、猿都如此靈異，才自愧弗如，只配供人奔走役使，不配置身雁列，越發是死心塌地，不起異念的了。

紫玲洗罷仙山，時已黃昏，斜陽從遠山嶺際射到，照在新洗過的林木山石上，越顯山光清麗，不染塵氛，心中也覺快意。回望寒萼，仍與司徒平並肩低語，喁喁不休，暗嘆了一口氣，不忍再看。這時神鵰已經飛走，便帶了二矮、袁星回洞覆命。走時連司徒平也不願答理，略微招呼，就此走去。

寒萼等紫玲走後，又說道：「我同了朱文，拿著九天元陽尺去闖妖陣，敗下陣來，又遇青海教祖藏靈子攝去元陽尺，要報殺徒之仇。幸遇神駝乙休相救，還賜了三粒仙丹，一封柬帖，吩咐到日才許開看。

「他又說你和他有緣，他定助你成功。適才又聽你說，他也賜了你一封柬帖，開示日期與我正同，都是應在十日之後。我聽大師姊和申若蘭師姊說起乙真人來歷，真是神通廣大，法力無邊。此人並有拗性，別人以為不能的，只要得他心許，無論如何艱難的事，都要出力辦成，比那怪叫化凌真人的性情還要古怪。先前身材高大，容顏奇偉，背並不駝。因為屢次逆天行事，遭了天劫，假手幾個能手，合力行法暗算，移山接岳，將他壓了四十九年。幸而他玄功奧妙，只能困住，不能傷他，反被他靜中參悟禪功，參透大衍天機，一元妙用。等到七七功行圓滿，用五行先天真火煉化封鎖，破山出世。

「當初害他的人，聞信大半害怕，不敢露面。誰知他古怪脾氣，反尋到別人門上道謝，說是沒有當初這一舉，他還不能有此成就，只要下次不再犯到他手內，前仇一概不記。內中有一個，便是凌真人，反和他成了至好朋友。

「齊師姊說，掌教夫人曾說他還有一個妻子，與他本領不相上下，百十年前不知為何兩下分開，沒有下落。他素常還愛成人婚姻，他那日又曾提起你我未來的話，且等到時開看柬上的話，定於我們有益。」

司徒平也把代神駝乙休拜上岷山之事，詳細說明。正談得高興，忽見若蘭、朱文飛來，說是奉了大師姊之命，代他二人接班防守。寒萼見紫玲才去不久，便有人來接替，又起疑心，不便向外人發作，遲疑氣悶了一會。寒萼正要轉身回洞，忽聽遙天一聲長嘯，甚似那隻獨角神鷲。

寒萼連日都在惦記，飛身空中，循著嘯聲，迎上前去看個明白。只見新月星光之下，彩羽翔飛，金眸電射，從西方穿雲御風而來，轉眼便到了面前，正是那隻獨角神鷲，爪上還抓著一封書信，心中大喜。便跨了上去，飛近洞口，喚道：「平哥，你去太元洞相候，我騎了牠由前洞下去。」說罷，騎了神鷲逕飛前洞，在凝碧崖前降落，見一干同門正在比劍。

紫玲早迎上前來，劈口問道：「大師姊因今日諸事就緒，你我所學本門心法，尚有兩關未透，著朱、申二位去換你前來傳授，怎地這時才來？神鷲是怎樣回來的？」

寒萼聞言，方知適才自己多疑，氣便平了。只得說正待回洞，忽聽神鷲空中鳴嘯之聲，上去接牠，故此來遲。因優曇大師那封書信是給靈雲的，便遞了過去。靈雲拆開一看，大意說：

開府盛會在即，正教昌明不遠，可喜可賀，到時當領全體門人前來赴會。那日在冰崖上所救神鷲，因當時烏龍剪來勢甚急，只得收了。神駝乙真人脾氣雖然古怪，人卻正直，道力也甚高強，異日當為峨嵋之友。不願開罪於他，事後便將烏龍剪給他送還。中途路遇，果然他心中不忿，鬥法三日，不分勝負。幸遇極樂真人空中神遊解圍，化敵為友。他因烏龍剪以前是自己心愛法寶，竟被外人收去，不屑再用，欲轉贈被他救去的司徒平。此剪如能善用，神妙非常，專斬異派妖人元神。如已見贈，須要加功修煉，不可大意。神鷲橫骨已化去，可與神鵰佛奴的功行不相上下。知秦氏姊妹還有用牠之處，特命牠飛歸故主。

書末又說不久各同門均要先期回轉仙府，敬候開山盛典，命靈雲早為準備安置等語。靈雲觀畢，傳示眾同門，一齊向空謝了。大家練了一會功課，回轉太元洞。

第二日將所有石室全都汲了靈泉洗淨，把正中供朝參石室旁的三十六間石室分供掌教師尊和前輩師伯叔居住。餘下百十間石室，分成男東女西，以備眾同門來了起居和做功課之用。又因同門中道行深淺不一，好多未斷火食，便命神鵰、神鷲連日出外獵取猛獸。肉由英瓊、芷仙、若蘭三人醃臘。皮由米、劉二矮持往城市變賣，連同英瓊昔日遺留的銀兩帶去，備辦米糧和應用物品。山中有的是黃精首烏，異果野菜，只須袁星每日出外採取。洞中又有芷仙平日用奇花異果釀成的美酒甚多。不消兩三日，一齊備齊。又責成芷仙管領仙廚，米、劉二矮與袁星供她驅遣，南姑姊弟也願幫忙。大家都興高采烈，靜等佳客降臨。

到第七八天上，妙一夫人忽回山，佈置了一番，住了兩日，囑咐靈雲一陣，才行走去。

先後又來了許多同門，除石、趙二人原是近鄰移居不算外，遠客計有岷山萬松嶺朝天觀水鏡道人的弟子神眼邱林、昆明開元寺哈哈僧元覺禪師的弟子鐵沙彌悟修，以及風火道人吳元智弟子七星手施林、靈和居士徐祥鵝、青城山金鞭崖矮叟朱梅弟子長人紀登、小孟嘗陶鈞等。餘者不下百十位，俱已得了師命，有的因事羈身，有的尚在途中，均當在開闢仙府以前趕到。大家聚在一起，新交舊識，真是一天比一天熱鬧。每日歡聚一陣，不是選勝尋幽，便由靈雲、紀登為首，領了眾人練習劍法，互相切磋砥礪，功行不覺大進。

這期間只苦了寒萼、司徒平兩個。因為紫玲見她一味和司徒平時常廝守在一處，外表上儼然伉儷一般，心中害怕，其實二人名分已定，眾同門均已知道；又知寒萼是個小孩心性，有時和若蘭、英瓊也是如此，不以為怪。事一關心太過，反要出事，乃是常理。

紫玲何嘗不知他二人心地光明？但是唯恐因情生魔，墮了魔孽，壞了教規，不時背人勸誡。誰知寒萼暗怪紫玲不偏向她，時常給她難堪。這一責難過甚，反而嫌怨日深。

司徒平左右為難，無計可施。偏偏又遇見一個多事的神駝乙休，給二人各留了一封柬帖。到日二人藉著防守後洞之便，同時打開一看，除了說明二人姻緣前定而外，並說藏靈子從百蠻山回來，定要到紫玲谷報殺徒之仇。秦氏姊妹本非敵手，就連峨嵋諸長老也有礙難之處，不便出面相助。乙休憐二女孝思和司徒平拜山送簡之勞，準定到時前往相助一臂。命二人只管前去，必無妨礙。不去倒使乙休失信於藏靈子，反而不妥。此番前去，因禍得福，齊道友必能看他面子，決不見怪等語。

二人看了，又驚又喜，忙即向空拜過。本想和紫玲說知，偏巧紫玲因今早不該他們二人值班，卻雙雙向靈雲討命，願代別人往後洞防守，起了疑心。暗中趕來，見二人在那裡當天拜跪，又無什事，更誤會到別的地方，便上前盤問，語言過分切直了些。惱了寒萼，也不准司徒平開口，頂了紫玲幾句嘴，明說自己不想成仙，要和司徒平回轉紫玲谷去。

紫玲也氣到極處，沒有詳察就裡，以為二人早晚必定鬧出事來，既是甘心自棄，無可救藥，莫如由他們自去，省得日後鬧出笑話。心裡卻還原諒司徒平是為寒萼所迫，還想單獨勸解。不料寒萼存心嘔氣，也不容人說，立逼著司徒平隨她飛走，不然便要飛劍自刎。司徒平知她性情無法勸轉，好在有神駝乙休作主，且等事完之後，勸她姊妹言歸於好。當下便與紫玲作別，隨之飛去。

紫玲在氣頭上，竟沒想起寶相夫人轉劫之事，因後洞無人，只得代為防守。二人剛走不久，忽想起救母事大，正值輕雲、文琪遊玩回來，紫玲匆匆請她二人代為看守，忙即回轉太元洞，正遇靈雲、英瓊、若蘭、英男四人在洞外閒談。紫玲略說經過，問該如何處置。

靈雲因妙一夫人說她姊妹有難，又知寒萼拗性，她和英瓊、若蘭二師姊情感甚好，可著她二人前去勸他們回轉便了。二人領命去後，紫玲終覺不妥，執意要去。靈雲勸她不住，想起優曇大師那封書信曾有神鷲備用之言，便命騎了同去。去時三人先後遇見金蟬、石生、莊易、笑和尚等回山，前已表過，不提。

且說寒萼與司徒平看罷神駝乙休柬帖上預示的機宜，正值紫玲趕來規勸，寒萼料知此番回轉紫玲谷凶險不少，又因紫玲連日對自己多有誤會之處，心中不快，藉此和紫玲翻臉。一則可以出出心中悶氣；二則此行既有神駝乙休為助，定然逢凶化吉，樂得獨任其難，顯顯自己本領和毅力。即使師尊怪罪，還可藉口乙休力主，事要機密迅速，不得不如此。當下和紫玲說了幾句，便立逼司徒平連眾同門都不說一句，竟然同駕劍光往黃山紫玲谷飛去。

司徒平對於秦氏姊妹，原是一般感激愛重。不過紫玲立志向上，參透情關，欲以毅力堅誠擺脫俗緣，尋求正果。與司徒平名義上雖是夫妻，除了關心望好之外，平時總是冷冷的。寒萼卻是天真爛漫，純然一派童心，覺得司徒平這人心地光明，性情溫厚，比乃姊還要可親可愛。二人本來又有前生夙緣，如磁引針，那情苗竟在不知不覺中滋潤生長。紫玲情切骨肉，關心憂危，不得不隨時提醒一二。誰知責難過甚，倒起反感，欲離更合。使得司徒平心目中看她姊妹一個春溫，一個秋肅，情不自禁便偏向著了一頭。所以此次回轉紫玲谷，被寒萼嬌嗔滿面，一派要挾，連想和紫玲說明經過都未能出口，竟被寒萼逼了同行。

二人劍光迅速，沒有多時，已離紫玲谷不遠。因為神駝乙休預示先機，不敢大意。等到飛近紫玲谷上空，先不下落，按住劍光，定睛往下一看，見崖上面齊霞兒的仙障封鎖猶存。除了白雲滃翳，嵐光幻滅而外，空山寂寂，四無人蹤。寒萼暗忖：「難道自己趕在頭裡，那藏靈子還未來到？」一想起那兩隻白兔尚留養谷中，不禁又勾起童心，便與司徒平一同降下。

寒萼自初遇司徒平，重訪五雲步與輕雲、文琪相會，因仙障封鎖，幾乎無法飛轉谷中，赴青螺時節，早向紫玲學了解法用法。落地時節正站在崖前，口誦真言，要將仙障收了回來。忽見一片紅霞從身後照來，知道不妙。剛要回身，猛聽身後有人喝道：「無知賤婢，今日是你授首之期到了！」寒萼、司徒平雙雙回身一看，面前站定一個面容奇古的矮小道人。

寒萼認出是青海派教祖藏靈子。那日與朱文拿了九天元陽尺去闖史南溪的妖陣，嘗過厲害，雖然有神駝乙休預示，心中也未免有些著慌。寒萼見司徒平不知厲害，露出躍躍欲試神氣，這時二人身子已被紅雲罩住，恐怕失閃，忙使眼色止住。寒萼硬著頭皮挺身說道：「青海教祖，休要逞強！你我相爭，強存弱亡。貴高足師文恭朋惡比匪，殺害生靈，無惡不作。愚姊妹奉師尊之命，往除八魔，路遇他與俞德上前動手，被愚姊妹用白眉針將他打傷。彼時同黨惡人如肯約請能人施救，並非不治。不想這些同惡妖孽乘人之危，將他斷體慘死。

「即此而論，貴高足縱不遇愚姊妹，已有取死之道。教祖不明是非，放著首惡不誅，卻與一二弱女子為難，只恐勝之不武，不勝更傳為笑談。愚姊妹如果怕事，自身現在峨嵋教下，三仙二老，道流冠冕，難道還任教下門人受邪魔外道摧殘？盡可安居凝碧崖，一任教祖找上門來，自有師長作主，何足置念？只為愚姊妹以前也曾學有微末道行，明知秋螢星火，難與日月爭光，但一想到本門師長多與教祖有舊，愚姊妹身入師門，行為無狀，寸功未立，豈能為些須小事勞動師長清神？又奉乙真人示諭，特地趕回紫玲谷來候令領罪，只作為弟子與教祖私爭，不與師門相涉。

「初擬教祖為一派宗主，道力高深，行為必然光明，定任愚姊妹竭其防衛之力。在愚姊妹只求倖免一死，於願已足，並無求勝之心。教祖亦可略示寬大，一任愚姊妹有可施為，以教祖法力，也難幸脫死罪。誰知教祖仗能前知，算就小女子與外子今日回山，埋伏在此，乘人不備，未容家姊趕到，稍加防衛，便下毒手。縱然難逃刑誅，未免貽羞天下。」

言還未了，藏靈子怒罵道：「大膽賤婢！死在目前，還敢以巧語花言顛倒是非。孽徒師文恭命喪毒手，罪有應得，我決不加袒護。汝姊妹倚仗天狐遺毒，用此惡針，為禍人世。我尋汝姊妹，乃是除惡務盡，為各派道友除害。前赴峨嵋，駝鬼作梗，用言相激，我才暫留汝姊妹多活幾日，親赴百蠻山除去綠袍老妖，才來伸討。你既說乘你無備，我就姑且網開一面，容你半日，看你有何伎倆，只管使將出來，看你能否逃脫羅網？這半日之內，汝姊若不來，便是規避，我自會前去尋她。」說罷，怒容滿面，將袍袖一揚，一道光華閃過，藏靈子蹤跡不見。

司徒平方要開口說話，寒萼又使眼色止住，與司徒平飛落谷底。那兩隻白兔正在樹下吃草，見主人歸來，歡鳴跳躍上前。寒萼畢竟童心猶在，在此危急存亡之秋，還有閒情將那白兔抱在懷中，一同入內。進谷一看，不由叫得一聲：「噯呀！」

原來上次前往青螺，紫玲後走，將谷頂明星全數收去，所以裡面漆黑一片。來時負氣，又忘了問紫玲要回。按照神駝乙休之言，谷中原有一番佈置，雖然練就慧眼，到底不便。想了想無法，只得各將劍光放出照路，直奔裡面一看，後洞藏寶之處，又被紫玲行時用法術封鎖。寶相夫人當年遺留的兩件禦敵之寶和一幅保山保命的陣圖，全都不能取出。這一急非同小可，後悔來時應當與紫玲說明，約了同行，不該負氣任性，以致有此差失。如今時機緊迫，又不及回轉峨嵋求助。正在無計可施，那白兔素通靈性，也彷彿看出主人有大難將至，只管哀鳴不已。

寒萼索性把心一橫，暗想：「是福不是禍，是禍躲不過，總須和藏靈子一拚。既有神駝乙休答應事急相助，想必不至便遭凶險。好在還有一會，且將兩個白兔藏過，以免玉石俱焚。」當下同了司徒平，一人抱了一個，向昔日司徒平養傷室內放下。囑咐道：「我如今大敵當前，吉凶難保，少時便須出去交手。你兩個不要出去，免遭毒手。」

寒萼說罷，走出室去，用法術將石室封鎖。走將出來對司徒平道：「起初只說照乙真人之命，將母親陣圖取出，防過幾日便不妨事，所以約你同來。如今禦敵之寶被大姊封鎖，又不及回山去取，事在緊迫，至多挨過兩三個時辰，便要應敵，全憑齊仙姑這個仙障保命了。如果敵人厲害，寶障無功，乙真人早來還好，若是來遲，我兩人性命休矣！我死原不足惜，不但連累了你，還誤了母親飛昇超劫大事，如何使得？那藏靈子與你無仇無怨，你如回山，必不阻攔，你可趁此時速返峨嵋。我憑齊仙姑仙障與母親先天金丹至寶，與那矮鬼決一死活，存亡委之命數，以免為我誤了母親大事。」

司徒平道：「寒妹切莫灰心短氣。乙真人妙術先知，決無差錯，既命我二人到此，必有安排。他東上原說可約大姊同來，雖你一時負氣，疏忽了一步，須知我二人仙緣前定，生死都在一處。昔日在往岷山以前，乙真人曾對我說過，我的重劫大災業已過去，如今只有一難未完，決無死理。難道你死我還獨生？寒妹休要過慮。」

寒萼未始不知司徒平在此一樣凶多吉少，口裡雖強迫他走，心裡卻正相反，正願其不去。人在危難之中，最易增進情感，兩人這一番攜手並肩，心息相通，說的又盡是些恩深義重、蕩氣迴腸的話，在不知不覺中，平添了許多柔情密意。連二人也不知怎的，雖未公然交頸，竟自相倚相偎起來。藏寶之處既被紫玲預先封鎖，等到少時交手，更無別的準備。寒萼仍不住在催司徒平快走。

司徒平天生情種，到這急難關頭，分明並命鴛鴦，更是何忍言去。一陣推勸延挨，不覺快到時候。寒萼一想：「與其坐以待斃，何不出谷應戰，還省得壞了舊時洞府。」見司徒平執意不走，便道：「平哥，你既如此多情急難，反正死活我二人都在一起。那矮鬼好不厲害，那日朱師姊拿著九天元陽尺玄天至寶，竟會被他奪去。尋常飛劍法寶全用不得，白白被他損壞。此番上前，但盼齊仙姑仙障有功，我二人還可苟延性命，否則不堪設想。如等他來，倒顯我們怯敵怕他，上去吧！」

一邊說著，上了谷口，抬頭一看，崖頂一角，隱隱見有紅霞彩雲混作一團，才知紫玲已經趕到，先與藏靈子動手，彌塵旛已被敵人困住。不由起了敵愾同仇之心，把成敗利害置之度外。口中念動真言，正待展開仙障護身，駕遁飛起，忽聽頭上斷喝道：「秦家賤婢！既敢出面，有何伎倆只管使來，汝姊即將伏誅。我已設下天羅地網，不怕你逃上天去！」言還未了，一片紅霞隨著罩將下來。幸虧寒萼防備得快，同時也將仙障展開，迎上前去。

那齊霞兒的紫雲仙障，原是優曇大師鎮山至寶，又經霞兒多年修煉，真個神化無窮。初起時，只似一團輕綃霧縠，彩絹冰紈。及至被紅霞往下一壓，便放出五色毫光，百丈彩霧，將二人周身護住。二人知難上去，便在谷底摟抱坐定，靜候外援。不提。

原來紫玲百忙之中，原因彌塵旛太快，恐趕在二人頭裡，還得回身來尋，便駕了神鷲趕去，誰知去晚了些。在鷲背上運用慧目往去路上一看，見前面天邊雲影裡，有兩三點青光隱現移動，當下催動神鷲往前追趕。偏那青光飛行甚速，越趕越遠，只依稀辨出一些影子，追了一會，並未追上。猛覺青光不見，細一留神，才想起不是往紫玲谷去的道路，已經在無意中轉了方向。更加英瓊、若蘭跟在後面，為何不見紫郢劍的紫光？神鷲飛行，不亞於寒萼劍遁，怎會追趕不上？還恐二人中途起了別意，成心避卻自己來追。便將彌塵旛取出，連人帶鷲仍往那兩三點青光前路追去。

不一會，將要追上，相高切近，才看出錯認。正待飛回紫玲谷，前面青光中人也轉飛現身招呼。紫玲因那青光甚與自己相似，內中一道比較還要強些，猜是前輩中人，不敢怠謾，只得暫停。同時青光斂處，現出一個老道婆同兩個少年女子。見面一問訊，正是衡山金姥姥羅紫煙和兩個門人何玫、崔綺。

原來金姥姥因從東海去會三仙，歸途又往岷山訪友，遇見何玫、崔綺，說是在武夷採藥發生了一點事。料知金姥姥要往岷山，趕到一問，知還未到，又往回趕，才在雲中相遇。

金姥姥帶了吳、崔二人折轉武夷，行經峨嵋不遠，見後面遠處有峨嵋門下御劍飛行，先時並未在意、及至趕到前邊，認出那彌塵旛是寶相夫人之物。又見紫玲功候深純，仙風正氣現於眉宇，著實誇獎了幾句。

再一問起經過，金姥姥笑道：「我在東海聽三仙說，此番你回紫玲谷，必遇藏靈子來報前仇。結果有一能人相助，因禍得福，令堂超劫便在事完之後。此次乃汝姊妹一番劫數，令師並不見怪，但去無妨。我此番將事辦完，便往峨嵋赴那群仙盛會。今既相遇，總算有緣。藏靈子獨創異宗，雖是旁門，法力遠在汝姊妹二人之上。相遇之時，一切法寶飛劍均難施為，只可緊持彌塵旛護身，以待後援。不去原可避此一劫，無奈藏靈子神光厲害，如不使其分心兩顧，專注一處，汝妹寒萼恐難倖免。今將我鎮山之寶納芥環借你，略備萬一吧。」說罷，取出一個寸許大小青彩晶瑩的圈兒，遞與紫玲，傳了用法。

紫玲拜謝之後，便辭別金姥姥，直飛紫玲谷。既知就裡，越發關心，同懷憂危。不消片時，已經飛到谷頂上空。先運慧目往下一看，見下面白雲消散，齊霞兒所傳紫雲仙障已被人收去，不禁嚇了一跳。暗想：「難道這麼一會工夫，寒萼、司徒平已遭毒手？否則他二人既知大敵當前，如何進谷之時，不將谷頂封鎖？」正在驚疑，忽見下面崖畔紅霞一閃，現出一個矮小道人，趺坐當地。兩手一搓，便飛起數十丈紅霞，正要往谷底罩去。

事不關心，關心者亂。紫玲哪知寒萼已得高人指教，存心收了紫雲仙障備用。竟以為藏靈子還是初到，剛剛破了仙障，等下毒手。寒萼、司徒平尚在谷中，她沒有覺察，唯恐他二人被敵人暗算。心裡一著急，便將雲幢往下一落，高聲說道：「何方道長駕臨，怎不叩關入內，卻在暗中窺伺，要待主人出迎麼？」

那藏靈子自以為勝算在胸，秦氏姊妹難逃掌握。縱有神駝乙休作梗，自己已經斬了綠袍，難道他還有何話說？正好反怪他不令秦氏姊妹全來，違言背信。又因寒萼適才語言尖刻，譏他不敢前往峨嵋，激動煩惱，打算除了寒萼，再去峨嵋尋找紫玲。兩個時辰過去，見寒萼還不出面，料知她並無仗倆，無非延挨時刻待救，心中又好氣又好笑。自己是一派宗主，不便乘人不備。正待將煉就先天離合神光照向谷中，打一個招呼與敵人，促她出戰。忽見眼前光華一閃，一幢彩雲從空飛墜，彩雲擁護中，現出一個紫衣少女，亭亭玉立，舉止從容。雖然語近譏刺，卻是那般和平，不亢不卑，容貌又與寒萼相似，知是乃姊。因她來時，事前自己並未覺察，不免也有些驚異。

藏靈子暗忖：「莫怪狐女猖狂，果然有些道行。既敢同來，多少須有些防備，倒不可過分輕視於她呢。」便怒喝道：「來的是天狐長女秦紫玲麼？汝姊妹以天狐餘孽，妄用毒針，殘害生靈，本教祖代天興討。適才來此，遇見汝妹寒萼，巧言規避，是我容她多活幾個時辰。只說駝鬼言而無信，汝已逃死遠遁。現既敢來，難道也同汝妹一般，想求我容你多活些時麼？」

紫玲為人，雖然事前持重，卻是外和內剛，一旦遇上事，絕不膽怯。一聽寒萼、司徒平未遭毒手，胸中頓時一放。情知藏靈子專心尋上門來，無可避免。倉猝之中，不知寒萼何事耽延，不肯動手。也未想到姊妹見面，再商量應戰一層。更錯聽金姥姥說除了彌塵旛，一切法寶飛劍均難施為的話，忘了寶相夫人遺留的陣圖。紫玲聞言，冷笑道：「原來道長是青海教祖藏靈子，為了殺徒之恨而來。愚姊妹早已投身峨嵋門下，各派仙長大抵知聞。紫玲谷雖是兒時舊居，每日勤於功課，從不輕易回來。若非今日抽空回谷探視，豈不令教祖在此空候，其罪倒更大了。今既相遇，無所逃死，任憑教祖處治吧。」

藏靈子見紫玲態度倔強，言中有刺，不禁大怒。戟指罵道：「無知餘孽賤婢！我門人師文恭附匪喪身，咎由自取。只是汝姊妹不該用這種狠毒邪針，為禍人世。我今日除惡務盡，斷乎寬容不得！任汝姊妹如何巧說激將，也須除了汝等，再尋汝師長算帳。」說罷，兩手合攏一搓，將那多年辛苦，用先天純陽真火煉就的離合神光發揮出來，化成數十丈紅霞，向紫玲當頭罩下。

紫玲早有防備，一面展動彌塵旛護住全身，暗中念誦真言，又將金姥姥新賜的納芥環放起。玄門異寶，果然妙用無窮。那大約寸許的小圈兒，一出手變成青光熒熒一圈畝許寒光，在彩雲擁護中，將紫玲全身套定，一任藏靈子運用神光化煉，竟是毫無覺察。

紫玲暗中留神觀察，靜等寒萼、司徒平出來，如二人能見機逃走更好，不然，自己便運用玄功飛移前去，連他二人一齊護住，以待救援。誰知敵人厲害，哪能容她打算。待沒多一會，忽見藏靈子雙手一搓一揚，分出一片紅霞，飛向崖下。

紫玲喊聲：「不好！」待要移動，猛覺身外畝許遠近，阻力重如泰山，雖然二寶護身，不受傷害，卻是上下四方，俱被敵人神光困住，休想挪動分毫。只見崖前紅霞下去，倏地又有一片彩霧雲霞衝起，稍微迎拒，隨又降下。才知齊霞兒的紫雲仙障未被敵人收去，想必寒萼、司徒平二人已經知警，並封鎖了谷頂，心中略寬。預料災難未滿，一時半時難以脫身，索性盤膝地面，靜心寧氣，打起坐來。由此紫玲姊妹與司徒平三人分作兩起，俱被藏靈子的神光困住。

那藏靈子滿懷輕敵之氣，初到時，正趕寒萼已將紫雲仙障收去，沒有在意寒萼持有異寶。後來紫玲飛到，雖然看出彩雲護身，也聽說過彌塵旛妙用，終以為天狐旁門異類，縱有道行，也非自己對手，何況又非本人。秦女初入峨嵋不久，不過得了乃母幾件遺留寶物，有何本領？一交手間，怕不成為齏粉！

誰知來人胸有成竹，只守不攻。先時雲幢耀彩，發生妙用，竟將神光阻隔，不能透進，已出意料。及見彩雲影裡，飛起一圈光芒，定睛一看，認出是金姥姥的納芥環。這兩件寶物，論起來雖不如九天元陽尺，但是此寶俱有各人心傳收用之法；不比元陽尺，用的人知道行稍弱，便可奪取。

明知敵人大膽赴約，只守不戰，必有強援在後。以自己道力本領，竟不能制服兩個無名後輩。正在又恨又怒，恰值寒萼、司徒平出來，又飛起一團彩煙霞霧，抵住神光，保護全身。更認出那是神尼優曇當年鎮山之寶紫雲仙障，不禁吃了一驚。暗想：「此次東海三仙不肯出面，必是為了三次峨嵋劫數，不願多樹強敵之故。這個老尼卻甚難鬥，倘助二女，自己勝算難操。若一失敗，只好埋頭閉門，連三次峨嵋鬥劍，想要出頭參與，都無顏面了。」越想越恨。又因兩次被神駝乙休言語所激，兼有殺徒之恨，便只管運用玄功，發揮神光威力，欲把敵人煉化。

幾天工夫過去，果然兩處敵人的法寶光華逐漸減退，也無後援到來，心中甚喜。藏靈子心中甚喜。

第七天頭上，紫玲雖然看出身外彩雲減退了些，納芥環青光依舊晶瑩，還不覺得怎樣。

那寒萼、司徒平二人，仗著齊霞兒的紫雲仙障護身，先時只見頭上紅霞低壓，漸漸四面全被包裹，離身兩三丈，雖有彩煙霞霧擁護，但是被那紅霞逼住，不能移動分毫，仍然不知厲害。因紫玲有彌塵旛護體，紫雲仙障又將神光敵住，以為時辰一到，自會脫難，仍和司徒平說笑如常，全不在意。

二人感情本來極好，又有前世夙緣和今生名分。寒萼更是兼秉乃母遺性，一往情深。不過一則有乃姊隨時警覺，一則司徒平又老成持重，熟知利害，不肯誤人誤己。所以每到情不自禁之時，二人總是各自斂抑。這種勉強的事，原難持久，何況今生患難之中，形影相依，鎮日不離，那情苗不知不覺地容易滋潤生長。果如二人預料，僅只略遭困阨，並無危難，還可無事。

誰料第三日，護身仙霞竟然逐漸低減，這才著慌起來。初時還互相寬解，說既是一番災劫，哪能不受絲毫驚恐。乙真人神通廣大，事已前知，到了危急之際，必定趕到相救。及至又等候了兩天，外援仍是杳無消息，護身仙雲卻只管稀薄起來；那敵人的紅霞神光，還在離身五七尺以外，已是有了感應，漸漸覺著身上不是奇寒若冰，冷浸骨髓；便是其熱如火，炙膚欲裂。一任二人運用玄功，驅寒屏熱，又將劍光放出護身，俱不生效。這是中間還隔有仙障煙霞，已是如此，萬一仙障被破，豈能活命？這才看出厲害！憂急如焚。

# 第七章　孝思不匱

司徒平、寒萼二人似這樣拚死支持，度日如年，又過了兩夜一天。眼看護身仙雲被敵人神光煉退，不足二尺，危機頃刻。不定何時，仙雲化盡，便要同遭大劫。

司徒平為了二女，死也心甘，還強自鎮靜，眼巴巴盼神駝乙休來到。

寒萼自從仙雲減退，每到奇寒之時，便與司徒平偎依在一起，緊緊抱定。此時，剛剛一陣熱過，含淚坐在司徒平懷中，仰面看見司徒平咬牙忍受神氣，猛然警覺，叫道：「我夫妻絕望了！」司徒平忙問何故？

寒萼道：「我們只說乙真人背約不來救援，卻忘了他柬中之言。他原說我等該有此番災劫，正趕上他也有事羈身，約在七日以外才能前來。所以他命我們將母親煉就的仙陣施展開來，加上齊仙姑這紫雲仙障，足可抵禦十日以上還有餘裕。那時他可趕到，自無妨害。偏我一時任性，想和大姊賭勝，寧願單身涉險，不向她明說詳情，以致仙陣不能取出，僅憑這面仙障，如何能夠抵禦？

「如今七日未過，仙障煙霞已快消盡，看神氣至多延不過兩個時辰。雖然我們還有烏龍剪同一些法寶飛劍，無奈均無用處。此時敵人神光尚未透進身來，已是這樣難受，仙障一破，豈非死數？這又不比兵解，可以轉劫投生，形神俱要一起消滅。我死不足惜，既害了你，又誤了母親飛昇大事。大姊雖有彌塵旛護身，到底不知能否脫身。當初如不逼你同來，也不致同歸於盡，真教我悔之無及，好不傷心！」

說到這裡，將雙手環抱司徒平的頭頸，竟然哀哀痛哭起來。

司徒平見她柔腸欲斷，哀鳴宛轉，也自傷心。只得勉抑悲懷，勸慰道：「寒妹休要難受。承你待我恩情，縱使為你粉身碎骨，墮劫沉淪，也是值得。何況一時不死，仍可望救，劫數天定，勉強不得。如我二人該遭慘劫，峨嵋教祖何必收入門下，乙真人又何苦出來多此一舉？事已至此，悲哭何益？不如打起精神，待仙障破時，死中求活，爭個最後存亡，也比束手待斃要強得多。」

寒萼道：「平哥哪裡知道。我小時聽母親說，各派中有一種離合神光，乃玄門先天一氣煉成，能生奇冷酷炎，隨心幻象，使人走火入魔，最是狠辣。未經過時，還不甚知，今日身受，才知厲害。仙障一破，必被敵人神光罩定，何能解脫？」說時又值身上奇熱剛過，一陣奇冷襲來，仙障愈薄，更覺難禁。

二人同時機伶伶打了個冷戰。寒萼便將整個身子貼向司徒平懷裡去。本是愛侶情鴛，當此危機一髮之際，更是你憐我愛，不稍顧忌，依偎雖緊。

寒萼還是冷得難受，一面運用本身真氣抵抗，兩手便從司徒平身後抄過，伸向兩脅取暖。正在冷不可支，猛地想起：「神駝乙休給自己柬帖時，曾附有一個小包，內中是三粒丹藥，外面標明日期。那日一同藏入法寶囊內，因未到時，不准拆看，怎就忘卻？」想到這裡，連忙顫巍巍縮回右手，伸向法寶囊內取出一看，開視日期業已過了兩日。打開一看，餘外還附有一張紙條，上書「靈丹固體，百魔不侵」。連忙取了一粒塞入司徒平口內，自己也服了一粒。因給紫玲的無法送去，便將剩的一粒藏了。

這丹藥才一入口，立時便有一股陽和之氣，順津而下，直透全身。奇寒酷熱全都不覺，仍和初被困時一般。深悔忙中大意，不曾想起，白受了兩三天的大罪。及至一想，霞障破在頃刻，雖然目前暫無寒熱之苦，又何濟於事？不禁又傷心起來。

司徒平見寒萼不住悲泣，只顧撫慰，反倒把自己的憂危一齊忘卻。似這般相抱悲愁，糾結不開，居然又過了一夜。護身仙障眼看不到一尺，司徒平還在溫言撫慰。

寒萼含淚低頭，沉思了一陣，忽地將身仰臥下去，向著司徒平臉泛紅霞，星眼微湯，似要張口說話，卻又沒有說出，那身子更貼緊了一些。

二人連日愁顏相對，雖然內心情愛愈深，因為危機密佈，並不曾略開歡容。這時司徒平一見寒萼媚目星眸覷著自己，柔情脈脈，盡在欲言不語之間，再加上溫香在抱，暖玉相偎，不由情不自禁，俯下頭來，向寒萼粉頰上親了一親。說道：「寒妹有話說呀！」

寒萼聞言，反將雙目微合，口裡只說得一聲：「平哥，我誤了你了！」兩隻藕也似的白玉腕早抬了起來，將司徒平頭頸圈住，上半身微湊上去，雙雙緊緊摟定。這時二人已是鴛鴦交頸，心息相通，融化成了一片，恨不能地老天荒，永無消歇，才稱心意。

誰知敵人神光厲害，不多一會，便將二人護身仙障煉化，一道紫色彩光閃處，仙障被破，化成一盤彩絲墜地，十丈紅霞，直往二人身上罩來。這離合神光原是玄門厲害法術，專一隨心幻象，勾動敵人七情六慾，使其自破真元，走火入魔，消形化魄。何況二人本就在密愛輕憐，神移心蕩，不能自持之際，哪裡還經得起藏靈子離合神光的魔誘？

仙障初破的一轉瞬間，司徒平方喊得一聲：「不好！」待要掙起，無奈身子被寒萼緊緊抱持。略一遲緩，等到寒萼也同時警覺，那神光已經罩向二人身上。頓覺周身一軟，一縷春情，由下而上，頃刻全身血脈僨張，心旌搖搖，不能遏止，似雪獅子向火一般，魂消身融，只顧暫時稱心，什麼當前的奇危大險，盡都拋到九霄雲外。

正在忘形得趣，眼看少時便要精枯髓竭，反火燒元，形神一齊消化。猛見一團紫氣，引著九朵金花，飛舞而下。接著便各覺有人在當頭擊了一掌，一團冷氣直透心脾，由上而下，恰似當頭潑下萬斛寒泉。心裡一涼，頓時慾念冰消，心地光明。只是身子懸空，虛飄飄的，四面都是奇黑。這才想起適才仙障破去，定是中了敵人法術暗算，心裡一急，還想以死相拚。待將劍光法寶放出，耳旁忽聽有人低語道：「你兩個已經脫險，還不整好衣履，到了地頭出去見人！」

語音甚熟。一句話將二人提醒，猛憶前事，好不內愧。暗中摸索，剛將衣衫整好，倏地眼前一亮，落在當地。面前站定一人，正是神駝乙休。知已被救，連忙翻身拜倒，叩謝救命之恩。因知適才好合，已失真元，好不惶急羞愧，現於容色。

神駝乙休道：「你二人先不要謝，都是我因事耽擱，遲到一天，累你二人喪失真元。若再來遲一步，事前沒有我給的靈丹護體，恐怕早已形神一齊消滅。我素來專信人定勝天，偏不信什麼緣孽劫數，注定不能避免。這裡事完，你夫妻姊妹三人，便須趕往東海，助寶相夫人超劫之後，即返峨嵋，參拜開山盛典。等一切就緒，我自會隨時尋來，助你夫妻成道，雖不一定霞舉飛昇，也成散仙一流，你二人只管憂急則甚？」

寒萼、司徒平聞言，知道仙人不打誑語，心頭才略微放寬了些，重又跪謝一番。並問紫玲有無妨害，吉凶如何？

神駝乙休道：「這裡是黃山始信峰腰，離紫玲谷已有百十里路，你二人目力自難看見。秦紫玲根基較厚，毅力堅定，早已心超塵孽，悟徹凡因。既有乃母彌塵旛，又新借了金姥姥的納芥環護體，雖然同樣被困七日，並未遭受損害。此時已由齊靈雲從青螺峪請來怪叫化凌渾相助脫險，用不著我去救她。如果當時你姊妹不鬧閒氣，你二人何致有此一失？不過這一來也好使各道友看看我到底有無回天之力，倒是一件佳事。如今凌化子正拿九天元陽尺在和矮鬼廝拚，到了兩下裡都勢窮力竭之時，我再帶你二人前去解圍便了。」

寒萼、司徒平聞言，往四外一看，果然身在黃山始信峰半腰之上。再往紫玲谷那面一看，正當滿山雲起，一片渾茫。近嶺遙山，全被白雲遮沒，像是竹筍參差排列，微露角尖，時隱時現，看不出一絲朕兆。

神駝乙休笑道：「你二人想看他們比鬥麼？」

寒萼還未及答言，神駝乙休忽然將口一張，吹出一口罡氣，只見碧森森一道二三丈粗細的青芒，比箭還直，射向前面雲層之中。那雲便如波浪衝破一般，滾滾翻騰，疾若奔馬，往兩旁分散開去。轉眼之間，便現出一條丈許寬的筆直雲衖。寒萼、司徒平朝雲孔中望去，僅僅看出相近紫玲谷上空，有一些光影閃動，雲空中青旻氤氳，仍是不見什麼。

正在眺望，又聽神駝乙休口中念動真言，左手掐住神訣，一放一收，右手戟指前面，道一聲：「疾！」便覺眼底一亮，紫玲谷景物如在目前。果然一個形如化子的人，坐在當地，正與藏靈子鬥法，金花紅霞滿天飛舞。紫玲身上圍著一圈青熒螢光華，手持彌塵旛，站在化子身後，不見動作。知道神駝乙休用的是「縮天透影」之法，所以看得這般清楚。定睛一看，藏靈子的離合神光已被金花紫氣逼住，好似十分情急，將手朝那化子連連搓放，手一揚處，便有一團紅火朝化子打去。

那化子也是將手一揚，便有一團金光飛起敵住，一經交觸，立時粉碎，灑了一天金星紅雨，紛紛下落。只是雙方飛劍，卻都未見使用。正鬥得難解難分之際，忽見一幢彩雲，起自化子身後。

寒萼見紫玲展動彌塵旛，暗想：「難道她還是藏靈子對手？凌真人要她相助不成？」及見雲幢飛起，仍在原處，並未移動，正不明是什作用，耳聽司徒平「咦」了一聲。再往戰場仔細一看，不知何時藏靈子與凌渾雖然身坐當地未動，兩方元神已同時離竅飛起，俱與本人形狀一般無二，只是要小得多。尤其是藏靈子的元神，更是小若嬰童。各持一柄晶光四射的小劍，一個劍尖上射出一道紅光，一個劍尖上射出一朵金霞，竟在空中上下搏鬥起來。真是霞光瀲灩，燭耀雲衢，彩氣繽紛，目迷五色。

鬥有個把時辰，正看不出誰勝誰敗，忽見極南方遙天深處，似有一個暗紅影子移動。起初疑是戰場上人在弄玄虛，又似有些不像。頃刻之間，那紅影由暗而顯，疾如電飛，到了戰場，直往凌渾身坐處頭上飛去，眼看就要當頭落下。這時凌渾的元神被藏靈子元神絆住，不及回去救援。身後站定的秦紫玲好似看出不妙，正將彩雲往前移動，待要救護凌渾的軀殼。忽然又是一片紅霞，從凌渾身側飛起，恰好將那一片暗赤光華敵住。兩下才一交接，便雙雙現出身來：一個是紅髮披拂的僧人，那一個正是助自己脫難的神駝乙休。忙回身一看，身後神駝乙休已經不知去向。

二人還想再看下去，見神駝乙休朝那僧人口說手比了一陣，又朝紫玲說了幾句，便見紫玲離開戰場，駕了雲幢，往自己這面飛來。面前雲衖忽見收合，依舊滿眼雲煙，遮住視線。二人談沒幾句，紫玲已經駕了雲幢飛到。說道：「寒妹、平兄，乙真人相召，快隨我去。」說罷，雙方都不及詳說細底，同駕彌塵旛，不一會飛到紫玲谷崖上。落下一看，神駝乙休、藏靈子、怪叫化凌渾，連那最後來的紅髮苗僧，俱已罷戰收兵。除神駝乙休和怪叫化凌渾仍是笑嘻嘻的外，那紅髮苗僧與藏靈子俱都面帶不忿之色，似在那裡爭論什麼。

三人一到，神駝乙休吩咐上前，先指著那紅髮苗僧道：「這位便是苗疆的紅髮老祖，與三仙二老俱有交情，異日爾等相見，也有照應。」說完，又命寒萼、司徒平拜見了怪叫化凌渾。然後吩咐向藏靈子賠罪，說道：

「青海教祖因你姊妹傷了他門人師文恭，路過峨嵋尋仇。我因此事甚不公平，曾勸他先除了綠袍老祖再來，彼時我原知他雖是道力高強，但是要除綠袍老妖也非容易。他此去如能成功，算你姊妹二人該遭劫數，自無話說；如不能成功，諒他不會再尋汝姊妹，也算給汝姊妹留了一條活路。我既管人閒事，自不能偏向一面。當時留下柬帖，仍命汝姊妹到日來此待罪。

「我往天相山途中，聽人說綠袍老妖雖死，乃是被東海三仙、嵩山二老，連同他門下弟子用長眉真人遺傳密授的兩儀微塵陣所煉化，並非藏靈道友之力。我以為藏靈道友既未將事辦到，必不致對後生小輩失言背信，仍自尋仇。又值有一點閒事不能分身，未到紫玲谷來相候。不料藏靈道友雖未誅滅綠袍老妖，倒慣會欺軟怕硬，竟自腆顏尋到此地。如非凌道友見事不平，扶救孤寡，你們又有我給的靈丹護住元氣，秦紫玲仗有彌塵旛、納芥環，雖然不致喪生，秦寒萼與司徒平，早在我同凌道友先後趕到以前形消神滅了。

「藏靈道友口口聲聲說，寶相夫人傳給秦氏二女的白眉針陰毒險辣，非除去不可。須知道家防身寶物，禦敵除魔，哪一樣不是以能勝為高？即以普通所用飛劍而言，還不是一件殺敵防身之物，更不說他自家所煉離合神光。若憑真正坎離奧妙，先天陽罡之氣致敵於死，也就罷了。如何煉時也採用旁門祕訣，煉成因行歸邪，引火入魔之物，以詐致勝，敗壞修士一生道行？其陰險狠毒，豈不較白眉針還要更甚？

「我因凌真人已與藏靈道友理論是非，不願學別人以眾勝寡，以強壓弱，只作旁觀。等到二位道友也分了勝負，再行交代幾句。偏偏紅髮道友也記著戴家場比擂，凌真人殺徒之忿，路過此地下來尋仇。雖是無心巧遇，未與藏靈道友合謀，終是乘人不備，有欠光明。故此我才出面，給三位道友講和。紅髮道友已採納微意。藏靈道友依舊強詞奪理，不肯干休。因此我才想了個主意，請三位道友先莫動手。我們各人都煉有玄功，分身變化，道力都差不多，一時未必能分高下，何苦枉費心力？莫如先將你姊妹之事交代過去。你姊妹與我並無淵源。司徒平為我曾效勞苦，已心許他為記名弟子。他夫妻原是同命鴛鴦，我自不能看他們同受災劫。有道是:『小人過,罪在家長。』

「藏靈道友既說毀了綠袍軀殼,不算沒有踐言,難道不知道家元神勝似軀殼千倍?軀殼毀了,還可借體,令高徒師文恭因何慘死,便是前例。元神一滅,形魂皆消,連轉劫都不能夠,何能相提並論?此話實講不過去。

「我也難禁藏靈道友心中不服,便將這場仇怨攬到自己身上。恰巧我四人都值四九重劫將到,與其到時設法躲避,莫如約在一起,各憑自身道行抵禦,以定高下強弱,就便也解了凌道友與紅髮道友的紛爭。如藏靈道友佔了勝著,你夫妻三人由他處治;否則一筆勾銷。縱使到時倖免災劫,而本身道力顯出不如別人,也不得相逢狹路,再有尋仇之舉。三位道友俱是一派宗主,適才已蒙允諾,事當眾人,自難再行反悔。不過我又恐屆時藏靈道友千慮一失,豈不難堪?才特意命你夫妻三人前來,先與藏靈道友賠罪,就便交代明白。」

神駝乙休這次挺身出來干涉,紅髮老祖自知乙休、凌渾如合在一起,自己決難取勝,不願再樹強敵,當時賣了面子。

藏靈子卻是被神駝乙休一陣冷嘲熱罵,連將帶激,本是恨上加恨,無奈神駝乙休的話無懈可擊。末後索性將秦氏二女冤仇攬在他自己頭上,約他同赴道家四百九十年重劫,以定勝負,更覺心驚。情知單取秦氏二女性命,勢有不能。當時與乙、凌二人交手,縱然倖免於敗,絕無勝理。何況凌渾與紅髮老祖俱已答應,豈能示弱於人?只好硬著頭皮依允。

暗忖：「那四九重劫非同小可，悔恨自己不該錯了主意。當初青螺峪天書已經唾手可得，偏偏情憐故舊，讓給魏青，致被凌渾得去。乙休既敢以應劫挑戰，必有可勝之道。凌渾有那天書，也有避免之方。紅髮老祖不知如何。自己卻實無把握。」

當初對於避劫，原曾熟慮深思，打好主意。如今勢成騎虎，一經答應，不特前時準備的一齊徒費心勞，還白累心愛徒弟熊血兒終年忍辱含垢，枉為自己受了許多委屈。現今距離應劫之期，雖說還有三十四年光景，但在修道人看來，彈指即到。明白赴難，當眾應付，全憑真實本領和道行深淺，絲毫也取巧不得，不比獨自避災，稍一不慎，縱不致墮劫銷神，也須身敗名裂。真恨不能將神駝乙休粉身碎骨，才快心意。

表面雖仍是針鋒相對，反唇相譏，內心正自焦慮盤算。忽見神駝乙休命秦氏姊妹與司徒平三人上前向自己賠罪，又說出那一番話來，不由怒火中燒，戟指罵道：「你這駝鬼！專一無事挑釁，不以真實道力取勝，全憑口舌取巧，只圖避過當時。現在和你計較，顯我懼怕災劫。好在光陰易過，三數十年轉瞬即至，重劫一到，強存弱亡，自可顯出各人功行，還怕你和窮鬼與妖狐餘孽能逃公道？只不過便宜爾等多活些時。此時巧言如簧，有什用處？爾等既不願現在動手，我失陪了。」說罷，袍袖一展，道聲：「行再相見。」一片紅霞，升空而去。

藏靈子走後，紅髮老祖也待向乙休告辭。

乙休笑阻道：「道友且慢，容我一言。適才攔勸道友與凌道友的清興，並非貧道好事，有什偏向。二位道友請想，我等俱是飽歷災劫，經若干年苦修，才到今日地步。即使四九重劫能免，也才成就散仙正果，得來實非容易。我借同赴重劫為名，了卻三方公案，實有深意在內，並不願內中有一人受了傷害，誤卻本來功行。只為藏靈道友枉自修煉多年，還是這等性傲，目中無人，袒護惡徒，到時自不免使他略受艱難，也無仇視之意。

「這次重劫，我在靜中詳參默審多年，乃是我等第一難關，過此即成不壞之身，非同小可。曾想了許多抵禦主意，自問尚可逃過，畢竟一人之力，究屬有限，難保萬全。假使我等四人全都化敵為友，到時豈不更可從容應付？只是藏靈道友正在怒火頭上，視我勝於仇敵，此時更不便向他提醒，道友功行，雖與貧道不同，共謀將來成就，也算殊途同歸。昔日戴家場，雖是凌道友手辣一些，令徒姚開江濟惡從凶，玷辱師門，也有自取之咎。這等不肖惡徒，護庇他則甚？再為他誤卻正果，豈非不值？何如容我愚見，與凌道友雙方釋嫌修好，屆時我等同禦大劫，究比獨力撐天，來得穩妥。不知尊見以為然否？」

紅髮老祖雖是苗疆異派，人甚方正。自從當年在五雲桃花瘴中，助了追雲叟白谷逸夫婦一臂之力，漸與三仙二老接觸，日近高人，氣質早已變化；再加多年參悟，越發深明玄悟。平時只隱居苗疆修煉，雖然本領道力高強，從不輕易生事。只為各派劫運在即，俱趁此時收徒傳宗，又經門人鼓動，想把異派劍術傳到中土，創立一個法統。誰知姚開江野性未化，一出山便遇壞人引誘，比匪朋惡，被怪叫化凌渾傷了他的第二元神，還算見他是初次為惡，手下留情，沒有喪命，得逃回山。道基已壞，只如常人一般，須經再劫，始可修為。他原是紅髮老祖唯一愛徒，縱然所行非是，也覺面子難堪。無奈怪叫化不是好惹的，心想報仇，苦無機會。

今日路過黃山，看見怪叫化正和藏靈子爭鬥，明知未必全勝，只想乘隙下手，用化血神刀毀去他的軀殼，挽回顏面。無端又被神駝乙休挺身出來干涉，當時度德量力，聽了勸阻，心中未免忿怒。一面又想到那道家的四九重劫，自己因早聽追雲叟等人警告，曾有準備，畢竟也無把握。不過乙休性情古怪，更比凌渾難鬥，樹此大敵，必遭沒趣。

紅髮老祖正在盤算未來，見藏靈子受了乙休譏刺，負氣一走，暗想：「藏靈子道力不在凌、乙二人之下，正好與他聯合，彼此關助，以免勢孤。」只是驟然跟去，當著凌、乙二人，覺得不好意思。略一停頓，便被乙休攔住，說出這番話語。細一尋思，再想起姚開江、洪長豹等的素日行徑，果是不對。如果將自己多年辛苦功行，為他們去犧牲，太不值得。立刻恍然大悟，便對神駝乙休道：「道友金玉良言，使我茅塞頓開。如凌道友不見怪適才魯莽，我願捐棄前嫌，同禦四九重劫。」

言還未了，怪叫化凌渾早笑嘻嘻地道：「你這紅髮老鬼，溺愛不明，放任惡徒和妖人結黨，殘殺生靈。當初我在戴家場相遇，若不是看你情面，早已將他置於死地。你不感念我代你清理門戶，手下留情，反倒鬼頭鬼腦，乘人於危。虧我事前早有防備，又有駝鬼前來攔阻，要換別人，豈不中你化血刀的暗算？駝鬼是我老大哥，有他作主，誰還與你這野人一般見識？實對你說，便是矮鬼，也算是異派中一個好人，我又何嘗願意惹他。只為有一個要緊人再三求我，又恨矮鬼當初在青螺峪誇口，才和他周旋一下，不想倒招他動了真火。

「並非我和駝鬼誇口，這次四九重劫，乃是道家天災，最為厲害，如無我和駝鬼在場，你和矮鬼縱然使盡心力，事前準備，也難平安渡過。即使四人合力，還未必到時不受一些傷損。若當仇敵，各憑本領試驗，更是危到極處。難為你一點就透。我念在你當年破桃花五雲瘴相救舍妹之德，與你交個朋友吧！」

三人話一說明，立刻拋嫌修好，共商未來。紅髮老祖得聞先機，越發心驚，暗幸自己持重，不曾錯了主意。重向乙休謝了解圍之情，又訂了後會之期，才告辭而去。紅髮老祖走後，凌渾又問神駝乙休何往？

乙休道：「我也不想作什一教宗主。自從新近脫難出世，一班老朋友超劫的超劫，飛昇的飛昇，剩了不多幾人。他們都因劫數在即，各有事做，只我一人閒散逍遙。新近交了兩個後輩棋友，常尋他們對弈一局。本來清閒已極，前數月忽然靜極思動，遂管了這件閒事。經此一來，藏靈子雖然老臉，也不好意思再尋她們的晦氣了。

「本想這裡一完，往當年舊遊之地看望一回。昨日來時，遇見一個晚輩道友，說起莽蒼山妖尸谷辰的元神近已毀了長眉真人火雲鏈，逃脫出世，正在覓地潛伏，準備大舉為惡。一則是峨嵋隱患；二則這東西留在世上，不知殘害多少生靈。東海三仙與我雖無深交，昔年遭難時曾有相助之德，既知此事，怎能不管？欲待那東西未成氣候以前，趕往察看，能下手時，便將他除去，豈不是好？你此時便回山去麼？」

凌渾道：「我原在青螺煉了幾口飛劍，傳授門人。是齊道友長女靈雲，因見昔日我作主引進的四個孩子中有一楊成志，連在峨嵋生事，恐異日師父回山礙我情面，不大好意思。又因秦女有難，借送還九天元陽尺為名，將楊成志、于建二人與我送去。此女所說的話甚是得體，造就也極深厚，我甚心喜，才允她來此解圍。行時曾接齊道友領名的請柬，請我往峨嵋赴開府盛典。難道不曾約你？」

乙休道：「他既知我出世，必來邀約，只恐尋不著我一定地址，也未可知。」

正說之間，忽見遙空中光華閃閃，裹著一團黑影，星馳飛來，漸近漸大。

紫玲等還未及看清，乙休說道：「白眉座下神禽飛來，定是峨嵋門人來援秦女。聞此鳥為一姓李的女孩子所得，長眉真人曾有預言，說她是三英之秀。我們慢走，看看是否此女，有無過譽？」

言還未了，空中鵰鳴連聲，英瓊、若蘭騎鵰降下。見了紫玲姊妹，正要說話，紫玲忙令見過乙、凌二位真人。英瓊見果然圍解，甚是心喜，聞言忙和若蘭上前，行了參拜之禮起立。乙休見二女俱是仙根仙骨，神儀內瑩，英華外宣，尤以英瓊為最。拍手笑道：「果然峨嵋後起多秀，人言實非過獎。如此美質，我二人縱未受人之託，也應遇機扶助她們才是。」凌渾點首稱善。二女忙又稱謝二位真人栽培。

紫玲姊妹、司徒平見乙、凌二人把話說完，重又上前跪謝救命之恩。

乙休道：「汝母超劫在即，今再賜汝夫妻三人靈符四道，屆時連同汝母分別佩帶一道，可作最後防身之用。急速回山，略微準備，前往東海，汝師父等必有安排。」說罷，將符遞給他們，便向凌渾微一舉手，各道一聲再見，一片光華閃過，轉眼無蹤。

紫玲忙又領了眾人跪送。然後問英瓊、若蘭：「你二位走在頭裡，怎會此時才來？」英瓊道：「話說起來長呢！我等來遲，二位師姊和司徒師兄，曾受什麼傷損沒有？」寒萼、司徒平聞言，不禁臉上一紅。紫玲道：「大家都非片言可了，回山再說吧。」寒萼忙道：「姊姊且慢。多少要緊話都沒顧得說，還有事也沒辦，就忙著回去？都是我和你嘔氣，齊仙姑一面紫雲仙障，被那矮鬼妖道毀去，還了原質，異日相見，何顏交代？又把我害得……」言還未了，眼圈一紅，幾乎落下淚來。

紫玲在適才神駝乙休和紅髮老祖等談話時，已經得知一些大概。姊妹情長，只有憐憫之心，聞言不忍苛責。正要回話，英瓊搶著說道：「來時我遇見齊霞兒師姊，也已盡知這裡之事。仙障被毀乃是劫數使然，她因急於回山，無暇來此。囑我見了二位師姊，說此寶靈光雖失，原質猶在，仍可修煉復原。務須好好代她保存，等峨嵋開府相見時還她。並無見怪之意，事非有意，急它則甚？」

紫玲也道：「不是我著急回山，你沒聽乙真人說，母親超劫在即，回山見過大師姊，便要在期前趕去麼？」

寒萼滿肚委曲，又不好出口，怏怏說道：「母親超劫還有好多天，這紫玲谷舊居封鎖既去，母親遺留的陣圖法寶，難道就此丟下，留待外人來得？還有玄真師伯贈的一對白兔，也忍心不要麼？」

紫玲道：「我先時說走，無非為念母親心急如焚，恨不能立刻飛往東海。彼此話長，回山見了眾同門，又須再說一遍，耽延時間，並非捨此不管。你沒等說完做完，就心急起來。母親所遺的法寶陣圖，原本深藏谷底，外有法術封鎖，是她老人家幾次三番囑咐，不許妄動。如今仙障雖破，仍可用母親所傳的天魔晦明遁法封閉一時。那遁法經過母親當年辛苦勤修，從玄真師伯指示參悟而成，雖不如仙障妙用自然，外教邪魔也不易窺破。而且當我行時早已佈置，只須移到谷頂，並不費事。那雙白兔自然帶往峨嵋。還有什話說呢？我們快準備走吧！」

寒萼聞言，又想起紫玲以前未傳天魔遁法，以致這次取不出陣圖，失了元陰，雖知前緣注定，好不悔恨心酸，口中還自埋怨不休。

紫玲一面命鵰、鷲兩神禽盤空守望，邀了眾人一同下去。眼看寒萼神情淒怨，也甚代她難受，且行且答道：「這事須怨不得我，一切皆稟母命而行，凡事皆有前定，絲毫勉強不得。何況那日你忙著先走，否則你見我行法，我縱不傳，也經不起你一磨，豈有不會之理？就以這次而論，乙真人明明柬上寫明令三人同來，你偏獨行獨斷。

「我知你用意：一則好勝任性；二則因大敵當前，勝固可喜，敗則獨任其難，免我同遭劫運。原有一半好意，卻不知我平日雖然不免當眾責難，原為峨嵋教規嚴謹，我等仙緣不易，恐你觸犯戒條，悔之無及，愛深望切，不覺語言切直了些，並非待你不如外人。幾次和你解說，你終執迷不悟，才有今日慘敗。還有當初白眉針傷師文恭，乃是我首先發出，敵人認我姊妹為仇。倘若傷你，怎能容我一人獨生，豈非打錯了主意？」

寒萼還要再說，紫玲已經到了後洞深處行起法來。那雙白兔原本通靈，想是知道就要將牠們攝往仙府，不住繞著眾人腳下歡蹦亂跳。英瓊、若蘭看著可愛，一人抱起一個，逗弄玩耍。

不多一會，紫玲佈置完畢，邀眾人出谷，飛身上崖，將遁法移向谷頂。口中念誦真言，道一聲：「疾！」耳聽風雷之聲，煙雲過處，偌大紫玲谷，竟然不知去向。那谷的原地方，變成一條懸崖底下的淺溪，濁流汨汨，蔓草污穢，一些不值得留戀。英瓊見了，連聲讚妙。

紫玲心注東海，歸心似箭，便請眾人聚在一處。英瓊、若蘭攜了白兔，仍跨神鵰。紫玲姊妹與司徒平三人，同跨那隻獨角神鷲。展動彌塵旛，一幢彩雲擁護著兩隻神禽。沒有多時，便飛達峨嵋，到了凝碧崖前落下。

這時仙府內又添了不少位同門。靈雲也從青螺回轉，見五人無恙回來，甚是心喜，連忙接入太元洞內，與眾同門相見。

大眾都是喜氣洋洋，互詢前事。只苦了寒萼、司徒平二人，各懷鬼胎，羞急在心裡。所幸除紫玲外，休說英瓊、若蘭不知就裡，連靈雲和一干同門，俱都似不曾看破。靈雲更是連私離洞府一層都未深說，只說是既有乙真人之命，還應對大家說一聲，以免懸念，也多派兩個同門相助，比較穩妥。

寒萼痛定思痛，本已漸漸悔悟以往任性之非，又見靈雲大度包容，仍和往日一樣，越發內心愧悔，當眾向靈雲認了不是。靈雲又用溫言勸慰，聽說仙障被破，好生可惜。

# 第八回　雁山誅鯀

話說靈雲聽紫玲說罷往事，便道：「紫、寒二妹，無須心急。伯母超劫之事，我在青螺已聞凌真人談起。因為伯母連年苦修，功行大進，功成之日，災劫魔障也應時而至。雖然應在期前趕往，尚有數日之隔，並不急在一天半日。回山時節，路遇玉清師太，說鄭八姑即日復原，此番前去接她，定在今日可到。這兩位同門先進，道妙通玄，對於伯母之事也曾道及，曾說屆時願效綿薄。如今二位師妹與司徒師弟到了東海，正值三仙師長俱在閉洞煉寶，不到時候也見不著，只能在伯母洞前守候。何妨再等半日，見了長輩領教再去，有益無損。」

紫玲道：「妹子明知期前趕去為日還早，無非想母心切，想早日相見，預先密籌而已。乙真人行時，原有回山商妥再去之言。既然玉清師太與鄭八姑今日將到，自應稍候為是。」

靈雲又問英瓊、若蘭：「為何去時相左？」英瓊這才說起經過。

原來英瓊同了若蘭，當時急於追趕寒萼、司徒平回來，連神鵰也顧不得呼喚，竟駕了劍光追去。偏偏迎頭遇見金蟬、笑和尚等四人回山，攔住敘談。紫玲谷，英瓊本未去過，若蘭也僅僅到過一次黃山。先在途中耽延些時，寒萼、司徒平飛行已遠，不見蹤跡；再被金蟬耽擱，停頓了一會。又聽金蟬說來時路遇兩道青光，便照所指方向追了下去。卻忘了寒萼是從後洞飛雷崖上飛去，自己出的是前洞，金蟬只在半途中遠遠瞟見青光一眼，方向略有差誤，走錯了些。紫玲後出，又誤追金姥姥，走向歧路，所以始終不遇。二人只管催動劍光，終未追上。

若蘭心想：「紫玲谷既在黃山，只須往黃山進發，料無尋不著之理。」卻沒想黃山方圓多大，紫玲谷深藏壑底，既是初來，谷外又不似始信、天柱等峰可以揣尋，一時半時，怎能找到二人？到了黃山，正在盤空下視，沒有主意。猛覺身子被一種力量往側牽引。英瓊眼快，往下面一看，只見雲海蒼茫，群峰盡被雲遮。只那旁有一座高峰，形體不大，筆也似直。下半截沒入雲中，一點也看不見；上半截孤立在雲海裡，像一個大海裡的中流砥柱，雲濤起伏，隨著煙波起落，似要飛去。

但見峰頂上站著一個老尼，手持拂塵，正向二人招手。二人身不由己，飛了過去。落下一看，只見那道姑年在五旬，器宇沖和，舉止莊重，一身仙氣。料是一位未見過的前輩仙人，不敢怠慢，上前拜見。一問法號，才知那道姑便是黃山的餐霞大師。

二人一聽，忙又拜倒，行了晚輩之禮。餐霞大師問二人何往，二人說了。

餐霞大師道：「秦氏姊妹該有這回劫數，我已早知。藏靈子是異派能手，你二人決非敵手。好在她們七日難滿，自有能人相救。爾等去了，有害無益。當初優曇大師門下弟子齊霞兒，因在雁湖斬蛟，激動雁湖底下紅壑中潛伏的神鯀，幸有優曇大師同往，仗佛法將峰頂雁湖封鎖，以免洪水傷害生靈。本想當時將惡鯀除去，無奈那東西有數千年道行，除非有長眉真人遺留的紫郢、青索二劍之一，還須大師本人用自己所煉的九口天龍伏魔劍將它圍住，連煉一百零八日，才能奏功。想那東西劫運未至，偏值大師因功行圓滿在即，未了之事甚多，又須趕往青螺一行，只得命霞兒仗那九口天龍飛劍看守，以防逃出為禍，隨後動身往青螺去了。

「昨日給我來了一封飛柬，說雁湖妖鯀，日內就要帶了湖底禹鼎逃遁，齊霞兒獨立難支。妖鯀逃時，帶起百十丈洪水，所過之處，桑田盡成滄海。雖然妖鯀入海，水即平息，但這一路上，生靈田產之失，何止百萬。大師偏有要事，不能分身前去。且喜莽蒼妖孽已誅，凝碧仙府之圍已解，眾弟子先後齊赴開府盛典，暫時俱在閒中。

「靜中默算你二人將赴秦氏姊妹之難，此去不但無功，反有妨害。霞兒現正勢孤，正好趁此數日空閒，趕往雁蕩山峰頂雁湖上面，相助霞兒一臂之力，同建此不世奇功，實力一舉兩得。並請我今日在此相候。等你二人助霞兒成功回來時，秦氏姊妹之難已解，豈不是好？」

英瓊、若蘭聞言，因以前聽輕雲、文琪等說過，當在紫玲谷約秦氏姊妹同往青螺時，靈雲的妹子齊霞兒正在黃山向餐霞大師借神針去除惡鯀。後來知道師父優曇大師正在紫玲谷，才改請她師父同去。

那妖鯀深藏紅壑絕底，潛修數千年，蹤跡隱祕，自來無人知曉。霞兒因斬雁湖惡蛟，無意中發現蛟雖斬去，還有異兆，又從湖畔神碑得知就裡。不敢輕舉妄動，才請了師父同去。此乃一件莫大外功。霞兒自幼便被優曇大師度去，早參上乘妙諦，並未轉動歷生，看去雖似年輕女孩，已有多年道行，此次功成，便可圓滿正果。若非要助父母參與三次峨嵋劫數，功成即可飛昇。

二女聞名已久，無奈霞兒每日勤修內外功課，除一年一次往東海參謁父母外，連靈雲姊弟都不輕易相見，相遇之機甚難。此次峨嵋開府，算計她必要來，眾姊妹方在欣喜盼望，不想自己竟先能往雁蕩相見，同立奇功，真是喜出望外。當下忙稱：「弟子領命，請示機宜。」

大師又取出一封柬帖和九九煉魔神針，交與二人道：「當初霞兒向我借針，我因彼時此針拿去，若不將妖鯀用仙劍分身，並無用處，又恐為禹鼎所毀，未曾應允。此番你二人見著霞兒，那妖鯀通靈變化，不可多言語，將柬帖與她看了，照此行事，自然明瞭。定要說話，只可用手在地上比劃，以防警覺。

「到了第五六日頭上，便是妖鯀逃遁之時。英瓊先不動手，直等那惡鯀身旁放起萬丈紅光，才用你的紫郢劍，突破優曇大師飛劍光層，斬去妖首。妖首斬後，速將這煉魔神針一齊放出，便有一團五色光華將鯨首圍住。妖物元靈，便在那妖首之中，不可大意。剩下半截屍身，連那禹鼎，霞兒、若蘭自有制它之法。若蘭代霞兒取得禹鼎後，謹持手中，抱在懷中，盤膝坐定，把生死置諸度外，如有怪異，不可理它。三個時辰過去，霞兒已能收用，仍用此鼎將洪水壓平，大功便告成了。」

二人連忙拜謝，接過柬帖、神針，正要告辭，忽聽神鵰在空中鳴叫。大師道：「白眉座下神禽，於此行甚有用處，來得甚是湊巧。」

說罷，神鵰佛奴已盤空飛下，先朝大師點首長鳴示禮。大師笑著摸牠頂道：「汝主不久成道，你也快完劫成正果了。」那鵰又長鳴了幾聲，才走近英瓊身旁。

二人當著大師，不便就騎，先行拜辭，駕遁光飛起。回望峰頂，霞光起處，大師不見，才同上鵰背，往浙江雁蕩山峰頂雁湖飛去。相隔還有十來里路，便見雁湖上空籠罩著一片紅色霞霧，遠望如苗疆中山嵐瘴氣一般，不時有幾十道金光亂竄。尋常人眼目中望去，好似山頂密雲不雨，只見電閃，不聞雷聲神氣。

二人身臨切近一看，半山以上全被濃雲封鎖，大小龍湫，只剩頂端半截，似兩條玉龍倒掛，直往下面雲海裡鑽去。其餘景物盡在雲層以下，俱都隱沒。只有雁湖頂上，霞蔚雲蒸，無數金光，似龍蛇一般亂閃。二人先不下去，雙雙離了鵰背，駕起遁光，將手一指，那鵰會意，逕自飛入青旻去了。二人見那湖方圓數十頃，俱是水霧霞光籠罩。正待仔細尋找齊霞兒下落，忽然一道紅光從腳底下衝起，現出一個數十丈高下的光柱。

二人定睛往下一看，只見下面光圍中，現出一片岩石，當中坐定一個紫絹少女，一手掐訣，一手往上連招，料是霞兒無疑，連忙一同飛身降下。身才落地，便聽轟隆澎湃之聲大作，頃刻之間，聲息俱無。那少女掐訣一收一放之間，一個大霹靂往光霧中打去，立刻前面光霧全消，現出湖面，才看出存身之處正在湖岸。

那湖實大不過十頃，湖中波浪滾漩，百丈洪流正朝湖底退落，去勢甚疾。雲霧中隱隱現出一個奇形怪狀的東西，轉瞬沒入湖中。那數十道金光結成的光幕，也隨著怪物退卻，緊貼水面。此外除了四周圍封山霞彩依舊濃密外，全湖景物俱都看得清清楚楚。

那少女已停了法，站起身來說道：「妹子齊霞兒。二位師姊敢莫是家師約來的麼？」二人守著餐霞大師之戒，忙著搖手，在地下寫道：「妹子李英瓊、申若蘭，正是奉命來此。師姊乃同門先進，休得這等稱呼。」寫罷，若蘭早把手中柬帖遞過，三人同觀。

霞兒看了，也在地上寫道：「這惡鯀真是厲害！愚姊拿了師父煉魔仙劍，仗著劍法道法，煉過牠一百零八日，怎奈法力不夠，雖然將牠困住，並不能損傷牠分毫。湖底還有一件至寶，乃夏禹當年治水的十七件寶物之一，名為禹鼎。妖鯀也是為了此鼎，不曾拚命逃出。如今別的不愁，只怕牠算出劫數，捨了禹鼎逃走歸海，不但關係千百萬生靈性命田廬，逃走時節必用那鼎來抵敵家師仙劍，勢必鼎、劍兩傷，牠卻乘機逃走。而且這東西靈警非凡，愚姊自到此間，不曾少息，元神稍懈，牠必乘機衝出。若非素日略煉苦功，又有家師仙法仙劍，早遭它的毒手了。

「適才正和愚姊廝拚，二位師妹一到，忽然竄入湖底，想必知道厲害，回壑排氣蓄勢，以備再來無疑。牠不出時，湖中的水有時能被牠收得涓滴皆無，只剩一團妖霧籠罩在牠存身的無底紅壑上面。一出水便帶起千百丈洪水。幸而家師早有防備，雙方支持了這麼多日，否則近山數百里生靈田廬早已化為烏有了。

「愚姊只恐功敗垂成，求榮反辱，每日提心吊膽，不敢對妖物過分用強，以防牠情急作祟。恰值二位師妹到來，真是再妙不過。前聽家師說起，李師妹是峨嵋後輩中第一流人物。又得了長眉師祖的紫郢仙劍和白眉老禪師坐下神鵰，俱是至寶仙禽，非同小可。申師妹前在福仙潭紅花姥姥門下，本已妙道通玄，今歸峨嵋，必更功行精進。今有二位師妹相助，更有餐霞大師預示仙機，妖物授首之期定不遠了。」

二人聞言，也用手寫，遜謝道：「妹子等末學後進，怎比師姊參修正果，業已多年。此番前來略效微勞，未必便能有益高深，還請師姊預示機宜才好。」

霞兒答道：「所有機宜，俱在餐霞大師柬中，適才已經同觀。妖物既還有五六日才行逃遁，依愚姊之見，仍用前法，只防不攻。如見真個緊急，請申師妹暫助一臂。李師妹的紫郢劍，不到時節不可動手，以防妖物看透機密，毀了禹鼎至寶。就便請二位師妹看清那怪物形狀，也可增廣見聞。」

二人點頭稱善。計議已定，把緊要關節俱已商妥，尋常言語不怕妖物聽去，仍用口說。三人談得甚是投機，彼此相見恨晚。英瓊、若蘭因聽霞兒說，那妖物生相奇特，巴不得早開眼界。偏那妖鯀卻是一經潛伏，便不再現。

直到三天過去，連霞兒也覺奇怪起來，說道：「往日妖鯀雖有深藏不出之時，那都在我聚精會神，運用玄功，想借仙劍之力一鼓成功的當兒，也從沒經過三日之久。若說逃走，那紅壑原是天生封鎖妖物的石庫，當初封鎖妖鯀時節，壑底全有法術祭煉，堅逾精鋼，下有地網，上有鎮妖禹鼎。幾千年來，雖被妖物潛心修煉，參透禹鼎玄機，不但不能制牠，反被牠挾以自用。但據大師說，那面太陰地網，牠卻無法弄破。除了雁湖，並無第二出路，從下面逃遁，決然不會。這次耽延甚久，必然又在故弄玄虛，否則在打逃走主意。此番不出則已，出來必比以前來勢厲害得多。」

正說之間，便聽湖底似起了一陣樂聲，其音悠揚，令人聽了心曠神怡。霞兒說道：「這多日來，並不曾聽過這種樂聲。」俱甚驚異，不敢怠慢，一同聚精會神，注視湖心變化。不多一會，湖底樂聲又起，這番響了一陣，忽起高亢之音。

霞兒偶然往上一看，雲幕上面，彷彿有大小黑點飛舞，半晌方止。似這樣湖底樂聲時發時歇，每次不同。有時八音齊奏，簫韶娛耳；有時又變成黃鐘大呂之音，夾以龍吟虎嘯。如聞鈞天廣樂，令人神往。如非身臨妖窟，幾乎以為置身天上，萬不信這種從未聽過的仙樂，會從妖窟之中發出。正在驚疑，湖底又細吹細打起來，其音靡靡，迥不似先時洪正。

過有半個時辰，戛然中斷。接著聲如裂帛，一聲巨響，湖水似開了鍋一般，當中鼓起數尺水泡，滾滾翻騰，向四面擴展。一會左側突起一根四五尺粗、兩丈多高的水柱，停留水面；約有半盞茶時，右邊照樣也突起一根。似這樣接連不斷，突起有數十餘根之多，高矮粗細雖不一樣，俱是紅生生裡外通明，映著劍光彩影，越覺人目生輝，好似數十根透明赤晶寶柱，矗立水上，蔚為奇觀。

霞兒見妖物此次出動和往常不同，猜是幻術，只將飛劍光幕罩緊湖上，留神注視，一任那些水柱凌波耀彩，不去理它。那些水柱也是適可而止，最高的幾根距湖岸光幕還有數尺，便即停止，不往上升。又耗約一個時辰，「嘩」的一聲響過，幾十根水柱宛如雪山崩倒，冰川陷落，突地往下一收，耳聽萬馬奔騰般一陣水響，湖水立時迅速退去。只見離岸數十丈處，妖霧瀰漫，石紅若火，哪有滴水寸流？

霞兒知道妖物快要出現，剛喊得一聲：「妖鯀將出，二位師妹留意！」便見湖底妖霧中，隱隱有一團黑影緩緩升起，頃刻離岸不遠，現出全身。定睛一看，原來是一個九首蛇身，脅生多翼，約有十丈長的大怪物，並非妖鯀原形。

霞兒正疑牠賣弄玄虛，剛把飛劍光幕罩將下去，湖底妖雲湧處，又是一團黑影飛起，不一會顯露原身，乃是一個女首龍身，腹下生著十八條長腿的怪物。一上來，竟然避開光層，飛向西面。

霞兒恐是妖物分身變化，忙運玄功，將手一指，飛劍立刻金光交錯，布散開來，將湖口緊緊封閉。就在這時，湖底妖雲邪霧滾滾飛騰，陸續飛上來的妖物也不知有多少：有的大可十抱；有的小才數尺；有的三身兩首，鳩形虎面；有的九首雙身，獅形龍爪；有的形如殭屍，獨足怪嘯；有的形如鼉蛟，八角歧生。真是奇形怪相，不可方物。

幸而那些妖物飛離湖岸數尺，因有飛劍光幕阻隔，俱都自行停住。身旁妖霧，口裡毒氛，雖然噴吐不息，並不再往上衝起。末後湖底中心，忽然起了一聲怪響，妖雲中火光一亮，飛起一個其大無匹的妖物。才一出現，所有先時飛出來的那些千百種奇形怪狀的妖物，全都紛紛避讓，退向四邊。

三人仔細一看，這東西更是生得長大嚇人。狼頭象鼻，龍睛鷹嘴。獠牙外露，長有丈許，數十餘根上下森列。嘴一張動，便噴出十餘丈的火焰。一顆頭有十丈大小，向上昂起。背上生著又闊又長的雙翼，翼的兩端平伸開來，約有十四五丈長短。自頭以下，越往下越覺粗大。身上烏鱗閃閃，直發亮光，每片大約數尺，不時翕張。由湖面到紅壑底，因下有妖雲瀰漫，看不出多少深淺，但以湖水退濤估算，從上到下，也有七八十丈。

那東西挺立湖中，只能看到牠大如崗岳的腹部，其凶惡長大，真是無與倫比。

霞兒先時以為最後妖物出來，定有一場惡戰。還不知以前那些妖物中，是否有妖鯀潛形變化在內。又因這些奇形怪狀的妖物生平從未見過，正恐是湖底惡鯀的同類，並非幻術。倘若本領道行和惡鯀一般，憑她們三人，絕難抵敵。口中雖未明言，心中卻是憂驚。還算好，這長大的妖物也和別的妖物一樣，升離光幕數尺，便即停止。

霞兒仍是不敢絲毫怠慢，全神貫注湖中，把優曇大師九口天龍伏魔劍的妙用盡量施為，光霞籠罩，密如天羅，一絲縫隙都無。一面覷準湖中群妖動靜。雙方耗有多時，英瓊忽然失驚道：「這些妖怪的眼睛，有的雖然大得出奇，怎麼卻都像呆的？」

無意中的一句話，將霞兒提醒，睜慧眼定睛一看，果然湖中妖物的眼睛，雖是閃閃放光，千形百態，卻都像嵌就的寶玉明珠，並不流轉。暗忖：「師父以前曾說，當初禹鼎鑄好，包羅萬象，雷雨風雲，山林沼澤，以及龍蛇彪豸，魑魅魍魎之形，無不畢具。這些妖物雖是生相凶惡，既不似妖法變幻，有形無質；又不似精靈鬼怪，各顯神通。不但目光呆滯，而且行動如一，彷彿有人暗中操縱。莫非是禹鼎上所鑄山妖海怪之類，受了妖鯀利用，故佈疑陣，惑弄人心？」

正在想得出神，湖底音樂又起。響未片刻，忽然一陣妖風，煙霧蒸騰，湖中群妖隨著千百種怪嘯狂號，紛紛離湖升起。一個個昂頭舒爪，飛舞攫拿，往那九口天龍伏魔飛劍的光網撲去。為首那個最為長大的狼首妖物更是厲害，口裡噴著妖火，直衝中心。

當時霞兒正在沉思，略一分神，差點被牠衝撞。所幸優曇大師飛劍不比尋常，霞兒深得師傳，功候深純，見勢不佳，忙運全神，將一口真氣噴將出去。經此一來，九口飛劍平添了許多威力，居然將狼首妖物壓了下去。

那劍光緊緊追著許多妖物頭頂，電閃飈馳一般疾轉。只見光層下面，光屑飄灑，猶如銀河星流，金雨飄空，紛紛飛射。那妖物仍是拚命往上衝頂，好似不甚覺察。

霞兒因往日妖物和自己抵敵，雖然厲害非常，全憑牠數千年功行煉就的一粒元珠，並不敢以身試劍。這些妖物卻拿頭來硬衝，彷彿不識不知。這般神妙的飛劍，竟未誅卻一個。越想越像是禹鼎作用無疑。眼看下面金屑飛灑，九口天龍飛劍卻沒絲毫傷損。深恐長此相持，壞了禹鼎至寶，實為可惜，但又不能收回。正打不出主意，忽又見下面一陣奇亮，千百個金星從那些妖物頂上飛出，竟然衝過飛劍光層，破空而去。

霞兒疑是妖物乘機遁走，正在心驚，湖底樂聲又作，換了靡靡之音。一片濃霧飛揚，將那些妖物籠住，一個個倏地撥頭往下投去。接著水聲亂響，甚是嘈雜，轉眼沒入洪波，不知去向。忽然在離岸數十丈處，湧出一湖紅水，金光罩處，其平若鏡。

霞兒提心吊膽，靜氣凝神一聽，隱隱仍聽見紅壑底下的妖鯀喘聲，和往日鬥敗回去一樣，才知並未被牠逃遁。只不知適才飛起的那千百個金星主何吉凶，仍是有點放心不下。

這時先後已經過了四天四夜。到了第五天的正午，估量妖鯀暫時不會再出作怪，便邀英瓊、若蘭二人在岩石上坐定，互相參詳了一陣，俱猜不透那千百個金星作用。到了這日晚間，湖中並無動靜。霞兒仍是只管沉思，忽然失驚地「咦」了一聲。英瓊、若蘭同問何故？

霞兒打了個手勢，在地上寫道：「那金星竟能衝開家師飛劍，厲害可知。而妖物並未乘此時機逃去，更是令人莫解。適才我又細觀餐霞大師柬帖，雖未說出金星來歷，上面曾有封鎖禹鼎的大禹神符，屆時必定為妖物所毀，恐其將鼎帶走，或用以頑抗，作脫身之計等語，並傳我們收鼎之法。照此看來，那金星想是大禹神符妙用了。妖鯀雖能參透玄機，將鼎上形相放出，但要去那神符，卻無此法力。所以才假手我們飛劍，將靈符毀去。如果所料不差，那最長大的狼首雙翼妖物，定是禹鼎的紐，靈符關鍵也必在紐上。據我估算，妖鯀此時運用禹鼎，還難隨意施為，尚須加一番功候。今日或者不出，明後兩日，正合餐霞大師柬上所指時日，方是重要關頭。成敗在此一舉，我等三人務須慎重行事，不可大意。」

當下按照柬上所示機宜，重又詳細籌商了一陣。果然那晚平安度過。

直到第二日下午申酉之交，三人正在凝神觀察，忽聽湖底樂聲發動，八音齊奏，聲如駕鳳和鳴，鏗鏘娛耳。知道事在緊急，頃刻便有一場惡鬥。霞兒將手一揮，三人同時打了一聲招呼，各站預定方位行事。

霞兒將手一指，飛劍光層越發緊密。英瓊忙向光層以外尋一高崖隱祕之處藏好，準備待機而動。若蘭卻藏在霞兒身後，靜候霞兒收了禹鼎，接來抱定，再由霞兒飛身上前禦敵。

三人佈置就緒，那湖底樂聲也越來越盛，緊一陣，緩一陣，時如流鶯囀弄，時如虎嘯龍吟，只管奏個不休。卻不見妖物出現，湖水始終靜盪盪的。

到了亥時將近，樂聲忽止，狂風大作，「轟」的一聲，三根水柱粗約半畝方圓，倏地直衝起來，矗立湖心煙霞之中，距上面光層三尺上下停住，裡外通紅透明，晶光瑩徹，也無別的舉動。三人只管定神望著，防備妖鯀遁逃。

一交子初，那根紅晶水柱，忽然自動疾轉起來，映著四圍霞彩，照眼生纈，那水卻一絲也不灑出。

湖底樂聲又作，這次變成金鼓之音，恍如千軍萬馬從上下四方殺來一般，驚天動地，聲勢駭人。樂聲奏到疾處，忽又戛然一聲停住。那根水柱倏地粉碎分裂，光影裡宛似飄落了一片紅雨，霞光映成五彩，奇麗無儔。水落湖底煙霧之中，竟如雪花墜地，不聞有聲。只見煙霧中火花飛濺，慢騰騰衝起一個妖物。

這東西生得人首獅面，魚背熊身。三條粗若樹幹的短腿，兩條後腿朝下，人立而行；

一條前腿生在胸前。從頭到腿，高有三丈。頭上亂髮紛披，將臉全部遮沒。兩耳形如盤虯，一邊盤著一條小蛇，紅信吞吐，如噴火絲。才一上來，便用一隻前爪指著霞兒怪叫，啾聲格磔，似人言又不似人言。

霞兒因和妖鯀對敵多日，聽出牠口中用意，大喝道：「無知妖孽！誰信你一派胡言？你如仍似以前深藏壑底，原可不伏天誅。你卻妄思蠢動，想逃出去，為禍生靈。你現求我准你行雲歸海，不以滴水傷人，誰能信你？要放你入海不難，你只將禹鼎獻出，用你那粒內丹為質。果真入海以後，不傷一人，我便應允。否則，今天我已設下天羅地網，休說逃出為惡，連想似以前在壑底潛伏都不能夠！」

妖鯀聞言，從蓬若亂茅的紅髮中，圓睜著飯盌大小的一對碧眼，血盆大口中獠牙亂錯，望望頭上，又瞪視著霞兒，好似憤怒異常，恨不得把敵人嚼成粉碎。卻又知道頭上飛劍光層厲害，不敢輕於嘗試。

霞兒見妖鯀今日改了往常行徑，開口便向自己軟求，情知牠是故意乞憐，夢想連那禹鼎一起帶走，一面對答，暗中分外警惕。那妖鯀見軟求無效，又向霞兒怪叫怒吼。

霞兒見牠又施恐嚇故伎，便喝道：「想逃萬萬不能！如有本領，只管施為。因你適才苦求，你只要身子不出湖面，尚可容你偷生片刻。今日不比往日，如敢挨近我的飛劍，定叫你形神消逝，墮劫沉淪，永世不得超生。」

妖鯀見霞兒今日竟是只防不攻，飛劍結成的光幕將全湖罩得異常嚴密，越知逃遁更難。不由野性大發，怪吼一聲，將口一張，一顆碧綠晶瑩、朗若明星的珠子，隨著一團彩煙飛將出來。初出時小才數寸，轉瞬間大如栲栳，流光四射，直朝頂上光層飛去。

霞兒見妖鯀放出元珠，便將手往九口天龍伏魔劍一指，那光幕上便放出無量霞光異彩，緊緊往下壓定，將那珠裹住。正在施為，忽然身後若蘭低喚：「師姊留神妖物。」

霞兒再往前一看，妖鯀已被一團極濃煙霧裹定，看不見身影。頃刻之間，越脹越大，彷彿一座煙山，倏地厲聲怪吼！趁上面光層裹住元珠，湖面有了空隙，霞兒運用慧目一看，煙霧中裹著一個大如山嶽的怪頭，兩眼發出丈許方圓兩道綠光，張著血盆一般大口，正朝自己面前飛到。霞兒大喝一聲：「妖物敢來送死！」左肩搖處，一道金光，一道紅光，將自己的兩口飛劍發將出去。

若蘭藏在霞兒身後，恐飛劍不能傷牠，暗取丙靈梭，運用玄功訣，先將光華掩去，然後朝妖鯀兩眼打去。

霞兒先因妖鯀重視那粒元珠勝如生命，決不會棄珠而逃，所以才將九口天龍劍將珠裹定。沒料到妖鯀卻乘隙變化飛出，不知妖鯀是忿恨到了極處，捨死來拚。恐牠乘此時機收珠遁逃，一面將自己兩口飛劍放起抵禦，一面注視那九口飛劍。稍現危機，便招呼英瓊下手，禹鼎不能到手，也說不得了。

那妖鯀原見霞兒全神貫注空中飛劍，想乘其不備，變化原形傷人。誰知去勢雖急，敵人動作更快。先是兩道金紅色劍光迎面飛來，知道厲害，正欲回身，猛地眼前又是幾道紅光一亮，兩隻眼睛被丙靈梭雙雙打中，怪叫一聲，風捲殘雲般直往湖中退去。

霞兒、若蘭見紅光亮處，碧光一閃不見，知道妖鯀雙眼受傷，心中大喜。一面忙把各人飛劍法寶收回。霞兒乘此時機，運用一口真氣往空中噴去，想收那粒元珠時，湖底一道白氣，早如白虹貫日一般升起，眼看那粒元珠如大星墜流，落了下去。接著湖底樂聲大作，千百種怪聲也同時呼嘯起來。有的聲如兒啼，非常淒厲；有的咆哮如雷，震動山谷。

湖底騷動到了子正，樂聲驟止。便聽水嘯濤飛，無數根大小水柱朝上飛起，嘩嘩連聲。日前所見各種奇形怪狀的妖物，一齊張牙舞爪，飛撲上來。霞兒等知道妖鯀要乘此時逃遁，不敢大意，各自聚精會神，凝視湖面。靜等那狼首雙翼、似龍非龍的怪物，和妖鯀一出來，便即下手。

就在這些妖物連番往上衝起，都被飛劍光層阻隔之際，又聽湖底驚天動地一聲悲鳴怪吼，一團煙雲中飛起那狼首雙翼的妖物。先在光幕之下、湖沿上面盤旋了兩周。才一現身，先上來的那些妖物，全都紛紛降落，隨在牠的身後，滿湖面遊走，魚龍曼延，千姿百態，頓呈奇觀。繞了三匝過去，湖底又將細樂奏起。這一次才是妖鯀上來，胸前一隻獨爪，托定一個大有二尺、是鼎非鼎的東西，金光四射。細樂之聲，便從鼎中發出。

大小妖物，一聞樂聲，齊朝妖鯀身旁擁來，都升到湖面，朝著霞兒怪嘯一聲，將爪中寶鼎朝飛劍光層打去。鼎一飛起，還未及近前，妖鯀早衝到湖面，朝著霞兒怪嘯一聲，將爪中寶鼎往空一舉。立時鼎上樂聲變成金鼓交鳴的殺伐之音，一盤彩雲擁護中，朝頂上光層衝去。同時，那狼首雙翼、似龍非龍的東西，率了湖中千百奇形怪狀的妖物，也齊聲怪吼，蜂擁一般從鼎後面追來。

霞兒早有防備，左手掐訣，右手從法寶囊內取出優曇大師預賜的一道靈符，交與身後若蘭。口誦真言，連同一口先天五行真氣噴出。立時化成一座霞光萬道、高約百丈的光幢，將若蘭全身罩住。

若蘭忙將身劍合一，在光霞圍繞擁護之下，比電還疾，一轉瞬間，未容寶鼎與飛劍光層接觸，仗著優曇大師靈符妙用，一伸雙手，便將寶鼎接到手中。更不怠慢，連忙回身飛到原來岩石上面，將鼎抱在懷裡，盤膝打坐，默用玄功。鼎後面千百大小妖物，也都紛紛趕到，圍在光層外面，不住張牙舞爪，怪嘯狂吼。若蘭仗有光霞護身，也不去理牠，只管默念冥思，隨機應變。

那妖鯀冷不防寶鼎被人收去，又怒又急，連忙幻化原形，隨後追來，被霞兒迎面一截，忽然回身隱入湖內。霞兒料知牠還要拚死衝出，暫時退逃，必有作用。仗著四外封鎖，又有九口天龍伏魔飛劍結成的光幕，也不窮追。回望若蘭存身之處，一片烏煙瘴氣中，現出霞光萬道，怪聲大作，怪影飛翔，如同狂潮驚飛，甚是騷亂，料無妨害。一心注視湖底，駕起劍光，憑空下視，靜候最後時機，招呼英瓊下手，同建奇功。

約有兩個時辰，若蘭盤坐巖間，見千百妖物全被光層所阻，不能近前，以為妖物使倆止此。心一放定，精神未免少懈。因這些妖物多是生平罕見，一時好奇，定睛往外一看，那日所見為首妖物奇形，這時才得看清。變化到極大時，從頭至尾，約有百十丈長短，身子和一座小山相似，越到下面，越顯粗大。股際還生著四條長爪。自股以下，突然收小，露出長約數丈，由粗而細，形如穿山甲的一條扁尾。拚命想往手上寶鼎撲來。

其餘妖物，也都是能大能小，隨時變形，猛惡非凡。正在觀看，遠遠聞得湖底怪嘯一陣，鼎上樂聲忽止。那些妖物也都比較寧靜了些，只是盤繞不退。忽覺懷中一股奇冷，其寒徹骨，直冷得渾身抖戰，兩手幾乎把握不住。知道不妙，忙運玄功，從丹田吸起一股陽和之氣，充沛全身。剛得抵住一些，忽然鼎上生火，其熱炙膚，又不敢鬆手。眼看兩手、前胸就要燒焦，想起餐霞大師柬上之言，把心一寧，連生死置之度外，一任它無窮變化。一會熱退，又忽寒生。身體並未受傷，愈發覺出那是幻象。雙手緊握鼎足，靜等收功。

猛一眼看到那鼎紐上盤著一條怪物，也是狼首雙翼，似龍非龍，獰惡非凡，與光層外面那條為首怪物的形象一般無二。再一細看鼎的全身，其質非金非玉，色如紫霞，光華閃閃。鼎上鑄著許多魑魅魍魎，魚龍蛇鬼，山精水怪之類。外面那些妖物，俱與鼎上所鑄形象一絲不差。這才恍然大悟，原來這鼎便是那些妖物的原體和附生之所，無怪乎牠們要追圍不退。只是這種數千年前大禹遺留的至寶，少時除了妖鯀之後，怎樣收法，倒是難題。

正在尋思不決，忽見光幢外面紅光千丈，沖霄而上，耳聽波濤之聲，如同山崩海嘯，石破天驚，起自湖底。同時一道紫虹，自天飛射，數十道細長金光閃處，怪聲頓止。又待不多一會，忽見光幢外面，大小妖物紛紛亂閃亂竄，離而復合。一道匹練般的金光直射進來，定睛一看，正是霞兒。一照面便喊：「妖鯀已斬，快將禹鼎與我，去收妖物，壓平湖中洪水。」說罷，不俟答言，一手將若蘭手中禹鼎接過；另一手持著一粒五色變幻、光華射目的珠子，塞入鼎蓋上盤螭的口內。然後揭起鼎蓋一看，忽然大悟，口誦真言，首先收了靈符光芒，與若蘭一同現身出來。

妖鯀一死，那些妖物失了指揮，雖然仍是圍繞不退，已減卻不少威勢，好似虛有其表，無甚知覺一般。二人才一現身，紛紛昂頭揚爪，往霞兒手上寶鼎撲來。

霞兒雖得餐霞大師預示機宜，一見妖物這般多法，形象又是這般凶惡，也不能不預為防備。早把天龍飛劍放起，護住全身，照著連日從妖鯀口中呼嘯同適才禹鼎內所見古篆參悟出來的妙用，口誦真言，朝著那為首的妖物大喝一聲。那狼首雙翼的妖物，飛近鼎紐，忽然身體驟小，轉眼細才數寸，直往鼎上飛去，頃刻與身相合，立時鼎上便有一道光華升起。首妖歸鼎，其餘妖物也都隨後紛紛飛到，俱都由大變小，飛至鼎上不見。

這時湖底洪流，業已升過湖面十丈以上，雖未繼續增高，也不減退。幸有優曇大師預先封鎖，沒有往山下面橫溢氾濫，看上去彷彿周圍數里方圓的一塊大水晶似的。英瓊正用紫郢劍化成一道長約百丈的紫虹，在壓那水勢，回望二人飛來，心中大喜。

霞兒口中念動真言，將鼎一拍，從鼎上鑄就千百妖物的口鼻中，飛出千百縷光華，射向水面。初發出時，細如游絲，越長光華越大，那水立刻減低了數尺。霞兒圍著那鼎遊行了一轉，才飛到雁湖上空，由鼎上千光萬彩壓著那水緩緩降落。約有半個時辰，水已完全歸入湖底紅壑之中。霞兒隨著水勢降了下去，岸上的水業已涓滴無存。

一會，霞兒持鼎上來，對英瓊、若蘭道：「全仗二位師妹相助，才得大功告成。目前洪水雖然退入地心，不會再起，但這紅壑之內，還有一面地網，也是禹王至寶。一則未奉師命，二則也不知取用之法。還有這座禹鼎，雖然收了，僅從連日妖鯀嘯聲悟出鼎內真訣，勉強試用，僥倖成功。一切俱以意會，並不能運用隨心。

「此寶又大有數尺，攜帶不便。家師現時約在邛崍，意欲前往獻寶請示，同時將妖鯀首級帶去。二位師妹回山，可代愚姊向眾同門問候。開府之日，定隨家師前往峨嵋參謁。秦家姊妹與藏靈子對敵，那面紫雲仙障必被損壞，見面之時，請代致意。仙障靈效雖失，務必代我好好保存，交與秦姊，等開府相見時，取回祭煉，仍可應用。」

說罷，收了四圍封鎖，將手一舉，一道金霞破空飛去，轉眼不知去向。二人見霞兒本領竟比靈雲還要高出一頭，甚是欽羨。

這時妖鯀既除，天朗氣清，水後山林，宛如新沐。又值晨曦初上，下視大小山嶽，高聳圍拱。摩雲、剪刀諸峰，或如鵬翼摶雲，或如怪吻刺天，窮極形相。更運慧目遙望富春諸江，如大小銀練，縈纖交錯；太湖之中，風帆片片，出沒煙波，細小如豆。再望西湖，僅似一盤明鏡，上面堆些翠白點子。二人迎著大風，憑凌絕頂，指點山川，目窮千里，不覺襟懷大暢。待了一會，興猶未盡，想起雁蕩山水，奇秀甲於吳越。反正無事，現在剛到第七日早上，去紫玲谷還早，何不就便遊玩一番？商量之後，同意先去看那大小龍湫，便步行往大龍湫走去。若蘭問起除妖之事，才知底細。

原來昨晚天未明前，若蘭收了禹鼎回飛，破了它聲東擊西之計。妖鯀怒嘯追來，被霞兒劍光逼入紅壑裡面，怪吼一片。忽然將內丹煉成的元珠飛出，與九口天龍飛劍相鬥。本想將飛劍光層沖高一些，便可乘隙飛出，再收回它的本命元珠，衝破優曇大師的封鎖逃走。不想敵人早有防備。

霞兒得餐霞大師指示，業已料到此著。又見妖鯀二目中了若蘭的丙靈梭，竟能復原如初。知是那粒本命元珠作用，只須將此珠用飛劍緊緊包圍，決不愁妖鯀走脫。何況這次不比往日，禹鼎既收，功已成了一半。空中又有英瓊在彼防守，打起欲擒先縱主意。一面放起飛劍防身，將全神貫注在那九口天龍伏魔飛劍上面，將手一指，光層倏地升起，變成一道光網，將妖鯀的本命元珠緊緊裹定。對於妖鯀動靜，連理也不去理牠。

妖鯀起初見光層升起，不再密罩湖面，還在心喜，以為得計，連忙駕起雲霧，竄上湖來。身一騰空，便噴出一股白氣，去收那珠。誰知飛劍光網，密得沒有一絲縫隙，一任牠用盡精神氣力，那粒栲栳大的光華，在金光包圍之中，左衝右突，休想逃出，這才著急起來。剛待回身，竄回湖內，默運玄功，將珠收回，耳聽大喝一聲：「無知妖孽，還不授首！」接著便有一道金光飛來。

妖鯀知道情勢危急，把心一橫，胸前獨爪往湖中抓了兩抓，就在這湖水響動中，震天價怪吼一聲，整個身軀忽然裂散，往下一沉。從軀殼內飛起牠數千年苦功修煉的元神，周身發出萬道紅光，張牙舞爪，直朝飛劍光網猛撲，欲待棄了軀殼，搶了內丹，發動洪水逃走。

霞兒見牠來勢甚疾，正想招呼空中英瓊下手，一道紫色長虹已經從天而下、衝入光網之中，似金龍掉首，只一攪間，又是數十道紅光飛下。霞兒知道妖鯀被斬，大功告成，連忙飛身上前，用手掐訣，只一招，先將那粒元珠收去。

這時妖鯀身首業已落下，近前一看，雖然小才數尺，竟與原形一般無二。料牠功行還差，只是臨危脫殼。如煉過有形無質這一關，便難制服了。又見那顆怪頭雖被神針釘住，二目仍露凶光，知難將牠形神消滅。便收入法寶囊內，仍借神針釘壓，回山請示，再行發落。所餘下半截屍身，用丹藥化去。軀殼已墜入湖底，無關緊要。剛剛料理完竣，那湖水已漫上岸來。回望若蘭，正被千百妖物包圍，知道禹鼎尚在手內。

霞兒自幼就在神尼優曇門下，雖然看去仍如幼童一般，已有多年功行，道妙通玄，最得師父鍾愛。連日聽出妖鯀嘯聲有異，潛心體會，頓悟玄機，知那鼎紐上盤著那條狼首雙翼的怪物，是全鼎樞紐。從若蘭手中接過禹鼎，便用一顆主珠將鼎紐鎮住。隨手將鼎蓋一掀，又看出鼎心內鑄就的龍文古篆靈符。試一運用，竟然得心順手，將千百妖物收回禹鼎，回山覆命。不提。

英瓊二人且行且談，不覺已行至大龍湫下。正值連日降雨，瀑布越顯浩大，恍如銀河倒瀉一般，轟隆之聲，震動遠近。盡頭處，水氣蒸起畝許大一團白霧，如輕綃煙雲，隨風飛揚，映著日光，幻成異彩，煞是奇觀。留連了頃刻，若蘭還說要往筋竹澗、小龍湫兩處觀賞一回，忽聽頭上鵰鳴，佛奴盤空而下。

英瓊笑道：「連日防守妖鯀，也不知佛奴飛身空中作些什麼？這時飛來，必有緣故。這裡巖谷林泉雖然優秀，畢竟還是不如仙山景物。你看小龍湫附近岩石上面似有苗民攀援採藥，不去也罷。久聞紫玲谷風景更好，今日午後，正是秦家姊妹脫難之期，不如趁早趕去，接了她們同回仙府，就便還可看看谷中景致怎樣，豈不是好？」

若蘭幼隨紅花姥姥遊過許多仙山靈域，雁蕩並未過分在意。只為聞名已久，初次登臨；又因英瓊熱心好事，如早到紫玲谷，遇見紫玲姊妹被困，說不定又要銳身急難，於事無補，徒留異日隱患，多樹強敵，故借看山為名，耽延時刻。聽英瓊一說，舉首一看日色，算計趕到黃山已差不多。又見神鵰不招而降，當即應允。一同跨上鵰背。

剛升高大約二三十丈，便聽下面人聲吶喊。低頭一看，見巖谷樹林中，走出許多苗民，俱都仰首向天，齊聲驚詫。才想起此山多產藥材果木，山地肥美，山麓盡是良田美竹，居民甚多。暗幸昨晚僥倖將妖鯀除去，否則洪水發動，休說入海這條路上的千萬生靈，就這附近一帶田廬生命損失，也就可觀了。正在沉思，神鵰雙翼扶搖已上青旻，穿雲凌風，直往黃山飛去。

二人會見秦氏姊妹後，攜了一雙白兔，同返凝碧仙府。大家將經過情形一一告知靈雲以後，不一會，只見袁星飛奔入洞，報稱辟邪村玉清大師同了另一位仙姑駕到。眾人知是約了女殃神鄭八姑同來，便一齊接了出去，迎入太元洞內。眾同門有與鄭八姑尚是初見的，便由靈雲分別引見。

落座之後，玉清大師笑道：「恭喜諸位道友，初步功行已有基礎。開山盛會一過，便須分別出門，建立外功了。」說罷，又向英瓊、若蘭道謝相助霞兒雁蕩誅鯀之勞。然後向著靈雲、紫玲二人說道：「貧道此來，一則奉了家師之命，因開山盛會在即，各派群仙領袖以及先後輩同門道友均要到此參與大典，三仙二老與各位師伯叔俱奉長眉教祖遺敕，有事在身，期前不能趕到，特命貧道來此相助，佈置接待。二則此番寶相夫人期前超劫，比較容易躲過，但那天魔來勢厲害，不比尋常，雖然秦道友誠孝格天，又有三仙師叔助力，防禦周密，到底初次涉險，難知深淺，稍有疏虞，便成大錯。

「貧道前一位先師，也是旁門，遭逢天劫時，八姑師妹彼時隨侍在側，躬預其難，幾遭不測，總算得過一番閱歷。再則她又有那粒雪魂珠，可禦魔火。又恰巧八姑師妹大難已滿，法體復原，本該來此赴會。只為在雪山修煉家師所賜的飛劍尚需時日，為此才趕往雪山，助她勉強成功，邀她同來。先陪了秦道友姊妹、司徒道友同往東海，相助寶相夫人脫了天劫，再返仙府候命，豈非一舉兩得？

「來時聽家師說，秦道友此時趕往東海，防備寶相夫人當年許多強敵得了信息，乘機危害，原是正理。不過此時三仙正閉門行法，期前必然不能拜謁，勢必仍用以前神遊之法，乘風雷少住之時，入洞與寶相夫人相見。遲早母女重逢，此舉萬萬不可。一則寶相夫人正在功候緊急之際，不可使她分神；二則東海有三仙在彼，異派邪魔原不敢前往窺探。無奈三仙奉敕閉洞，行法煉寶，外人知者甚多。當初寶相夫人的仇敵又眾，如乘三仙閉洞之際潛往侵害，有玄真師叔先天遁法封閉，本不易被外人找見門戶，這一來正好被敵人看破，引鬼入室。

「諸位道友到了那裡，可按平時所知門戶外面，故佈疑陣。真正緊要入口，由八姑師妹暗中巡視防守。即遇強敵，也不致被他侵入洞內，妨害大事。一切佈置防衛，貧道在雪山時已與八姑師妹商量妥當。

「到時由她相助安排，只須挨到三仙事完出洞，便無害了。誠恐秦道友姊妹念母心切，急於相見，貽誤事機，日前曾請齊道友致意，請為暫候，略貢芻蕘之見。司徒道友所得神駝乙真人的烏龍剪，大是有用。那彌塵旛、白眉針一類寶物，只可抵禦外敵，天魔來時，千萬不可使用，以免毀傷至寶。玄真師叔期前必留有預示，貧道尚恐萬一事忙疏漏，再三轉懇家師默算玄機，帶來柬帖一封，到了正日開看，便知分曉。」

玉清大師說罷，隨即遞過一封柬帖。紫玲、寒萼聞言，早已感激涕零，與司徒平三人一同過去，跪下稱謝不已。玉清大師連忙扶起，連說：「同是一家，義所應為，何須如此？」

紫玲道：「愚姊妹幼遭孤零，備歷艱辛，每念家母日受風雷之災，心如刀割。多蒙大師垂憐，預示仙機，又承鄭仙姑高義相助，不特愚姊妹刻骨銘心，就是家母也感恩無地了。」

玉清大師道：「患難相扶，本是我輩應為之事，何況又是自家人，何必如此客套？但盼馬到成功，寶相夫人早日超劫。此時就起程吧。」

當下紫玲、寒萼、司徒平與女殃神鄭八姑四人，向眾同門告辭出洞，到了凝碧崖前。紫玲因玉清大師說獨角神鷲帶去無甚用處，便將神鷲留在峨嵋。將手向眾人一舉，展動彌塵旛，一幢彩雲擁護四人破空升起。

# 第九章　移山縮地

飛行迅速，當日便飛到了東海，過去不遠，便是寶相夫人被困的所在。正快降落，忽見釣鼇磯上飛起一道金光，直朝自己迎來。四人看出是同門中人，便收了彌塵旛，迎上前去。紫玲以前常往三仙洞內參拜，認得來人正是玄真子的大弟子諸葛警我。知他在此，必與寶相夫人超劫之事有關，心中大喜。彼此一招呼，各收遁光，一同落下。

各自見禮通問之後，諸葛警我道：「伯母苦行圓滿，脫難在即，偏偏家師奉了長眉師祖遺敕，閉洞行法，須要到日，始能相助。唯恐期前有以前仇敵得信前來侵害，又知二位師妹正與藏靈子在紫玲谷相持，恐有疏虞，預示應付機宜，命我從今日起晝夜在此守望。正恐力弱難勝，且喜四位道友同來，料無一失的了。伯母所居洞中，此時風雷正盛，去了也難相見。這釣鼇磯高出海面數百丈，與那洞相距只有數十里，最便眺望，如有事變，即可立時前往應援。

「聽家師之言，期前所來的這些外教邪魔，俱無足慮。只有一個，乃是大鵬灣鐵笛拗的翼道人耿鯤，道術高強，心腸更是狠毒，又與伯母有殺弟之仇。為人也介乎邪正之間，不比別的邪魔，多半志在乘機剽竊伯母連年辛苦所煉的本命元胎，並無拚死之心。而且此人素來恃強任性，脅生雙翼，頃刻千里，精通祕魔大法，行蹤飄忽，窮極變化。更擅玄功地遁、穿山過石、深入幽域、遊行地肺，真是厲害非常。即使明知家師在此，也要前來，分個勝負，決不甘心退讓，何況我等。不過此人心地還算光明，輕易不使鬼蜮伎倆。他如不知這裡虛實便罷，如知家師閉洞行法，不能在期前助力，或者反要到時才來也說不定。

「不過事難逆料，何況還有別的外教邪魔，均非弱者，自宜小心預防為是。為今之計，我等五人，可由三人在此防守，分出二人在伯母所居洞前四外巡視，以免敵人不從空中飛行，正面出現，卻用妖法出奇暗算，這裡守望疏漏。現在各位師長俱在本山行法，小一輩同門又都奉命分頭趕赴峨嵋，等候參與開山大典。這十日左右，當不會有自家人來此。如見外人到來，固不必說。就是遇見沙石林木有了異征變態，也須留神觀察，運用劍光報警，不可絲毫大意。」

計議停妥，便由紫玲與鄭八姑二人在洞前四外巡視，司徒平、寒萼隨著諸葛警我在釣鼇磯上瞭望防守。紫玲便同鄭八姑駕起遁光，先往寶相夫人煉形的所在飛去。

當初天狐兵解之後，玄真子因她那時業已改邪歸正，結了方外之交。以後又救助諸葛警我脫去三災。又照極樂真人李靜虛的囑託，便將天狐軀殼用三昧真火焚化埋藏，另尋了一座石洞，將元神引入，使其煉形潛修。外用風雷封鎖，以免邪魔侵害。

寶相夫人雖然出身異類，原有千年道行。又經極樂真人點化，參透玄機，在洞中晝夜辛苦潛修。不消多年，居然形凝魄聚，煉就嬰兒，靜中默悟前因後果，決意在洞中甘受風雷磨煉，挨過三次天劫再行出世。一俟外功積修完滿，減卻以前罪孽，便可成道飛昇。似這樣每日艱苦潛修，道行大為精進。所煉嬰兒，也逐漸長成。又用身外化身之法，調和坎離，煉那本命元丹，以期早日孕育靈胎，躲過天劫，參修正果。

這日忽見玄真子走來，說是因奉長眉真人遺敕，得知天狐道行精進，災劫也隨之移前，但是不可倖免。靈胎初孕之時，便是她大難臨身之日。當初風雷封洞，一為彼時她元神未固，恐那外魔侵害；二則藉此淬煉，減輕未來災劫。此時本可不用，無如宿孽太重，樹敵甚多，唯恐事前發生變故，還得增加風雷之力，以防仇敵乘隙擾亂道心。但風雷過烈，勢必勾動地殼真火。本人又因奉命閉洞行法，期前不能來此相助，全仗風雷阻擋不住能手。已由妙一夫人飛劍傳書，示知秦氏二女與司徒平，命他們到時趕來防衛。唯恐勾動真火，以後只顧抵禦，誤了功行，特趕來告知，並借寶物與她以作護身之用，然後別去。

寶相夫人聞言，自是感激萬分。知道己身成敗，在此一舉，只要躲過這一關，便可永脫沉淪，遨翔八表。又是驚，又是喜，益發奮力修為。不提。

紫玲同鄭八姑等到達的時候，正是地殼真火發動，風雷正盛之際。那洞位置在一座幽崖下面，出入空口甚多，俱被玄真子用法術封閉。洞的中心，深入地底何止百丈。寶相夫人便在其中藏真修煉。

八姑和紫玲因有玉清大師預先警告，不敢逕至往常入口之處，飛到那崖側面相距數十丈處，便即落下。眼望那崖洞明穴顯，山石嶙峋，看不出一絲形狀。八姑叫紫玲側耳伏地一聽，也只微聽出一些轟隆之聲匯成一片，還沒有以前神遊入洞時的聲勢浩大，心甚詫異。八姑道：「這定是玄真子師伯恐風雷齊鳴，光焰燭天，更易招引仇敵，特意用法術將風雷遮掩，不到身臨切近，難知妙用。我等道力還淺，所以不易覺察出來。」紫玲聞言，知是八姑謙詞，便不敢輕易深入，一同在附近周圍巡行了兩轉，細心留神搜查，且喜並無異狀。

第二日清晨，寒萼在釣鼇磯頂上正閒得無聊，一眼望見紫玲與八姑二人只管貼地低飛，遊行不息。以為八姑素無深交，仗義相助，卻累人家這般勞神，於心不安。便飛身下去和紫玲說了，意欲對調，使八姑稍微休息。紫玲也有同樣心理，聞言頗以為然。姊妹雙雙先向八姑道了勞，將心意說出。

八姑見二人情意殷殷，滿臉不過意神氣，初見未久，不便說她二人能力不如自己。只得囑咐遇敵小心，不可輕易動手，以先報警為是。然後由寒萼接替巡行，自己往磯上飛去。八姑走後，寒萼隨紫玲巡行了一陣，不覺日已偏西，上下兩地均無動靜。寒萼隨紫玲巡行了，不覺日已偏西，上下兩地均無動靜。

寒萼對紫玲道：「我二人在一起巡行，唯恐還有觀察不周之處。不如你我兩人分開來，把母親所居的洞當作中心，相對環繞巡行，你看如何？」

紫玲也覺言之有理。分頭巡行還沒有一轉，忽見海天一角，一疊黑雲大如片帆，在斜陽裡升起，漸漸往海岸這一面移動。雲頭越來越大，那灰白色的雲腳活似一條龍尾下垂，直到海面，不住地左右擺動。海天遠處，隱現起一痕白線。海岸邊風濤，原本變幻不測。紫玲運用慧目，凝目觀察，雲中並無妖氣，略微放心。

一會那雲漸漸布散開來，雲腳也分成了無數根，恰似當空懸著一張黑幔，下懸著許多長短的灰白穗子。轉瞬之間，海上颶風驟起，狂濤駭浪往倚崖海岸打來，撞在礁石上面，激起百十丈高的銀箭。一輪斜日已向雲中隱去，天昏地暗，聲如雷轟，震耳駭目。

不消多時，海浪已捲上岸來，平地水深數丈。這時方看出海浪湧到崖洞前面，相隔有里許地，彷彿被什麼東西阻住，不能越過，浪捲上去，便激撞回來，知是玄真子法力作用。雖然那風雲中無什異狀，因為來勢猛烈，越發兢兢業業，不敢大意。雙雙對巡了幾轉，風勢越盛，海水怒嘯，天色逐漸黑暗如漆，只聽澎湃呼號之聲，震天動地。

二人有時凌波飛翔，被那小山般的浪頭一打到面前，劍光照處，隱約似有魚龍鬼怪，隨波騰挪，明知幻影，也甚驚心。釣鼇礬上三人，俱都格外留神，戒備萬一。這風直到半夜方才停止，漸漸風平浪靜，岸上海水全退。雲霧盡開，清光大來。半輪明月孤懸空中，碧海青天，一望無際，清波浩淼，潮音如奏鼓吹。景物清曠，波濤壯闊，另是一番境界。

紫玲方慶無事，忽聽寒萼在遠處嬌叱一聲，劍光隨著飛起，不禁大吃一驚。忙駕遁光飛將過去一看，寒萼已被五個渾身雪白、不著一絲、紅眼綠髮的怪人圍住。

原來寒萼自從連遭失利，長了閱歷，頓悟以前輕躁之非。在東海這兩日，雖無甚變故發生，因為關係乃母憂危，隨著紫玲巡行，一絲也不敢懈怠。適才颶風來得太驟，已是有了戒心。等到風平浪息，月光上來，雖然景物幽奇，也無心觀賞，只顧隨時留心查看。

正在飛行之間，忽見前面海灘上，棕林下面似有黑影一閃。忙即飛身入林一看，巡行了一周，並無所見，以為是風吹樹影，看花了眼。剛剛退身出林，偶一低頭，地面海沙似在漫漫往上拱起，先以為是海邊蛟鱷產卵，生長出殼。只一注視間，那一塊沙竟拱起有三尺來高，倏地又往下一落，與地齊平，仍和方才一般，復了原樣，不顯一絲高低痕跡。

正覺稀奇，忽然相隔四五尺遠近，又有一處海沙照樣拱起，一會低落下去，又在旁處出現。總當是土生蟲豸一類，不願大驚小怪，也未與眾人報警。接連三處起落過去，方要離開，忽聽絲絲之聲，先前所見拱起之處的海沙，忽自動四外飛散，彷彿地下有什麼力量吹動，又匀又快，轉眼便現出了四尺大小的深穴，低頭往穴中一看，那穴竟深不可測，以自己的目力還不能夠見底。同時旁的兩三處也和這裡一樣，海沙四外旋轉如飛，無風自散。

正在觀看，猛見頭一個穴口內，一團綠茸茸如亂草一般的東西，緩緩往上升起，俄頃上達地面，先露出一個頭來，漸漸現出全身，才看出那東西是一個似人非人的怪物，滿頭綠毛披拂。一雙滴溜溜滾圓的紅眼，細小如豆，閃閃放光。鼻子塌陷，和骷髏差不甚多。一張像猴一般凸出的方嘴，唇如血紅，往上翹翻，露出滿口銳利的鉤齒。頭小身大，渾身其白如粉，上部肥胖，手足如同鳥爪，又長又細，形態甚是臃腫。

寒萼知是妖異，嬌叱一聲，便將劍光飛出手去。誰知那東西顢頇不靈，卻甚厲害。眼看劍光繞身而過，並不曾傷牠一絲一毫。同時那旁的兩處，也同樣冒起兩個怪物，也是行動遲緩，不見聲息。猛一回顧，身後面不知何時也冒起了兩個，恰好團團將寒萼圍住。

寒萼見運用飛劍不能傷牠們，大吃一驚。因恐四面受敵，正想飛出重圍，再行應付，紫玲已聞警趕來，各自將飛劍放出。那五個怪物，俱似有形無質，劍光只管繞著牠們渾身上下亂繞亂斬，終如不聞不見。身一出穴，緩緩前移，向二人圍攏。

紫玲一面應戰，一面示警。釣鼇磯上三人，好似不曾看見，並不趕來應援，猜那邊一定也出了事故，不禁著慌起來。眼看那五個怪物快要近身，雖未見有什伎倆，畢竟不知底細，恐有疏失。只得將身飛起，再作計較。誰知那五個怪物也隨著飛起，圍繞不捨，離二人身前約有五尺光景。五張怪嘴同時一咧，從牙縫裡各噴出千百條細如游絲的白氣。

幸而紫玲早有防備，展動彌塵旛，化成一幢彩雲，將身護住。因怪物五面襲來，寒萼只得與紫玲相背而立，分防前後。有一個怪物距離寒萼較近，竟被那白絲沾染了一些，立時覺得渾身顫抖，麻癢鑽心，不能支持。幸而紫玲回身將她扶住，見她神色大變，知已中了邪毒，忙將峨嵋帶來的靈丹取了一粒，塞入她的口內。情知怪物定是外教邪魔一類，自身雖有彌塵旛護住，不知有無餘黨乘隙侵害寶相夫人，又無驅除之法，更不知釣鼇磯上發生什麼變故，寒萼又受了傷，一陣焦急。把心一橫，正待借寶旛雲幢擁護，飛往洞前查看，忽見下面離洞不遠處有一道金光、兩道青光同時飛起，看出是諸葛警我、鄭八姑、司徒平三人，心中一定，連忙追隨上去。

原想諸葛警我等三人已看見自己彩雲，必然來援，那時再回身協力除那怪物。誰知那三人仍是頭也不回，電閃星馳般往前飛走。紫玲不解何意，以為定是怪物厲害，三人自知不敵，率先逃走。別人還可，司徒平怎地也是如同陌路，不來救援？驚疑忙亂中，猛一回顧，那五個怪物想因寶幢飛行太快，知道追趕不上，逕捨了紫玲、寒萼，掉頭崖洞前飛去。

紫玲一見不好，也不暇再計成敗利鈍，剛待回身追趕，眼看五個怪物將要落到地上。忽見前面離地數十丈處，似火花爆發一般，崖前上下四方，俱是金光雷火，也不聞一些聲息，齊向那五個怪物圍攏，一團白氣化成輕煙飛散，轉眼雷火怪物全都不見。月明如水，景物通明，依舊靜盪盪的。猜那五個怪物定中了玄真子的法術埋伏。

正在遲疑之際，忽聽後面有人呼喚。回頭一看，正是鄭八姑與司徒平二人駕了劍光飛來。一見面，八姑首先說道：「事變將來，更恐妖人還有餘黨，二位速往釣鼇磯相助諸葛道友守望。由我與司徒道友代替巡行吧。」

紫玲知八姑之言有因，匆匆不及細問，忙即道謝，和寒萼同往釣鼇磯飛去。幸而寒萼服了靈丹，僅只胸前有些噁心，頭略昏眩，尚無大礙。見了諸葛警我一問，才知那五個怪物才一現身，八姑首先看出來歷，喊聲：「不好！」知道紫玲、寒萼有彌塵旛護體，可保無事。便和諸葛警我略一商量，由諸葛警我行法，將陣法暗中發動，引敵深入。然後與八姑、司徒平入陣，去除來的邪魔。

因那五個怪物乃是千年腐屍餘氣，由來人從地下採取窮陰凝閉的毒氛，融合煉成，有形無質，飛劍傷牠不得。又見紫玲姊妹駕著雲幢，正往崖洞飛行，這時甫將敵人困住，誠恐警覺，被陣外五個怪物逃了回去，故意引開紫玲姊妹。等到敵人知道被陷，想將那五個怪物招來相助逃遁時，才行發動風雷，將敵人與五個怪物一齊化為灰燼。

那怪物的來歷，還算女殃神鄭八姑知道底細，不然不等天災到來，寶相夫人已無倖了。原來適才來的妖人，乃是南海金星峽的天漏洞主百欲神魔鄢什，專以採補，修煉邪法。當初原與莽蒼山靈玉崖的妖尸谷辰同在天淫教下。自從天淫教主伏了天誅，妖尸谷辰被長眉真人殺死，元神遭了禁錮，所有同門妖孽俱被長眉真人誅除殆盡，只有鄢什一人漏網，逃往南海潛藏。知道長眉真人道成飛昇，門下弟子個個道法高深，輕易不敢往中土生事，便在海中採取生物元精修煉。

那天漏洞底，原有五個盤踞魔鬼，時常出海禍害船舶上的客商。這些東西乃是幾個被人埋在海邊山洞中的死屍，死時氣未斷盡，所葬之處又地氣本旺，再加日受潮汐侵蝕，山谷變成滄海，屍體逐漸深入地底。年深日久，海水減退，山谷重又露出海邊。這些東西雖然成了殭屍，無奈骸骨為巨量海沙掩埋，不能脫土出來。又經若干年代，骸骨受不住地下煞風侵蝕，雖然化去，那屍身餘氣反因窮陰凝閉，與地底陰煞之氣融會滋生，互為消長，逐漸凝煉成魔，破土出來，為害生靈。

鄢什因愛那洞形勢險惡幽僻，在內隱居。無意中與這五個魔鬼遇上。他知這些東西如能收到手下煉成實體，足可縱橫世間，為所欲為。便仗妖法，費盡心力，將這五個魔鬼收伏，又用心血凝煉，成了他五個化身。煉了多年，可惜缺少真陽，那東西依舊有形無質。尋常飛劍法寶，固是不能克制，到底美中不足，難遂報仇之念。

聞得天狐寶相夫人兵解以後，仗三仙相助，二次煉就法身，日內就要功行完滿。如能將天狐所煉的那粒元丹得到，用妖法化煉，便可形神俱全。先時深知三仙厲害，還不敢來。後來探知三仙奉了長眉真人遺敕，閉洞行法，自然多日耽擱，不由喜出望外。

他也知三仙雖然閉洞，寶相夫人並非弱者，必有防備。恰好這日海上起了颶風，正可行事。便用地行之法趕來一看，果然有兩個女子駕著劍光，低飛巡視。看出劍光是峨嵋家數，自己多年驚弓之鳥，恐二女身後有人，還不肯輕易出現。一面暗遣五鬼，迷害二女，自己卻往那崖前去搜尋天狐藏真的洞穴。

他才露面，便被女殃神鄭八姑看出行徑，誠恐風雷封鎖，他走不進去，被他看破玄機逃遁。知道諸葛警我受了玄真子真傳，能發收仙陣妙用，給他放出門戶，誘他深入。

鄢什貪心太重，以為三仙不出，縱有法術埋伏，自己有通天徹地之能，那兩個防守的女子又被五鬼困住，萬無一失。到了崖前，還在一心尋找入洞門戶，打算破洞而入，搶了元丹就走。猛覺眼前金花一閃，那崖便不知去向，同時身上火燒也似地疼，卻不見一絲火影，才知不妙。不消頃刻，已是支持不住，不敢久延。偏偏上下四方俱有風雷封鎖，身又陷入陣中死戶，不能脫身。如不招回五鬼，用那地下行屍之法化氣逃走，就不能活命。

剛使妖法將五鬼招來，諸葛警我早在留神，一見五鬼捨了紫玲姊妹，飛入陣去，知道敵人厲害，一經逃走，便留後患，只得將玄真子預先埋伏在陣內的五火神雷發動了一處，將鄢什與五鬼齊化為灰煙，四散消滅。

話說五火神雷，乃是玄真子閒中無事，當海洋狂風驟雨之際，用玄門妙法，採取空中雷火凝煉而成。一共只收了兩葫蘆，原備異日門下弟子功行圓滿時節，防有外魔侵擾，以作封洞之用。因知寶相夫人魔劫太重，來者多是勁敵，雖有仙陣封鎖，仍恐遇見能手不能抵禦，便將這兩葫蘆雷火也一同埋伏在彼，傳了諸葛警我用法。並說這神雷乃是五火之精，經用玄門妙法禁閉凝聚，一經引用真火發動，立時爆發，無論多厲害的邪魔，俱要與之同盡。不比別的寶物，能發能收，只能施用一次，須要多加珍惜，不遇極難克制的強敵，不可妄費。

諸葛警我久聞鄢什惡名，更聽八姑說那五鬼厲害，又見紫玲姊妹飛劍無功，鄢什雖陷陣內，被無形風雷困住，並未身死，還在賣弄邪法，迫不得已，才行施展。妖人雖死，但是未來的仇敵尚多，五火神雷只能再用一次，不可不多加準備。便與八姑商量，先由八姑與司徒平去將紫玲姊妹換回休息，順便告知防禦之策。

這五人當中，諸葛警我是玄真子得意弟子，早得玄門正宗心法，事前奉了師命，胸有成竹。因鄭八姑雖出身異教，不但道術高深，而且博聞多識，不在玉清師太以下。自從雪山走火入魔，在冰雪冷風中苦修多年，得了那粒雪魂珠後，又經優曇大師點化，功行精進。

司徒平道行劍術，原不如紫玲姊妹。一來關係著本命生剋，是這一次助寶相夫人脫難的主要人物；二則得了神駝乙休的烏龍剪，差一點的邪魔外道，皆不是他的敵手。所以才和八姑商議，目前各派邪魔無足深慮，只有那翼道人耿鯤是個勁敵，變化通玄，有鬼神不測之機，誠恐一時疏於防範，被他暗地侵入陣內，施下毒法，非同小可。紫玲姊妹不知來人深淺，遇上了無法應付。那人吃軟不吃硬，容易受激。請八姑帶了司徒平前去，仔細搜查全崖有無異狀，相機行事，將紫玲姊妹換回。告知機宜，到時如此如彼。

寒萼平時固是自命不凡，就連紫玲也因得過父母真傳，中經苦修，更有彌塵旛、白眉針等至寶在身，又見凝碧諸同門不如己者尚多，對人雖是謙退，一旦遇事，並無多讓。起初聽說翼道人厲害，雖持謹慎，還不怎樣驚心。誰知頭一次便遇見強敵，如非玄真子早有佈置，加上諸葛警我、鄭八姑二人相助，幾乎有了閃失，聞言甚是驚惶。

姊妹二人這才在釣鼇磯上，隨定諸葛警我，四下瞭望。只見鄭八姑與司徒平並不分行，一道白光與青光連在一起，疾如電閃星馳，圍著那崖流走不息。時而低飛迴旋，時而盤空下視，直到次日並無動靜。似這樣提心吊膽過了兩日，且喜不曾有什麼變故。

到了第六日夜間，因為明日正午便是寶相夫人超劫之時，當日由午初起，一交子正，三仙出洞，再過一日，便即成功脫難。

八姑見連日並無妖人來犯，大出意料之外。因明午便是正日，越應格外戒備，不敢疏忽離開。便請司徒平去將紫玲替來，商議一同飛巡。悄聲說道：「前日妖人用千年殭屍餘氣煉成的五鬼來犯，伏誅以後，據我與諸葛道友推測，事已開端，妖人縱無餘黨偕來，別的邪魔外道定要賡續而至。尤其是那翼道人耿鯤，更是必來無疑。因此人最長於大小諸天禁制之法，只要被他暗中來此行法佈置，不須天魔到臨，便能用替形挪移大法，將此崖周圍數十里地面化為灰燼。就是玄真子師伯的仙陣風雷，也未必能夠禁他侵入。

「僥倖我以前略明克制，又得了這粒雪魂珠，珠光所照，物無遁形。他如行使妖法，借用別物代替，毀滅此崖，必被看破。仍恐破法時節，敵他別的法寶不過，你與令妹的飛劍也皆非其敵。只司徒道友的烏龍剪，乃乙真人鎮山之寶，尚可應用，故邀他同來相助。誰知正日將到，仍無動靜，優曇大師與玄真子師伯俱能前知，絕無料錯之理。只恐那些妖魔外道到時偕來，我等既防天劫，又要應付強敵，危機甚多。

「適才想了又想，事已至此，除了竭盡我等智力抵抗重劫外，並無良策，明日午初以前，令堂必然脫劫出洞，天魔也在那時相繼到來。在這千鈞一髮之際，可由司徒道友乘外邪未到之際，緊抱令堂元嬰，覓地打坐。你與令妹左右夾護。將出入門戶按玄真子師伯仙柬所說，故佈疑陣，引開仇敵。翼道人和其他外教邪魔，由我與諸葛道友抵擋。只須挨到三仙出臨，便無害了。」

紫玲因禍事快要臨頭，一切形勢又與玉清大師預示有了不同，心中憂急如焚。時光易過，不覺又交子夜。一輪明月高掛中天，海上無風，平波若鏡，極目千里。因近中秋，月光分外皎潔，景物清麗，更勝前夜。雖然距離正時越近，竟看不出有一絲異兆。

紫玲一路隨著八姑飛行，心中暗自默祝天神，叩求師祖垂佑，倘能使母親超劫，情願以身相殉。八姑已經覺察，笑對紫玲道：「你我自雪山相見，便知道友神明湛定，慧根深厚。連日更看出一片孝思，即此至誠，已可上格天心，感召祥和。你看素月流光，海上風平浪靜，簡直不似有什禍變到來的樣子，但盼這些邪魔外道，到日也不來侵犯，我等專抗天魔，便可省卻許多顧慮，不致有害了。」

紫玲正在遜謝之間，忽見海的遠處起了一痕白線，往海岸這邊湧來，離岸約有半里之遙。白線前邊，飛起一團銀光，大若盆盂，直升空際，彷彿平空又添了一輪明月，光華明亮，流芒四瀉，照得海上波濤金翻銀浮，遠近岩石林木清澈如畫。

八姑知道這光華浮而不凝，不是海中多年蜃蚌之類乘月吐輝，便有妖邪來犯。正喚紫玲仔細，倏地狂飈驟起，那團光華好似飛星隕射，銀丸脫手，直往波心裡墮去。霎時間陰雲蔽月，海濤翻騰，海裡怪聲亂嘯，把個清明世界，變成了一片黑暗。八姑、紫玲一見事變將臨，自是戒備越緊。

那釣鼇磯上三人看出警兆，因為正時將到，恐有疏虞，未容下邊報警，留下諸葛警我一人在磯上操縱仙陣，司徒平與寒萼早雙雙飛下礬來，協同巡守。

八姑見天氣過於陰黑，唯恐各人慧眼不能洞察，剛將雪魂珠取出，忽見一個高如山嶽的浪頭直往岸上打來。光影裡照見浪山中有好幾個生相猙獰、似人非人的怪物在內。

大家一見妖邪來犯，司徒平首先將烏龍剪飛將出去。眼看那浪山快要近岸，忽然一片紅光像一層光牆一般，從岸前飛起，直往那大浪山裡捲去，轉眼浪頭平息。司徒平的烏龍剪也沒入紅光之中，不知去向。

紫玲姊妹的飛劍相隨飛到時，紅光只在百忙中閃了一閃，與那大浪頭一齊消沒。

八姑最後動手，一見司徒平才一出手，便失了烏龍剪，大吃一驚。司徒平更是痛惜惶駭，不知如何是好，連使收法，竟未回轉。

這時海上風雲頓散，一輪明月又出，仍和剛才一樣，更無別的異狀。如說那紅光是來相助的，不該將司徒平的烏龍剪收去；要說是敵非友，何以對於別的飛劍沒有傷害，反將妖魔驅走？那烏龍剪自從到了司徒平手中，照神駝乙休親授口訣用法，已是運用隨心，收發如意。一出手便被人家收去，來人本領可想而知。

眾下正都測不透主何吉凶，忽見近海處海波滾滾，齊往兩邊分湧，映著月光，翻飛起片片銀濤，頃刻之間，便裂成了一個一丈數尺寬的裂縫。鄭八姑疑是妖邪將來侵犯，飛身上前，將手一指，雪魂珠飛將出去。剛剛照向分水縫中，猛見銀光照處，海底飛起一個道人，兩手各夾著一個怪物，吱吱怪叫。定睛一看，又驚又喜，連忙將珠收起，未及招呼眾人，那道人已飛上岸來。

司徒平首先認出來人正是神駝乙休，不由喜出望外，忙和眾人一同拜倒。

神駝乙休一上岸，將手臂上夾的兩怪物丟了一個在地上，手一指，兩道烏光飛出去夾在怪物身上，也不說話。另一手夾著一個人首鼉身、長約七尺的怪物，邁開大步，便往寶相夫人所居的洞前走去。眾人也顧不得看清那兩個水怪形狀，忙即起身，跟在後面。

神駝乙休看似步行，眾人駕著遁光俱未追上，眨眼便入了陣地。

釣鼇磯上的諸葛警我先見海岸紅光，早疑是乙休。這時見他走入陣內，眾人又跟在身後，忙將門戶移動，準備放開通路時，猛覺陣中風雷已經被人暗中破去，正在大驚。那鄭八姑和司徒平、紫玲姊妹四人，追隨神駝乙休，入陣沒有多遠。

八姑一眼望到前面杉林旁有一座人力堆成的小山，和寶相夫人所居的崖洞形式一般無二。剛暗喊得一聲：「不好！」神駝乙休已直往那小山奔去，將那人首鼉身的怪物往地下一丟，兩手一搓，飛起一團紅光，將小山罩住。口中長嘯了兩聲，那蛙物胸前忽然伸出一隻通紅大手，朝海沙連忙扒了幾下，扒成一個深坑。回手護著頭面，直往沙中鑽去，頃刻全身鑽入地下。便見那小山逐漸緩緩往上隆起，一會離卻地面。仔細一看，那怪物已從沙中鑽下去，將小山馱了起來。小山通體不過數尺，怪物馱著，竟好似非常沉重，爬行迂緩，顯出十分為難神氣。

神駝乙休又長嘯一聲，將手往海一指，怪物被逼無奈，喘氣如牛，不時回首望著乙休，彷彿負重不堪，大有乞憐之意。神駝乙休一手指定紅光，一手掐訣，喝道：「拿你的命，換這麼一點勞苦，你還不願麼？」

怪物聞言，搖了搖頭，嘴裡又嘯了幾聲，仍然且行且顧，不消片刻，已經出了陣地。

八姑知道怪物行走雖緩，乙休使了「移山縮地」之法，再有片刻，一到海面，便可脫險。正在沉思，忽聽天際似有極細微的摩空之音，抬頭一看，月光底下，有一點白影，正往崖前飛來。快離海岸不遠，便有數十道火星，直往眾人頭上飛星一般打下。

眾人一見又來敵人，神駝乙休仍若無其事一般，連頭也不抬一下。寒萼心急，方喊了一聲：「乙真人，敵人法寶來了！」一言甫畢，那數十點火星離頭只有兩三丈，眼看快要落下。乙休倏地似虎嘯龍吟般長嘯了一聲，左手掐訣，長臂往上一伸，五根瑩白如玉的纖長指甲連彈幾下，便飛起數十團盌大紅光，疾飛上去，迎著火星一撞，便是巨雷似的一聲大震，紅光火星全都震散紛飛。緊接著一個撞散一個，恰似灑了一天火花紅雨。霹靂之聲連續不斷，震得山鳴谷應，海水驚飛。只嚇得那蛙物渾身戰慄，越發舉步維艱。

畢竟玄門妙法厲害，雙方鬥法之際，那人首鼉身的怪物，已將小山馱到海邊。

神駝乙休左手指甲再向空中彈出紅光，與敵爭鬥。右手往海裡一指，海水忽又分裂，那怪物將小山馱了下去。沒有半盞茶時，海中波濤洶湧，怪物二次飛上岸來，跑至乙休足前趴跪，低首長嘯不已。

乙休正全神注視海中，等怪物一奔上岸，便握緊右拳，朝著海裡一捏一放。便聽海底宛如放了百子連珠炮，隆隆大響過去，忽然嘩的一聲，海水像一座高山，洪波湧起，升高約有百丈，倏地裂散開來。月光照見水中無數大小魚介的殘肢碎體，隨著洪濤紛紛墜落。

這時月明風靜，碧波無垠。只海心一處，波飛海嘯，聲勢駭人，震得眾人立身的海岸都搖撼欲裂。

乙休連忙將一口罡氣吹向海中，舉右掌遙遙向前緊按了按，波濤方才漸漸寧息。同時左手指甲上彈出來的紅光，也將敵人火星一齊撞散消滅。焰火散處，一個脅生雙翼的怪人飛身而下。

眾人見來人生得面如冠玉，齒白唇紅，眸若點漆，晶光閃爍，長眉插鬢，又黑又濃。背後雙翼，高聳兩肩，翼梢從兩脅下伸向前邊，長出約有三尺，估量飛起來有門板大小。身材高大，略與神駝乙休相等。上半身穿著一件白色道家雲肩，露出一雙比火還紅的手臂。下半身穿著一件蓮花百葉道裙，赤著一雙紅腳，前半宛如鳥爪。那人面戴身的怪物，見他到來，越發嚇得全身抖顫，不再叫嘯，藏在乙休的身後去了。

怪人一照面，便指著乙休罵道：「你這駝鬼！只說你永遠壓在窮山惡水底下，萬劫不得超生。不料又被人放出來，為禍世間。你受人好處，甘心與人為奴，忘了以前說的大話。巴結峨嵋派，與藏靈道友為難，已算是寡廉鮮恥的了。玄真子因妖狐有救徒之恩，護庇她情有可原；你與妖狐並不沾親帶故，卻要你來捧什臭腿？又不敢公然和我敵對，卻用妖法挾制我門下；乘我未來，偷偷壞我的移形禁制大法。今日如不說出理來，叫你難逃公道！」

乙休聞言，也不著惱，反笑嘻嘻地答道：「我老駝生平沒求過人，人也請我不動。閒來無事，想做什麼，就做什麼。你這披毛帶角的玩意，不通人情，也不細打聽，就張嘴胡說。天狐與我雖無瓜葛，她卻是我小友諸葛警我的恩人，我記名徒弟司徒平的岳母。愛屋及烏，我怎不該管這場閒事？你既和她有仇，我問問你：天狐自從兵解，這些年來元神隱藏東海巖洞，託庇三仙道友宇下，日受風雷磨煉，你因懼怕三仙道友厲害，不敢前來侵犯，卻趁三仙道友奉敕閉洞，不能分身之際，乘人於危；來又不和人家明刀明槍，而是鬼頭鬼腦。自己已經不是人類，還專收一些山精海怪，畜生鬼魔，打發牠們出來獻醜。用邪法暗中污了人家封洞風雷，從海底鑽透地層，打算移形禁制，連此島一齊毀滅。

「不曾想你那兩個孽徒偏不爭氣，事還未辦完，好端端覬覦老蚌明珠，興風作浪，巧取強奪。我只一舉手，便破了你的奸謀。你看你那兩個孽徒，一個被我烏龍剪制住，還在掙扎；一個口口聲聲說你心腸歹毒，事敗回去，定難活命，哀求歸降。你除了慣於倚強凌弱，欺軟怕硬，還有什麼面目在此逞能？」

那怪人聞言大怒道：「無知駝鬼，休以口舌巧辯！以前妖狐兵解，藏匿此間，我因彼時除她，雖只是一彈指之勞，一則顯我落井下石乘人於危；二則妖狐所作淫孽太多，就此使她形神消滅，未免便宜了她，特意容她苟延殘喘。她以為悔過心誠，又有三仙護庇，從此潛心苦修，更可希冀幸脫天災，超成正果。我卻乘她苦煉多年，志得意滿之時，前來報仇除害。也是因山中有事，一時疏忽，晚來了一步，被你這駝鬼偷偷破了我的大法。

「我門人弟子甚多，這兩個畜生背師胡為，被人乘隙而入，咎由自取，既落你手，憑你殺害。那妖狐斷不容她再行脫劫，蠱惑世人，禍害無窮。如不將她化魄揚塵，此恨難消！你既甘為妖狐爪牙，有本領只管施為便了。」

紫玲、寒萼、司徒平三人已從那怪人生相看出是那翼道人耿鯤。先時原有些畏懼，後來聽他口口聲聲左妖狐，右妖狐地辱罵不休，不禁怒從心起，尤其是紫玲姊妹更是憤不兩立。也是耿鯤自恃太高，輕敵過甚，心目中除對神駝乙休還有一二分顧忌外，對於乙休身側立的幾個不知名的男女，哪裡放在眼下，只顧說得高興。還要往下說時，紫玲姊妹早已孝思激動，氣得連命都不要，哪裡還顧什麼利害輕重。悄悄互相扯了一下，也不說話，各自先將飛劍放出手去。

耿鯤一見，微微笑道：「微末伎倆，也敢來此賣弄！」肩上兩翅微展，從翅尖上早射出兩道赤紅如火的光華，將二人飛劍敵住，只一照面，紫玲姊妹便覺敵人光華勢盛，壓迫不支。司徒平見勢不佳，也將飛劍放出應援。

乙休笑道：「我不像你們喜歡眾打一，既要上前，何不用你的烏龍剪？」

司徒平聞言，將手一招，那烏龍剪果從地面妖物身上飛回。

這時敵人肩上又飛起一道光華，敵住烏龍剪。三人飛劍，眼看不支。耿鯤仍若無其事一般，並指著乙休道：「你既不願現在動手，且等我除了這幾個小孽障，還你一個榜樣，再和你分個強存弱亡。」耿鯤以為自己玄功變化，法力高強，連正眼也不朝三人看一看。正朝著乙休誇口之際，旁邊鄭八姑、諸葛警我二人知道乙休脾氣古怪，未必此時相助。紫玲等劍光相形見絀，恐有疏虞，一聲招呼，一個將劍光放出，一個將雪魂珠飛起。

耿鯤先見諸葛警我劍光不似尋常之輩，雖然有些驚異，還未放在心上。剛又放出一道劍光，忽見一團銀光飛來，寒光熒流，皓月無輝，所有空中幾道光華俱覺大減，知是仙家異寶，不由心裡一慌。正要行法抵禦，誰知紫玲姊妹明知劍光不敵，還有別的計算，一見雪魂珠出手，銀光強烈，陣上敵我光華俱都減色，越發合了心意，忙趁敵人疏神之際，暗中默運玄功，將白眉針直朝敵人要害接連打去。

耿鯤識得雪魂珠厲害，忙將雙翼一舒，翅尖上發出數十道紅光，敵住雪魂珠。拉著便想展翼升空，另用玄功變化，傷害眾人。就在這一時忙亂之中，忽見有十餘條線細如游絲的銀白光華往身上飛來。因那雪魂珠銀光強烈，宛如一輪白日輝照中天，曜隱星匿，雙方飛劍光芒盡為所掩。

耿鯤雖是修道多年，一雙慧目明燭纖微，竟沒看清敵人何時發出白眉針，直到近前，才得警覺。猛想起天狐白眉針厲害非常，自己因想報當年仇恨，還煉就一樣破她的法寶。聞得她所生二女現在峨嵋門下，曾用此針傷過好幾個異派能手，怎一時大意，忘了此寶？

說時遲，那時快，在這危機緊迫之中，一任耿鯤玄思電轉，萬分機警，縱有法寶道術，也來不及使用施為。略一遲疑，眼看針光快要到達身上，知道此針能隨使用人的心意追逐敵人，除了事前早有防備，一被針光照住，想要完全逃免，斷乎不能。只能將身一側，先避開幾處要害，不但不躲，拚著兩翼受傷，急忙迎上前去。

那十幾道銀絲打在翼上，登時覺著好些處酸麻。唯恐順著血流攻心，忙運玄功，暗提真氣，將全身穴道一齊封閉。身受暗傷，急須設法將針取出，以免兩翼為針所毀。再加神駝乙休這個強敵還未交手，雪魂珠又非尋常法寶，同時司徒平的烏龍剪又如兩條神龍交尾而至，其勢難以戀戰。起初只說乙休難鬥，誰知反敗在幾個無名小輩手裡，陰溝裡翻船，好不痛恨懊悔！咬牙切齒長嘯一聲，借遁光破空而去。

八姑連忙喚住眾人，各收飛劍法寶，侍立神駝乙休面前，聽候吩咐。那初被乙休夾上岸來的一個怪物，乃是魚首人身，脅生四翼，兩腳連而不分，與魚尾微微相似，卻生著兩隻長爪。牠已在司徒平收回烏龍剪時，身首異處了。

神駝乙休見翼道人耿鯤受了重傷，狼狽逃走，不禁哈哈大笑。對眾人道：「我自在紫玲谷氣走藏矮子後，被凌化子硬拖到青螺峪去住了兩天，又回去辦了一點小事。知道天狐怨家甚多，魔劫太重。她以前雖有過惡，也還有許多善處。自經極樂真人與三仙道友點化，兵解以後，潛心懺悔，改邪歸正，仍還脫不了天劫這一關，已堪憐憫。何況尋她晦氣的又都是些邪魔外道，除老耿略好些外，餘下平日為惡，更比天狐還勝百倍，偏要來此趁火打劫，委實令人不平。

「再加三仙道友、諸葛小友與我這記名徒弟的情面，我又最愛打抱不平，前日便到了此地，已經迎頭將許多邪魔騙走誅戮。那耿鯤好不歹毒，他與天狐有仇，卻想連此島一齊毀滅。他因自己是乃母受大鳥之精而生，介於人禽之間，平日不收人類，專一收取一些似人非人的東西做徒弟，打算別創一派。偏又疑忌太多，心腸狠毒，恐這些東西學成本領，出來闖禍，丟他的臉，教規定得極嚴，錯一點便遭慘死。可是他的門下，除了本來煉就的功行外，得他真傳的極少。除非有事派遣，才當時交付法寶，傳些法術。

「他曾從南海眼金闕洞底得了量尤氏遺留下來的一部《三盤經》。除本來煉就玄功外，所煉法術法寶，俱是污穢狠毒。雖然他也不多生事，無故不去欺凌異己。每次派出來的徒弟，除臨行傳授一些應用法術外，必有他的一兩樣護身法寶和一根鳥羽。外人見了那鳥羽，一則因他難惹，二則所行之事又非極惡大過，多不願與他結怨。因此成道以來，不曾遇過敵手，目空一世。不想今番卻敗在你們幾個人手上。

「他與北海陷空老祖頗有交情，必到那裡將針取出。但盼他二次趕來，有我與三仙道友在場，辦個了結。否則仇怨更深，你們從此多事，防不勝防了。他這次派出來的兩個徒弟，死的一個是鮫人一類，專在海中吐絲，網殺生靈。自被他收服，仍改不了舊惡。他對別的門徒最嚴，惟獨這東西因有許多用處，道行也最高些，特予優容，時常派遣出外。另一個是人魚與旱獺交合而生，名為獺人。除四爪外，胸生獨手，能鑽入海底，穿行地面，比較不甚作惡。

「耿鯤也是一時疏忽，只知道此地有風雷封鎖，三仙道友奉敕閉洞，至多派兩個門下相助防守，不在他的心上，又貪圖和他新娶妻子烏女兒蘇南怡廝守。便派兩個怪物徒弟到此佈置，由獺人從海底偷偷鑽入陣地，再由那鮫人先用雌霓淫精破了風雷。照他所傳法術，用海沙築成一所小島崖洞，與這裡地形無二，外用吐出鮫絲包好。靜等天狐快要出洞應劫之時，耿鯤趕來，施展那移形禁制之法，只一舉手間，將那小山毀去，所有此島山林生物，還未等天劫到臨，便一齊化為灰燼，沉淪海底。

「這兩個怪物俱甚狡猾，事一辦完，仍由原路鑽回海底潛藏，一絲形跡不露。你們只注意陣外，哪裡觀察得出？即使被雪魂珠光華照見，你們還未動手，兩個怪物在海底先有驚覺，立時施展禁制之法，此島仍是毀滅，你們依然不知。我知道如不先將此兩怪擒獲，事甚可危。能在事前將他禁法破去，耿鯤趕來，也無法照那般的狠毒佈置了。正想深入海底搜尋，合該我省事。兩怪在水中靜極思動，恰趕上一個從別處游來的千年老蚌乘月吐輝，吸採太陰精氣，被兩怪看見，起了貪心，從海面現身趕來，想奪老蚌那粒明珠。被我雙雙攔住，先奪了鮫人胸藏的禁制之符，從從容容將他夾上岸來。

「耿鯤原本要到明日辰巳之交才到，偏那鮫人最是刁狡，以為我懼怕耿鯤，竟乘我轉身之時，吐火將耿鯤給的鳥羽點燃。那鳥羽原從耿鯤兩翼脫卸，這裡一燒，那裡便得了警兆，還未容我將那小山驅入海中銷毀，耿鯤已得信追來。那座小山若被他放出來的火星打中，此島便會震裂下沉。還算我早有防備，一面用全神護著小山，一面和他抵敵，用縮地法將小山驅入海心深處，還隔斷了他的生剋妙用，才借他禁符將山毀去。

「你們但看適才破法時聲勢，便知厲害。起初本不願傷他徒弟性命，只想臊臊耿鯤的臉，警戒他以後不要目中無人，使其知難而退。後來見你們動了手，仇怨已深；那鮫人又是惡貫滿盈，仗他師父來到，以為我必投鼠忌器，竟敢在烏龍剪夾困下，暗放毒絲出來害人，我才將他殺死，倒是那獺人自一見面，就口口聲聲哀告，准他歸降，永遠為我服役，以貸一死。我平素不喜收徒弟，留他看洞，也還不錯。」

說時那人首鼉身的怪物早從乙休身後爬到前邊，跪在地上。一聽乙休答應收他，不住歡躍鳴嘯。乙休又道：「我雖收他，留此無用，待我行法將他送回山去。天已快亮，該作禦劫準備了。」說罷，在那獺人身上畫了一道靈符，口誦真言，將手一指，一團紅光飛起。那獺人將頭在地連叩數下，長嘯一聲，化成一溜火星，被紅光托住，離地破空而去。

# 第十章　返照空明

話說乙休送走獺人，率領眾人來到寶相夫人所居巖洞前邊，說道：「可惜這裡風雷已為妖法所破，先時所打主意大半無用。所幸玄真子道友在地下所埋藏的五火神雷因為藏在葫蘆以內，又有玄門妙用，未為妖法所毀。此寶頗有用處，但是你們都動它不得，少時由我代為取出，由諸葛警我持在手內備用便了。現在一交午時，天劫便臨。也是天狐魔劫太重，優曇大師、玄真子雖然默算玄機，事前慎加防衛，仍不免稍有出入，稍一疏忽，定成大錯。還算我在事先趕來，所有來犯的邪魔外道，俱被我驅除殆盡，只剩耿鯤一個，少卻你們許多顧慮。只要等到三仙道友出洞，便可將天劫躲過。我不久也有此一關，不能過抗造化之力，以干天忌。

「天狐一出洞，便須避開。到時可仍參照玄真子道友預示，由我按天地陰陽消長之機，用玄門遁法布下一陣，倒轉生門，直通巖洞門戶。由司徒平坐鎮在死門位上，運用峨嵋傳授，澄慮息機，心與天會，把一切禍福死生置之度外。我再傳你一道保身神符。專等秦氏二女從生門口上將她母親嬰兒護送入陣，便接過來緊抱懷中，急速用本身三昧真火，連帶來諸符焚化。你三人天門自開，元神出現，借神符妙用，護住全身。

「午時天劫來到，初至時必是乾天純陽之火。這火不比平常。非尋常法寶所能抵禦。全仗你三人誠心堅忍，甘耐百苦，將本身元神與他拚持。那火專一消滅道家成形嬰兒，自然感應而來，對常人反難傷害，此中含有陰陽消長不洩之機。你三人中如有一個禁受不住苦痛，就會全功盡棄。等到這火過後，便是巽地風雷，其力足以銷毀萬物，擊滅眾類，已非道家法術所煉者可比。

「你們所有飛劍法寶全無用處。屆時可由諸葛警我將玄真子道友葫蘆中煉藏的五火神雷放將出去，以諸天真火制諸天真火，使其相撞，同歸於盡。雷火既消，罡氣勢減，八姑的雪魂珠乃在此時運用。巽地風雷過去，末一關最是厲害。這東西名為天魔，並無真質，乃修道人第一剋星。對左道旁門中人與異類成道者更為狠毒。來不知其所自來，去不知其所自去，像由心生，境隨念滅，現諸恐怖，瞬息萬變。稍一著相，便生禍災，備具萬惡，而難尋跡。比那前兩道關，厲害何止十倍！除了心靈湛明，神與天會，靜候三仙道友出洞，用他們所煉無形法寶，仗著無量法力，硬與天爭，將它或收或散，才能過此一關外，無別的方法抵禦。

「耿鯤縱然厲害，在這三重天劫到臨之時，也不敢輕易涉險。此次再來，不是前期阻撓，便是事後尋仇。他如先來，有我在此；後來時，三仙道友業已出洞。縱還有別的邪魔來犯，也無足慮，你們只管謹慎行事便了。」

秦氏二女和司徒平聞言，早一同拜伏在地。乙休吩咐已畢，便行法佈置起來。一面又將陣中機密收用之法，生死兩門用途，如何將死戶倒轉生門，生門變成死戶，怎樣置之死地以求生，一一詳為解說，傳與司徒平牢牢緊記。等到行法完竣，業已巳初時分。司徒平忙往陣中死門地位上澄息靜念，盤膝坐定，先將玄功運轉，以待寶相夫人入陣。

諸葛警我仍去釣鼇磯上瞭望。紫玲姊妹分立巖洞左右，先將劍光飛起，一持彌塵旛，一持彩霓鏈，靜待接引。八姑暗持雪魂珠，飛身空中戒備。

到了巳末午初，正喜並無仇敵侵擾，忽見乙休飛向釣鼇磯上，與諸葛警我說了幾句話，一片紅光閃過，升空而去。乙休一走，寶相夫人就要出來，大劫當前，陣內外夫妻姊妹三人，俱各謹慎從事，越加不敢絲毫鬆懈。

待有半盞茶時，忽聽巖洞以上嘩的一響，一團紫氣擁護著一個尺許高的嬰兒，周身俱有白色輕煙圍繞，只露出頭足在外，彷彿身上蒙了一層輕綃霧縠。離頭七八尺高下，懸著碧熒熒一點豆大光華，晶光射目。初時飛行甚緩。一照面，紫玲姊妹早認出是寶相夫人劫後重生的元神和真體，不禁悲喜交集，口中齊聲喊得一聲：「娘！」早一同飛迎上去接住。紫玲一展彌塵旛，化成一幢彩雲，擁護著往陣內飛去。

司徒平在死門上老遠望見，忙照乙休真傳，將陣法倒轉。一眨眼彩雲飛至，因為時機緊迫，大家都顧不得說話。

紫玲一到，一面收旛，口中喊道：「平哥看仔細，母親來了！」說罷，便將寶相夫人煉成的嬰兒捧送過去。司徒平連忙伸手接住，緊抱懷內。正待調息靜慮，運用玄功，忽聽懷中嬰兒小聲說道：「司徒賢婿，快快將口張開，容我元神進去，遲便無及了。」聲極柔細，三人聽得清清楚楚。

司徒平剛將口一張，那團碧光倏地從嬰兒頂上飛起，往口內投去。當時只覺口裡微微一涼，別無感應。百忙中再看懷中嬰兒，手足交盤，二目緊閉，如入定一般。

時辰已至，情勢愈急，紫玲姊妹連忙左右分列，三人一齊盤膝坐定，運起功來。

當嬰兒出洞之時，便聽見西北天空中隱隱似有破空裂雲的怪聲，隆隆微響。及至嬰兒入陣，司徒平吞了寶相夫人那粒元丹，用本身三昧真火焚了靈符。一切均已就緒，漸漸聽得怪聲由遠而近，由小而大。那釣鼇磯上諸葛警我與空中巡遊的鄭八姑俱早聽到。先時用盡目力，並看不見遠處天空有何痕跡。過了一會，回望陣中死門地位上，已不見三人形體，只見一團紫霞中，隱隱有三團星光光芒閃爍，中間一個光華尤盛。

知道三人借靈符妙用，天門已開，元神出現，時光即交正午。諸葛警我還不妨事，八姑究是旁門出身，未免也有些膽怯。天劫將到，耿鯤未來，料無別的外魔來侵，無須再為巡遊，便也將身往釣鼇磯上飛去。準備第二次巽地風雷到來，再會合諸葛警我，一用玄真子的五火神雷，一用雪魂珠，上前抵禦。八姑剛飛到釣鼇磯上，便聽諸葛警我「咦」了一聲，回首一看，西北角上天空有一團紅影移動。

這時方交正午，烈日當空，晴天一碧。那團紅影較火還赤，看上去分外顯得清明。初見時只有茶杯大小，一會便如斗大，夾著呼呼隆隆風雷之聲，星飛電駛而來，轉眼到了陣的上空。光的範圍，大約畝許；中心實質不到一丈，通紅透明，光彩耀眼。眼看快要落到陣上，離地七八丈高下，忽見陣裡冒起無數股彩煙，將那團火光擋住，相持起來。

那團火光便彷彿曉日初出扶桑，海波幻影，無數金光跳動，時上時下，在陣地上空往來飛舞，光華出沒彩煙之中，幻起千萬層雲霞麗影，五光十色，甚是美觀。火光每起落一次，那彩煙便消滅一層。諸葛警我與鄭八姑看出那彩煙雖是乙休陣法妙用，但至多不過延宕一些時間。果然那火光越來越盛，緊緊下逼陣中彩煙，逐漸隨著火光照處，化成零絲斷紈，在日光底下隨風消散。

頃刻之間，火光已飛離死門陣地上空不遠，忽然光華大盛，陣中殘餘彩煙全都消散。砰的一聲大震，那團火光倏地中心爆散開來，化成千百個盌大火球，隕星墜雨一般，直往陣中三人坐處飛去。到離三人頭頂丈許，那三顆青星連那一團紫氣，便飛上去將那火光托住。兩下裡光華強弱不一，此盛彼衰，此衰彼盛，相持有個把時辰，不分高下。

八姑以前有過經驗，先時甚代三人擔心懸念。及見這般光景，知道那乾天真火乃是一團純陽至剛之氣，來勢異常猛烈，先被乙休布下仙陣，借用地底純陰之氣抵擋了一陣，已緩減了不少威勢。難得陣中三人俱能同心如一，將死生置之度外，堅毅能忍，拚受熏灼，居然將它敵住。只須挨過未正，頭一難關便逃脫了。

八姑正在驚嘆心服之際，那一叢火光忽然大減，同時那三顆青星除當中一粒光華更強盛外，其餘二顆都漸晦暗。方暗道一聲：「不好！」當中那顆青星忽先往下一落，然後朝上衝起，直往火叢中一團較大的主光撞去。才一碰上，那團主光便似石火星飛，電光雨逝，立刻消散。主光一滅，所有空中千百團成群火光，像將滅的油燈一般，一亮一閃，即時化為烏有。

八姑、諸葛警我知那團主光乃是五火之原，因靈感應，疾如電飛，瞬息萬里。一見被司徒平的元神撞碎，便知大功將成。不料餘火消滅得這麼神速，說滅便滅了，無形跡可尋，不由喜出望外。再往陣中一望，陣法已是早被乾天真火破去。三顆青星，有一顆已離開紫氣圍擁，像人工製成的天燈，懸在空中，浮沉不定，並無主宰。料是受創已深，元神無力歸竅。

且喜第二關風雷之劫，要交申時才到，還有半個時辰空閒，連忙飛身過去救援。飛臨切近，各念歸魂咒語，將雪魂珠取出，放出一片銀光，罩向那最高一顆青星上面，緩緩壓了下去，到離司徒平頭頂不遠才止。再一細看，紫氣圍繞中的三人，一個個閉目咬牙，面如金紙，渾身汗濕淋漓，盤膝坐在當地。因四圍俱有紫氣圍繞，恐有妨害，不便近身。

正要商量離開，忽聽司徒平懷中的嬰兒開目細聲說道：「二位道友，借此寶珠之力，便可近前。他三人因救難女，已被乾天真火所傷。難女元丹原附在小婿身上，適才因見勢萬分危急，冒著百險，上去助他一拚，僥倖逃脫此劫，力竟神疲，幾乎不能歸竅。多蒙道友珠光一照，立時清醒。如今小婿雖然不致有害，兩個小女已是不可支持，雖不送命，還有兩重劫難難以抵禦。望乞二位道友救他們一救，將此寶珠，向他們三人命門前後心滾上一遍，再請諸葛道友將令師預賜的靈丹給他們每人一粒便無害了。」

二人聞言，便由八姑持珠，諸葛警我緊隨身後，一同上前。果然雪魂珠光華照處，紫氣分而復合。到了三人面前，八姑先用手向紫玲身上一摸，竟是火一般燙。將雪魂珠持在手內，在紫玲身上滾轉了兩周，立時熱散，臉色逐漸還原。諸葛警我也將玄真子預給的靈丹，塞了一粒在她口內。然後再按同樣方法救寒萼與司徒平。

等了一會，直到三人一齊復原，頭上元神依舊光明活潑，才行離去，一同往釣鼇磯上飛行。諸葛警我道：「這乾天純陽真火，只聽師長說過，不想有這般厲害！如無道友的雪魂珠，三位道友不死也重傷了。」

八姑道：「昔年隨侍先師，曾經身遇其難。那火所燒之處，不但生物全滅，連那地方的巖谷洞壑，沙石泥土，皆化為灰燼，全都不顯一絲焦的之痕。此時晴日無風，我們又是離地飛行，雖然附近樹木也有無故脫落的，看去還不甚顯。少時，巽地風雷一到，便看出那火的厲害了。這次若非寶相夫人多年苦煉，道力精深，適才冒險與司徒道友元神合而為一，指引他去撞散原火，主光如在，餘火隨散隨生，消而又長，秦家姊妹中，紫玲尚可支持，寒萼最是可危。她的元神一受重傷，連帶其餘二人，不但寶相夫人遭劫，此後他姊妹夫妻三人，重則喪失靈性，不能修真；輕則身受火傷，調治當須時日。這次居然脫過，豈非萬幸！」

諸葛警我雖然在小輩同門中功行比較深造，到底沒有八姑經歷豐富，見聞廣博。他聞言往四外一看，遠近林木山石仍然如舊，樹葉仍是青蔥蔥的，並無異狀。雖覺她言之稍過，也未再問。到了礬頭上面，因第二關有用著自己之處，先將五雷真火葫蘆從身後摘下，持在手內，靜候申時風雷一到，便即迎上前去下手。先時乾天純陽之火來自西北，此時巽地風雷卻該來自東南。那釣鼇磯恰好坐西南朝東北，與三人存身的陣地遙遙相對，看得一清二楚。二人便站向東南方，一同注視。

這時離申初不遠。神駝乙休陣法已破，除了死門上三人仗著護身紫氣，盤膝坐定在那一片平石上面，以及釣鼇磯上八姑、警我二人遙為防守外，藩籬盡撤。

諸葛警我方在和八姑笑說：「翼道人耿鯤幸是先來，受了重傷而去，若在此時來犯，豈非大害？」一言未了，忽然狂風驟起，走石飛沙。風頭才到，挨著適才天火飛揚之處的一片青蔥林木，全都紛紛摧斷散裂，彷彿浮沙薄雪堆聚之物，一遇風日，便成摧枯拉朽，自然癱散一般，聲勢甚是駭人。

諸葛警我疑是風雷將至，忙作準備。八姑先運慧目四外一看，說道：「道友且慢。此風雖也從東南吹來，不特風勢並不甚烈，又無雷聲，而且遠處妖雲瀰漫。那些林木裂散並非風力，乃是適才干天之火所毀。一切生物已經全滅，因為先前微風都無，所以尚存一些浮形，遇風即散，並無奇異。現距申時還有刻許，只恐別的異派邪魔乘隙來犯，請道友仍在此磯上防守，以禦雷火。貧道此來，未出什力，且去少效微勞，給來犯邪魔一個厲害。」說罷，便往三人坐處飛去。

諸葛警我眼見八姑飛離三人里許之遙，將手一揚，一道青煙過去，司徒平等三人連那紫氣青星，全都不見。只剩八姑一人趺坐地上，手足並用，畫了幾下。知她是用魔教中匿形藏真之法，將三人隱去。

八姑佈置剛完，風勢愈大，浮雲蔽日，煙霞中飛來了許多奇形怪狀的鬼怪夜叉，個個猙獰凶惡，口噴黑煙。為首是一個赤面長鬚、滿身黑氣圍繞的妖道。左手持著一面白麻長旛，長約兩丈，右手拿著一柄長劍，劍尖上發出無數三稜火星。到時好似並未看見八姑在彼，領著許多鬼怪夜叉，一窩蜂似地直往寶相夫人以前所居的巖沿中飛去。

諸葛警我先見來勢凶惡，也甚注意，準備上前相助。一見這般形狀，敵我勝負已分。眼看那妖道同那一群鬼怪夜叉煙塵滾滾，剛剛飛入巖洞，便見八姑將手一指，口中長嘯兩聲，那般高大的危巖，倏地像雪山溶化一般塌陷下去，碎石如粉，激起千百丈高，滿空飛灑。滿空中隱隱聽得鬼聲啾啾，甚是雜亂。

過了一會，才見那妖道帶領那一群鬼怪夜叉，從千丈沙塵中衝逃出來，頭臉儘是飛沙，神態甚為狼狽。八姑早長嘯一聲，迎了上去。妖道這才看清敵人，不由大怒，一擺手中長旛，旛上黑煙如帶，抛起數十百根，連同那些鬼怪夜叉，一起向八姑包圍上去。

八姑罵道：「不知進退死活的妖道！連這點障眼法兒都看不透。我僅略施小技，便將你這群妖孽差點沒有活埋在浮沙底下，怎還配覬覦寶相夫人的元丹？你吃了苦頭，可還認得當年的女殃神鄭八姑麼？」說時，將手一揚，先飛起一道青光，將那些黑煙鬼魅逼住，不得前進。

八姑先時無聲無息，坐在地上，生得矮瘦，形如骷髏，又穿著一身黑色道服，遠望與一株矮的樹樁相似。而妖道又是受了別個妖人利用，初來冒險，志在一到便搶寶相夫人的元丹遁走，所以沒有在意。入洞便被八姑使了禁制，一座已被真火燒成石粉的灰山平壓下去，怕沒有幾千百萬斤重量，一任妖道妖法厲害，一時也難以逃出。何況周身俱被灰塵掩埋，五官失靈，上面又有那般重的壓力壓下，無論仙凡，也難承受。

還算那妖道本領並非尋常，所帶鬼怪夜叉又是有形無質，一見腳下發軟，知道越避越險，口誦護身神咒，用盡妖法抗拒，往上硬衝，費了無窮氣力，吃了許多苦頭，才行逃出。一見八姑高喝，迎面飛來，知是寶相夫人請來幫手。剛在行使妖法抵敵，一聽來人自報姓名是女殃神鄭八姑，正是昔年的對頭冤家，越發又愧又怒，又驚又恨。仇人對面，無可逃避，只得破口大罵道：

「你這賊潑賤！原是一樣出身旁門，卻偏與旁門作對。想當初我師父向你提親，原是好意，你卻戀著崑崙鍾賊道，執意不肯，以致引起許多仇怨。後來你師父遭了天劫，九劍困方巖，神火煉冷焰，將你與玉羅剎等一干潑賤困住，偏又被你兩個逃脫。她認賊作父，早晚難逃公道；你也未嫁成那鍾賊道。這些年來，聽說你獨自逃往雪山潛伏，走火入魔，不死不活地苦受苦挨。不知又被那個賊黨救將出來，與自家人作對。天狐不在，定然被你弄死，撿了便宜。趁早將那元丹獻出，免得死無葬身之地！」

言還未了，八姑雖是近多年道心平靜，也禁不住他任意誣蔑，勃然大怒道：「無知孽障！有什法力？無非仗著你那孽師一燈老鬼的勢力，到處為惡，欺壓良善。今日犯在我的手裡，如和前次一般，放你生還，休要夢想！我且先不殺你，讓你先嘗嘗活埋的滋味，再伏天誅。」

說罷，將手一指。妖道忽覺腳下一軟，知道不妙，方要騰空飛起，猛見頭上灰濛濛一片壓將下來。待使循法逃避時，已被八姑早在暗中行法困住，地下似有絕大力量吸引，頭上又有數千百萬斤東西壓下，身不由己，連人帶那些鬼怪夜叉，全都陷入地內。這次更不比剛才，八姑存心與他為難，用魔教中最狠毒的禁法，暫時也不傷他性命，只教他在地下無量灰沙中左衝右突，上下兩難。

八姑將妖道困住，一望日影，已入申初。暗恨妖道言行可惡，把心一狠，收轉適才劍光，飛回釣鼇磯上。諸葛警我連贊八姑妙法，頃刻除了妖道。

八姑道：「那妖道是已伏天誅的一燈上人門徒。雖然無惡不作，也非弱者，更煉就許多成形魔鬼，遇到危險，可以隨便擇一替身逃遁。名叫風梧，人稱百魔道長。論貧道本領，只能將他趕走，要想除他，卻是萬難。也是這廝惡貫滿盈。他未來前，巖洞附近一片山地，盡被純陽真火化煉成了朽灰，只是暫時表面還看不出，再被我一用禁法，更難辨認，先使他到洞底吃了一番苦頭。因為自己棄邪歸正，不由生了與人為善之心。

「誰知這廝怙惡不悛，才將禁法發動，雖不比耿鯤能夠移形禁制，借物毀形，卻能藉著這現成的浮沙，將他陷入地內。上面又一併將那座毀崖朽灰移來，與他壓上。他縱然精通法術，可以脫身，也須掙扎些時。這種惡道留在世上，終究為害。不如趁此極巧機會，將他除去，連手下鬼怪夜叉一網打盡，豈不是好？如今時辰已到，少時巽地風雷便到，等道友發動五火神雷以前，算準時分，將禁法一撤，恰好降下神雷，這群妖道魔鬼不愁不化為灰煙了。」

正說之間，諸葛警我一眼瞥見東南角上有一片黑雲，疾如奔馬，雲影中見有數十道細如游絲的金光，亂閃亂竄，忙喊八姑仔細。一面舉著手中葫蘆，口誦真言，準備下手。

八姑知那風雷來勢甚快，耳聽雲中轟轟發動之聲，越來越響。不俟近前，便將手朝下一指，連禁法與陣中三人隱身匿形之法一齊撤去。

這時妖道陷身之處，已成一片灰海煙山，塵霧飛揚，直升天半。那妖道在灰塵掩埋中，領了那一群鬼魔衝將上來，恰巧巽地罡風疾雷同時飛到，一過妖道頭上，便要朝司徒平等三人打去，轟轟隆隆之聲，驚天動地。雷後狂飈，已吹得海水高湧，波濤怒嘯，漸漸由遠而近。

諸葛警我早已準備，用手一指，一道金光將那葫蘆托住，直向那團飛雲撞去，一面忙將金光招了回來。耳聽「砰」的一聲，二雷相遇，成團雷火四散飛射。

那妖道未離土前，還在想尋仇對敵，一眼看到前面三顆青星，貪心又起。未及上前，猛見頭上一朵濃雲，金蛇亂竄，飛駛而至，大驚失色。方要逃避，業已雷聲大震。這一震之威，休說雷火下面的妖道與鬼怪夜叉之類要化為飛煙四散，連諸葛警我與鄭八姑，俱覺耳鳴心怖，頭昏目眩。那海上許多大小魚介，被這一震震得身裂體散，成丈成尺成寸的魚屍，隨著海波滿空飛舞。若換常人，怕不成為齏粉！

迅雷甫過，罡風又來。乙休還說神雷既破，風勢必減，已吹得海水橫飛，山石崩裂，樹折木斷，塵覆障目了。八姑見罡風的翼略掃磯頭，磯身便覺搖晃，似要隨風吹去。哪敢怠慢，忙將雪魂珠放出手去。然後飛身上空，身與珠合，化成畝許大一團光華，罩在司徒平等三人頭上。

這萬年冰雪凝成的至寶，果然神妙非常，那麼大風力竟然不能搖動分毫。風被珠光一阻，越發怒嘯施威，而且圍著不去，似旋風般團團飛轉起來。轉來轉去，變成數十根風柱，所有附近數十里內的灰沙林木，全被吸起。一根根高約百丈，粗有數畝，直向銀光撞來。一撞上只聽轟隆一聲大震，化作怒嘯，悲喧而散。

諸葛警我在磯頭上當風而立，耳中只聽一片山嶽崩頹，澎湃呼號之聲，駭目驚神，難以形容。相待約有個把時辰，銀光四圍的風柱散而復合，越聚越多，根根灰色，飈輪電轉。倏地千百根飛柱好似蓄怒發威，同時往那團畝許大小的銀光擁撞上去。光小，風柱太多，互相擁擠排蕩，反不得前，發出一種極大極難聽的悲嘯之聲，震耳欲聾。風勢正苦不前，那團銀光忽然脹大約有十倍。那風似有知覺，疾若電飛，齊往中心撞去。誰知銀光收得更快，並且比前愈小，大只丈許。這千百根風柱上得太猛，同時擠住不動，幾乎合成了一根，只聽摩擦之聲，軋軋不已。

正在這時，銀光突又強盛脹大起來，那風被這絕大脹力一震，叭的一聲，緊接著噓噓連響，所有風柱全都爆裂，化成縷縷輕煙四散。不一會，便風止雲開，清光大來，一輪斜日，遙浮於海際波心，紅若朱輪。碧濤茫茫，與天半餘霞交相輝映，青麗壯闊，無與倫比。如非見了高崖地陷沙沉，斷木亂積，海岸邊魚屍介殼狼藉縱橫，幾疑置身夢境，哪想到會有適才這種風雷巨變？

那空中銀光，早隨了鄭八姑飛上磯來。八姑已是累得力盡精疲，喘息不已了。這第三次天魔之災，應在當晚子夜。除了當事的人冥心靜慮，神與天合，無法抵禦。八姑與諸葛警我二人自是愛莫能助，除了防範別的邪魔而外，惟盼三仙早時開洞出臨而已。

且說苦孩兒司徒平與秦紫玲姊妹護著寶相夫人法體元神，抵禦乾天真火之災，身體元神俱被真火侵灼，痛楚非凡，元神受損，幾乎不能歸竅。多虧女殃神鄭八姑的雪魂珠與諸葛警我給服的三仙靈丹，總算躲過這第一關重劫。元氣還未十分康復，又遇邪魔來侵，雖然仗有八姑抵擋，未被妖人侵害。同時巽地風雷又復降臨，遠遠便聽見雷霆巨響，震動天地，狂飆怒號，吹山欲倒。那被第一次天火燒過的岩石林木，早已變成了劫灰。風雷還未到達，便受了侵襲，成排古木森林和那附近高山峻嶺，全都像浪中雪崩一般，向面前倒坍下來。

休說司徒平夫妻三人，見了這般駭人聲勢會驚心悸魄，就連寶相夫人早參玄悟，劫後重生，備歷艱苦磨煉，深明造化消長之機的人，也覺天威不測，危機頃刻。一有不慎，不特自己身體元神化為齏粉，連愛婿愛女也難保不受重傷。

四人俱在強自鎮定，拚死應變之際，諸葛警我首先用玄真子的五火神雷與來的天雷相擋，雖然以暴制暴，使仙家妙用與諸天真陽之火同歸於盡，那一震之威，也震得海沸魚飛，山崩地陷。何況雷聲甫息，狂飈又來，勢如萬馬奔騰之中，雜以萬千淒厲尖銳的鬼怪悲嘯。眼看襲到面前，忽見雷火餘燼中飛起一團銀光，照得大地通明，與萬千風柱相搏相撞，擠軋跳蕩。經有半個時辰，竟為銀光所破，化成無量數灰黃風絲，四外飛散，那銀光也往釣鼇磯上飛去，知是八姑的雪魂珠妙用。

這第二關風雷之災，雖比乾天真火厲害得多，僅只受一番虛驚，平安度過，好不暗中各自慶幸。三劫已去其二，只須挨過天魔之劫，便算大功告成。因為前兩關剛過，最後一關陰柔而險毒異常，心神稍一收攝不住，便被邪侵魔害，越發不敢大意，謹慎靜候。

這時，崖前一片山地，連受真火風雷重劫，除了司徒平四人存身的所在約周圍二三畝方圓，因有紫氣罩護，巍然獨峙外，其他俱已陷成沙海巨坑，月光之下，又是一番悽慘荒涼境界。

到了戌末亥初，司徒平與紫玲、寒萼姊妹二人，已在潛心運氣，靜候天魔降臨。忽聽懷中寶相夫人道：「此時距劫數到來還有個把時辰。適才默算天機，知道末一關更是難過，如今雖說三災已去其二，猶未可以樂觀。想是我前生孽重，懺悔無功，雖有諸位仙長助力，未必便能躲免。先因急於抗抵大劫，未得與賢婿夫妻深談。唯恐遭劫以後，便成永訣，意欲趁此危難中片刻之暇，與賢婿夫妻三人略談此後如何修為，以免誤入歧途，早參正果。

「如今禍變隨時可發，你三人天門已開，元神在外，無須答言。只於警戒之中，略分神思，聽我一人說話便了。我的前因後果，你夫妻三人早已深悉。大女紫玲，一心向上，竟能超脫情節，力求正果，她的前途無甚差誤，我甚放心。賢婿原非峨嵋門下上乘之士，將來難免兵解成道，所幸仙緣遇合，得蒙神駝乙真人另眼相看，收為記名弟子。他如躲過末劫，賢婿雖仍在峨嵋門下，也可借他絕大法力，免去兵解之危，成為散仙一流。

「只次女寒萼，秉我遺性，魔劫重重，日前一念貪嗔，失去元陰。雖然與賢婿姻緣前定，無可避免，究還是資稟不良所致。尚幸未曾污及凝碧仙府，又與賢婿已有夫妻名分，曾由玄真子與優曇大師作主，不算觸犯教規。三仙道友更因三次峨嵋鬥劍，群仙大劫，實由萬妙仙姑許飛娘一人而起，除這罪魁元惡，須在你姊妹二人身上。對於次女，只要不犯清規大戒，小節細行，未免略予姑容。

「我如僥倖脫劫，自可於凝碧開山盛典之時，苦求教祖，將你夫妻三人帶返紫玲谷，或在仙府內求賜一洞，同在一處修為，有我朝夕告誡，自不患有何頽廢。否則，次女連遭拂逆，雖然暫時悔過，無奈惡根未盡，仍恐把握不住，誤犯教規，自墮前程。務須以我為鑑，從此艱苦卓絕，一意修為。等開山盛典過去，便須奉敕出外，積修外功，尤不可大意輕忽，招災惹禍。

「我那白眉針最是狠毒，大犯旁門各派之忌。以前相傳，原為我不在旁，一時溺愛，留汝姊妹以備防身之用。事後時常後悔，既然師長不曾禁止，我也不便收回。冤家宜解不宜結，總以少用為是。前次青螺針傷師文恭，適才又針傷翼道人耿鯤。藏靈子報仇，雖有乙真人攬去；耿鯤之事，尚還難說。這二人俱是異派中極難惹的人，汝姊妹初生犢兒，連樹強敵，如無諸位真仙師長垂憐，焉有倖理？

「我如遭劫，次女務要事汝姊若母，一切聽她訓誡。對於眾同門，應知自己本是出身異類，同列雁行，已是非分榮光。雖然略諳旁門道術，此時諸同門入門年淺，造就多半不深，有時自覺稍勝一籌。一經開山之後，教祖量人資稟，傳授仙法劍術法寶，你們以前所學，便如腐草螢流，難與星月爭輝了。再者教祖傳授，因人而施，甚至暫時不傳，觀其後效者。未傳以前，固要善自謙抑，一切退讓，恭聽先進同門囑咐。既傳以後，更不可因原有厚薄，而懷怨望，致遭愆尤。須知汝母年來默悟玄機，身在此地，心懸峨嵋，往往默算汝姊妹所為。當時心憂如焚，無奈身居羅網，不能奮飛，只有代為提心吊膽而已。如能善體我意，三次峨嵋劫後，也未始無超劫成道之望，只看你們能否知道自愛耳。

「我今日所受之災，以末一災最為難過。天魔有形無質，而含天地陰陽消長妙用，來不知其所自來，去不知其所自去。休說心放形散，稍一應聲，元精便失。但是不比前兩次災劫可以傷人，只於我個人有大害而已，因不能傷害你夫妻三人，我雖遭劫，夫復何恨？這次我的元神不能露面，全仗賢婿夫妻保護。尤以賢婿本命生剋，更關緊要。只要賢婿神不著相，二女縱使為魔所誘，也無大害。賢婿務要返神內照，一切委之虛空，無聞無見，無論至痛奇癢，均須強忍，既不可為他誘動，更不可微露聲息。我的元神藏在賢婿紫闕以下，由賢婿元靈遮護，元靈不散，天魔不能侵入，更無妨害。此魔無法可退，非挨至三仙出洞，不能驅散。此時吉凶，已非道力所能預測，雖有倖免之機，而險兆尤多，但看天心能否鑑憐而已。」

說罷，三人因為不能答言，只是潛心默會。因為時辰快到，連心中悲急都不敢。只管平息靜慮，運氣調元，使返光內瑩，靈元外吐，以待天魔來降。不提。

釣鼇磯上諸葛警我與鄭八姑一眼望見下面紫氣圍繞三人頂上的三朵青星，當中一朵忽然分而為二，落了一朵下去。一望天星，時辰將到，知道天魔將臨，寶相夫人元神業已歸竅。禦魔雖有力難施，唯恐萬一翼道人耿鯤乘此時機趕來報仇侵害，不可不防。二人略一商量，覺得釣鼇磯相隔尚遠，倘或事起倉猝，那耿鯤長於玄功變化，不比別的邪魔。仗有雪魂珠護身，決計冒險飛身往三人存身的上空附近，仔細防衛。

二人飛到那裡，有半個時辰過去，已交子時，一無動靜。月光如水，碧空萬里，更無纖雲，未看出有絲毫的警兆。正在稀奇，忽聽四外怪聲大作，時如蟲鳴，時如鳥語，時如兒啼，時如鬼嘯，時如最切近的人在喚自己的名字。其聲時遠時近，萬籟雜呈，低昂不一，入耳異常清脆。不知怎的，以司徒平夫妻三人都是修道多年，久經險難的，聽了這種怪聲，兀自覺得心旌搖搖，入耳驚悸，幾乎脫口應聲。幸有玄真子、乙休和寶相夫人等事前再三囑咐，萬一聞聲，便知天魔已臨，連忙潛心默慮，鎮懾元神，不提。

三人起初聞聲知警，甚為謹慎。一會工夫，怪聲忽止，明月當空，毫無形跡。正揣不透是何用意，忽然東北角上頓發巨響，驚天震地，恍如萬馬千軍殺至。一會又如雷鳴風吼，山崩海嘯，和那二次巽地風雷來時一樣。雖然只有虛聲，並無實跡，聲勢也甚驚人，驚心動魄。眼看萬沸千驚襲到面前，忽又停止。

那東南角上卻起了一陣委靡之音。起初還是清吹細打，樂韻悠揚。一會百樂競奏，繁聲匯呈，穠豔妖柔，蕩人心志。這裡淫聲熱鬧，那西南角上同時卻起了一片匝地的哀聲，先是一陣如喪考妣的悲哭過去，接著萬眾怒號起來。恍如孤軍危城，田橫絕島，眼看大敵當前，強仇壓境，矢盡糧空，又不甘降賊事仇，抱著必死之心，在那裡痛地呼天，音聲悲憤。

嚮有一會，眾聲由昂轉低，變成一片悲怨之聲。時如離人思婦，所思不見，窮途天涯，觸景生悲；時如暴君在上，苛吏嚴刑，怨苦莫訴，宛轉哀鳴，皮盡肉枯，呻吟求死。這幾種音聲雖然激昂悲壯，而疾痛慘怛，各有不同，但俱是一般的淒楚哀號。尤其那萬眾小民疾苦之聲，聽了酸心腐脾，令人腸斷。

三人初聽風雷殺伐、委靡淫亂之聲，因是學道多年，心性明定，還能付之無聞。及至一聽後來怨苦呼號之聲，與繁音淫樂遙遙相應，不由滿腔義俠，軫念黎庶，心旌搖搖，不能自制。幸而深知此乃幻景，真事未必如此之甚。這同情之淚一灑，便要神為魔攝，功敗垂成。只是那聲音聽了，兀自令人肌栗心跳，甚是難過。正在強自挨忍，群響頓息。過一會兒，又和初來時一樣，大千世界無量數的萬千聲息，來自天地風雨雷電之變，小至蟲鳴秋雨、鳥噪春晴，一切可驚可喜、可悲可樂、可憎可怒之聲，全都雜然並奏。

諸葛警我、鄭八姑道行較高，雖也一樣聽見，因是置身事外，心無恐怖，不虞魔侵，仍自盤空保護，以防魔外之魔乘機潛襲。一聽眾響回了原聲，下面紫氣圍繞中，三點青星仍懸空際，光輝不減，便知第一番天魔伎倆已窮。果然不消頃刻，群噪盡收，萬籟俱寂。方代下面三人慶幸無恙，忽見繽紛花雨自天而下，隨著雲幢羽葆中簇擁著許多散花天女，自持舞器，翩躚而來，直達三人坐處前面，舞了一陣，忽然不見。接著又是群相雜呈，包羅萬象，真使人見了目迷五色，眼花撩亂。

元神不比人身，三人看到那至淫極穢之處，紫玲道心堅定，視若無睹；司徒平雖與寒萼結過一段姻緣，乃是患難之中，情不由己，並非出於平時心理，也無所動；惟有寒萼生具乃母遺性，孽根未盡，看到自己與司徒平在紫玲谷為藏靈子所困時的幻影，不禁心旌搖搖起來。這元神略一搖動，渾身便自發燒，眼看那萬千幻象中隱現一個大人影子，快要撲進紫氣籠繞之中。寒萼知道不好，上了大當，連忙拚死鎮懾寧靜時，大人影子雖然退去，元神業已受了重傷。不提。

一會萬幻皆空，鼻端忽聞異味。時如到了芝蘭之室，清香襲腦，溫馨蕩魄；時如入了鮑魚之肆，腥氣撲鼻，惡臭熏人。所有天地間各種美氣惡息，次第襲來。最難聞的是一股暖香之中，雜以極難聞的騷膻之味，令人聞了頭暈心煩，作惡欲嘔。

三人只得反神內覺，強自支持。霎時鼻端去了侵擾，口中異味忽生，酸甜苦辣鹹淡澀麻，各種千奇百怪的味道，一一生自口內，無不極情盡致，那一樣都能令身受者感覺到百般的難受，一時也說之不盡。等到口中受完了罪，身上又起了諸般朕兆：或痛、或癢、或酸、或麻。時如春困初回，懶洋洋情思昏昏；時如刮骨裂膚，痛徹心肺。

這場魔難，因為是己躬身受，比較以前諸苦更加厲害，千般痛癢酸麻，好容易才得耐過。忽然情緒如潮，齊湧上來，意馬心猿，怎麼樣也按捺不住。以前的，未來的，出乎料想之外的，一切富貴貧賤、快樂苦厄、鬼怪神仙、六欲七情、無量雜想，全都一一襲來。此念甫息，他念又生。越想靜，越不能靜；越求不動，卻偏要動。連紫玲姊妹修道多年，竟不能澄神遏慮，返照空明，萬相不著，還諸寂滅。

眼看姊妹二人一個不如一個。首先寒萼一個失著，心中把握不住，空中元神一失，散了主宰，眼看就要消散。寒萼哪裡知道是魔境中幻中之幻，心裡剛一著急，恐怕元神飛逝，此念一動，那元神便自動飛回。元神一經飛回，所有妄念立止。等到覺察，想再飛起防衛，卻不知自己大道未成，本無神遊之能，只是神駝乙休靈符妙法的作用。神散了一散，法術便為魔力所破，要想再行飛起，焉得能夠？

紫玲雖比寒萼要強得多，無奈天魔厲害，並不限定你要走邪思情慾一關，才致壞道，只你稍一著想，便即侵入。紫玲關心寶相夫人過切。起初千慮百念，俱能隨想隨滅，未為所動。最後不知怎麼一來，念頭轉到寶相夫人劫數太重，天魔如此厲害，心中一動，魔頭便乘虛而入。

惟她道行較高，感應也較為嚴重，也和寒萼一樣，猛覺出空中三個元神被魔頭一照，全快消滅。以為元神一散，母女夫妻就要同歸於盡，竟忘了神駝乙休的行時警告，心中一急，元神倏地歸竅。知道不妙，忙運玄功，想再飛出時，誰知平時雖能神遊萬里之外，往返瞬息，無奈道淺力薄，又遇上這種最厲害的天魔，哪還有招架之功？用盡神通，竟不能飛起三尺高下。

寶相夫人的左右護翼一失，那天魔又是個質定形虛、隨相而生之物，有力也無處使。這一來，休說紫玲姊妹嚇得膽落魂飛，連空中的諸葛警我與鄭八姑一見空中三朵青星倏地少了兩朵，天還未亮，不知三仙何時出洞，雖然司徒平頭上那朵青星依舊光明，料定道淺魔高，支持稍久，決無倖理，二人也是一般心驚著急，愛莫能助。

尤其女殃神鄭八姑，發覺自己以前走火入魔，還沒有今日天魔厲害，已是不死不活，受盡苦痛。眼看寶相夫人就要遭劫，兔死狐悲，物傷其類，更為難過。暗忖：「自己那粒雪魂珠，乃是天地精英，萬年至寶，除魔雖未必行，難道拿去保護下面三人還無功效？」一時激於義憤，正要往下飛落，忽聽諸葛警我道一聲：「怪事！」定睛一看，覺得奇怪。論道行，司徒平還比不上紫玲姊妹，起初紫玲姊妹元神一落，便料他事敗，只在頃刻。誰知就在二人沉思觀望這一會工夫，不但那朵青星不往下墜落，反倒光華轉盛起來，一毫也不因失了左右兩個輔衛而失效用，二人看了好生不解。

原來苦孩兒司徒平幼遭孤露，嘗盡磨難，本就沒有受過一日生人之樂。及至歸到萬妙仙姑許飛娘門下，雖然服役勞苦，比起幼時，已覺不啻天淵。後來因自己一心向上，未看出許飛娘私心深意，無心中朝餐霞大師求了幾次教，動了許飛娘的疑忌。再被三眼紅蜺薛蟒從中蠱惑進讒，挑撥是非，平日已備受荼毒。末一次若非紫玲谷二女借彌塵旛相救，幾乎被許飛娘毒打慘死。人在萬分危難冤苦之中，忽然得著兩位美如仙女的紅粉知己，既救了他的性命，還受盡溫存愛護之恩，深情款款，以身相許，哪能不浹髓淪肌地感激恩施。

當日一聽，說異日有用他處，已抱定粉身碎骨，赴湯蹈火，在所不辭之念。再一想到峨嵋門下所居的洞天仙府，師長前輩儘是有名的正派中飛仙劍俠，同門個個仙根仙骨，自己前途修為無量。又知道此次寶相夫人劫數，有三仙等前輩先師相助，事非真不可為。萬一事若不濟，便準備以一死去謝二女。因切得報恩之心，更有敢死之志。以他平日那樣謹飭恭慎的人，竟敢不惜得罪靈雲等諸先進同門，異日受師長譴責，甘受寒萼挾制，逕往紫玲谷去會藏靈子，以身犯險，也無非是為此。

此番到了東海，若論臨時敬畏，並不亞於紫玲姊妹。論道行法術，還不如寒萼；比起紫玲，更是相差懸殊。也是司徒平該要否去泰來，本身既寓有生剋之機，又趕上第一次乾天真火來襲，眼看道高一尺，魔高一丈，危機一髮，忽被寶相夫人冒險將元神飛出，助長他的真靈，與真火相撞，居然僥倖脫難。

再一聽寶相夫人所說的一番話，忽生妙悟，暗想：「寶相夫人遭劫，自己無顏獨生以對二女。現在元神既因乙真人靈符妙用飛出，寶相夫人已和自己同體，那天魔只能傷夫人，而不能傷我，我何不抱定同死同生之心？自己這條命原是撿得來的，當初不遇二女，早已形化神消，焉有今日？要遭劫，索性與夫人同歸於盡。既是境由心生，幻隨心滅，什麼都不去管它，哪怕是死在眼前，有何畏懼？」主意拿定，便運起玄功，一切付之無聞無見無覺。一切眼耳鼻舌的魔頭來侵時，一到忍受難禁，便把它認為故常，潛神內照，反諸空虛。

那魔頭果然由重而輕，由輕而滅。司徒平卻並不因此得意，以為來既無覺，去亦無知，本來無物，何必魔去心喜？神心既是這般空明，那天魔自然便不易攻進。中間雖有幾次難關，牽引萬念，全仗他道心堅定，旋起旋滅。先還知道有己，後來並己亦無，連左右衛星的降落，俱未絲毫動念。不知不覺中，漸漸神與天會，神光湛發，比起先時三星同懸，其抗力還要強大。道與魔，原是此盛彼衰，迭為循環。過不一會，魔去道長，元神光輝益發朗照。所以空中請葛警我與鄭八姑見了十分驚異。

這時只苦了紫玲姊妹，自知誤了乃母大事，一面跪地呼天，悲號求赦；一面吁懇三仙出洞救難。驚急憂惶中，不禁偷眼一看司徒平，神儀內瑩，寶相外宣，二目垂簾，呼吸無聞，不但空中星輝不減，臉上神光也自煥發。那嬰兒也是盤膝貼坐在司徒平懷內，若無聞見。雖看出還未遭劫，畢竟不能放心。二女正在呼籲求救之中，猛聽四外怪聲大作，適才所見怪聲幻象，忽然同時發動。

紫玲姊妹固是驚惶，那空中的八姑、警我也看出兆頭不對。如果所有六賊之魔同時來犯，休說一個司徒平，任是真仙也難抵禦。正在憂急，忽見西南角上玉笏峰前，三仙洞府門首飛起一道千百丈長的金光，直達司徒平夫妻三人坐處，宛如長虹貫天，平空搭起一座金橋。

這時海上剛剛日出，滿天儘是霞綺，被這金光一照，奇麗無與倫比。諸葛警我知是三仙開洞，心中大喜。眼看那道金光將司徒平等三人捲起，往回收轉。就在這時，東北遙空星群如雨，火煙亂爆，夾著一片風雷之聲，疾飛而來。煙光中，翼道人耿鯤展開雙翼，疾如電掣般直往金光中三人撲去。

八姑喊聲：「不好！」剛要飛身上前，忽然天魔的一派幻聲幻象一齊收歇。從下面三人坐處，飛起一個慈眉善目的清瘦霍曇，一個仙風道骨的星冠白衣羽士，雙雙將手往空中一指，也未見發出什麼劍光法主，那翼道人耿鯤兀自在空中上下翻飛，兩翼間的火星像暴雨一般紛紛四散墜落，灑了一天的火花。過沒半盞茶時，忽然長嘯一聲，仍往東北方破空飛去。下面三人就在雙方鬥法之間，隨著那道金光到了三仙洞中。

諸葛警我知道大功告成，忙邀八姑跟蹤過去，到了洞前落下。一同入內一看，三仙正與司徒平等三人說話，連忙上前拜見。

玄真子便命諸葛警我到妙一真人房內，取來妙一夫人日前遺留的一身道衣。然後吩咐紫玲從司徒平懷中抱過嬰兒，拿了那身衣服，入室與寶相夫人更換。等到紫玲出來，寶相夫人已成為了一個妙齡道姑了。

原來司徒平剛將六賊次第抗過，忽又同時襲來。眼看危急萬分，正趕上三仙奉敕閉洞修煉仙法，功行圓滿出來，首由玄真子與苦行頭陀用先天太乙妙術驅散天魔。仍恐魔高道低，再由乾坤正氣妙一真人用長眉真人天籙玉笈中附賜的一口降魔仙劍，借本身純陽真氣，化成一道金光，接引三人入洞。偏巧耿鯤在北海陷空島取出了白眉針，修煉復原，趕到報仇，原想乘隙使用毒手，傷害三人性命。正值苦行頭陀與玄真子除了天魔，用無影劍將他趕走。

司徒平等三人到了洞中，叩見三仙之後，寶相夫人多年苦修，業已煉體歸原，嬰兒可大可小，三仙早向妙一夫人要了一身仙衣相贈。紫玲姊妹見母親仍和從前一般模樣，只是添了一身仙氣，好不悲喜交集。

寶相夫人更衣出來，先向三仙謝了救命之恩。又同二女、司徒平重又跪謝諸葛警我與八姑相救之德。妙一真人便取一封仙札，交與寶相夫人，說道：「我三人奉了先師遺敕，閉洞開看玉笈，修煉法寶。笈中附有這封仙札，吩咐你持此札去往峨嵋前山解脫庵舊址的旁邊，那裡有個洞穴，直通金頂，可在裡面照札中仙示修煉，直到三次峨嵋鬥劍，方許出面。

「事完之後，功行便自圓滿，飛昇仙闕。積修外功，由你二女代為。千萬不可離開，自誤功課。苦行道友飛昇在即，也為相助行法，略延時日。我不久即往峨嵋，準備群仙聚會和開府大典。此番魔劫只司徒平一人無礙，道心堅定，甚是可嘉。你女俱受魔侵，元神虧損，尤以寒萼為甚。須俟回山開府，取了先師太極兩儀微塵陣中所藏仙丹，方可復元。你母子多年未見，方得重逢，又要久違，可同到峨嵋聚上三二日，再照仙札修為便了。」

寶相夫人聞言，忙將仙札跪領過去，默謝長眉真人施恩。這才起身，率了眾人向三仙拜辭。玄真子道：「諸葛警我在此無事，也隨了一同去吧。」當下寶相夫人與諸葛警我、鄭八姑、司徒平夫妻等人拜別三仙，出了仙府，各駕遁光法寶，齊往峨嵋進發。

到了凝碧崖前落下。靈雲同了一干小輩同門，已在延頸相候。互相見禮之後，問起寶相夫人脫劫之事，俱都驚喜非常。自那日司徒平等四人走後，陸續又來了不少兩輩同門。洞中之事，已由髯仙李元化代為主持。因為開府在即，來的人一天多似一天，接待一切，俱都派有專司。這都暫且不提。

那寶相夫人原不甚放心寒萼，打算脫劫以後，母女三人同在一起修煉，就便監管。不料又奉長眉真人仙札，只能相聚二三日便須分手，往解脫庵側巖洞之內修為，知道運數如此。這兩日裡，默觀眾小輩同門之中，只有英瓊不但根器最厚，前途造就更是難量。又見她和寒萼頗投契，越發心喜。再三叮囑寒萼，對於英瓊，務要極力交歡。自己又當面向靈雲、英瓊重託，說二小女劫重魔深，緣淺道薄，務望隨時照應等語。

到了第三日，不能再延，打開仙札拜觀，不由又驚又喜。便又囑咐了紫玲姊妹與司徒平三人幾句，才行辭別各老少同門，逕往解脫坡巖洞之中潛修去了。

寶相夫人走後，紫玲姊妹自是心酸難過，大家不免又勸勉一番。不提。

# 第十一章　蠻煙瘴雨

話說這日英瓊、若蘭、紫玲等四人，奉命在飛雷捷徑的後洞外面接待仙賓，米、劉二矮與袁星、神鵰俱都隨在身側。等了一陣，不見人來。

英瓊偶然想起教祖不久回山，米、劉二矮跟隨自己業經多日，似這般門徒不像門徒，奴僕不像奴僕，雖說奉有師命，可以便宜行事，又有靈雲極力主持，到底自己年幼道淺，越眾行事，心中老是不安。因此米、劉二人屢向自己告奮勇，求准他二人出山積點外功，或採取一些靈藥，俱未敢輕易允准。

適才又向自己討令，說今日起了一個先天神數，算出有一同門在途中遇難，打算前去探聽搭救。若蘭、寒萼也代二人請託。「何不姑且試他一試，果然靈異，也不在冒著萬千不是，收他二人一場。」想到這裡，便命二矮姑且離山，探看可有同門到來。

那米鼉、劉遇安去後不久，英瓊等四人正在閒談，芷仙忽然同了余英男來到後洞。英瓊便問二人出洞則甚。

英男笑道：「我自身子復原以後，大師姊因我還不會劍術，命我與南姑幫助裘師姊管理仙廚，好兩天也沒見你的面，心裡頭怪想的。適才朱師姊到仙廚，來取百花釀給醉師伯飲，我問起你，她說隨了三位師姊在此迎接仙賓。後洞口我還沒有來過，本想抽空前來看你。一則不認得路，相隔又遠；二則恐大師姊們有事呼喚。心裡正在盤算，恰好裘師姊把今日應辦之事辦完了，因所剩鹿脯已然無多，要請你派佛奴去捉幾條鹿來熏臘。又值大師姊走來，知我想到後洞看看風景，便請裘師姊帶了我同來，與你談談。別的也無甚事。」

原來英男劫後重生，大家因她生具仙根，又是三英之一，十分愛重。她的性情又是英爽之中夾以溫和，個個投緣，俱都搶著傳她劍法口訣。此次款待仙賓，英男入門不久，不能御氣飛行，本未派她職事。英男見眾同門俱有事做，只自己是個閒人，定要求靈雲派她一些職事。

靈雲只得命她相助芷仙、南姑管理仙廚。因英瓊奉有師命，兩日未見，甚是想念，抽空請芷仙帶來看望。她二人原是生死患難之交，自比別的同門感情更要來得親切，不見就想，見了又談說不完。英瓊當時只顧和英男對答，也忘了派神鵰前去擒鹿。

芷仙也在和寒萼、輕雲、若蘭三人說話，問紫玲谷所釀的桃葉春，與桂花山福仙潭的千年桂實製成的琥珀春怎樣做法。並問若蘭，上次帶來的千年桂實，剩得還多不多。談了好一會，才得想起命神鵰佛奴出山擒鹿之事，便催英瓊快些吩咐。

英瓊笑道：「只顧閒談。倒把正經事兒忘了。」說罷，喚了兩聲，佛奴俱未答應。四外一看，連袁星也跑沒了影子。先疑袁星在近處山中採取果實，神鵰必在空中飛翔。等了又一會，不見回來，才飛身空中一看，哪有鵰、猿的蹤跡。知道鵰、猿未奉使命，不會走遠。下來和芷仙說了，心中正在奇怪，忽聽空中鵰鳴。抬頭一看，鵰背上和鵰爪上影綽綽似有幾個人影。轉眼飛下，快要落地，袁星先從鵰爪上縱下地來。及至神鵰落地。才見米、劉二矮也騎在背上，一人懷抱著一個少年，俱都身受重傷，滿身血跡。

這兩個少年大家俱不認得。米、劉二人先從鵰背把那兩少年扶了下來。然後向英瓊說道：「我二人因算出本門有人中途遭難，奉了主人之命，前去接引。快近峨嵋後山山麓，便遇見兩個小妖道，將這兩位困住，已經身受重傷。我二人看出兩位劍法是峨嵋傳授，剛剛救護過來，未想到岩石上面還坐著兩個小妖道的師父越來嶺黃石洞的飛叉真人黎半風。當時便動起手來，眼看抵敵不住，正值佛奴、袁星趕來相助，偏巧又遇元敬師太路過，將妖道趕走。所幸妖道因見二位根基甚好，想命他兩個徒弟逼二位投入他的門下，初動手時未下毒手，不然早已喪了性命。

「元敬師太趕走妖道之後，說他二位一個姓周，一個姓商，俱是醉真人新收不久的門徒。因在貴陽接了醉真人派人帶去的法諭，吩咐在重陽以前趕到峨嵋凝碧仙府赴開山盛會，謁見教祖，傳授仙法仙術。一路之上，遭受了許多磨難。大師已經在路上託人救過他二位一次了。大師還說，是二位該當有此一難。本人有事，不能同來，須到重陽的前一日，方能來此赴會。當時給了兩粒保命靈丹，吩咐我等騎鵰護送回來，請齊仙姑用教祖的靈丹，給他二位治那飛叉之傷等語。」

四人聞言，因芷仙正要回洞，便託她帶了米、劉二矮，護送那二少年入洞去見靈雲，醫傷安頓。

英瓊又問袁星，才知牠和神鵰見無事做，便商量騎了神鵰，飛往陰素棠所居的棗花崖，盜那大棗。剛剛飛離峨嵋山後，便見老少三個妖道，在和米、劉二矮動手。其餘也和二矮所說一樣。英瓊便命神鵰前去禽鹿。

英男起初在解脫庵住時，因訪英瓊，原騎過神鵰。一時興起，以為擒鹿不比與別人動手，沒有凶險，便要騎了同去。平素英瓊爽快，這次竟會持重起來。見袁星在旁無事，便命隨往保護。又因英男手無寸鐵，便將在莽蒼山兔兒巖從死妖人法寶囊內得來的兩口小劍，交她帶去防身。

英男走後，若蘭笑道：「余師妹也和瓊妹一般，有些小孩脾氣。自己劍未學成，不能飛空，連騎著鵰飛飛也是好的。只苦了佛奴背上背著一人一猿，爪上還得抓著兩個鹿兒，真是晦氣。」

輕雲半晌俱未說話，聞言忽道：「若論余師妹，李師妹和她有生死患難之交，情厚自不必說。即我們全體同門，哪個不愛重她的根骨和好性情？不過吉凶禍福生乎動，她平日那麼文靜靜的，今日忽然想起騎鵰玩耍，不要鬧出點事故吧？剛才我本想說，後來一想，她大難方過，九死一生，遭的劫比誰都重，目前應該否極泰來，臉上又沒有晦容，佛奴、袁星雖是異類，也不是好對付的，也就罷了。」四人這裡只管說笑。不提。

且說周雲從在天蠶嶺中了文蛛之毒，巧遇笑和尚和黑孩兒尉遲火相救，並護送回家，才知仇敵妖道、妖婦已被師父醉道人除去。送笑和尚與尉遲火二人走後，便在家中與商風子按照醉道人與笑和尚所傳口訣劍法坐功，閉門日夜練習。

那商風子原是一塊渾金璞玉，又加無有室家人事之累，心性空靈，無論什麼，一學便會，竟比雲從還要精進。過沒多日，他岳父張老四也傷癒回來，雲從家事更多了一人料理。再加妻子生了一子，有了宗嗣後，幾次想和商風子往成都去尋醉道人。俱因父母不甚放心，自己也因此一去不定多少時才回，一方面求道心切，一方面孺慕依依，便遷延下來，老是委決不下。

這日正是七月半間，殘暑未消，天氣尤熱。雲從與商風子，隨了乃父子華、岳父張老四，日裡同往黔靈遊玩了半天。餘興未闌，還想去到南明河畔看放蓮花燈，就便到一個富戶人家看做盂蘭盛會。下山時節，已是將近黃昏，夕陽業已落山，明月初上，襯著滿天綺雲，幻成一片彩霞。歸巢晚鴉，成陣成群地在頭上鳴噪飛過，別有一番清曠之景。

四人沿著鳴玉澗溪邊且行且談，人影在地，泉聲聒耳，不但三個會武功的人興高采烈，連雲從的父親子華雖是一個文弱的鄉紳，安富尊榮慣了的，都覺樂而忘倦。眼看快到黔靈山麓，忽見路側林隈盡處一家酒肆門口，繫著一匹紫花騾子，渾身是汗，正在那裡大嚼草料，噴沫昂首，神駿非常。張老四猛然心中一動，忙請雲從父子與商風子先行一步，自己逕往那酒肆之中走去。一會同一個紅衣女子，牽著那匹紫花騾子出來，追上三人。

雲從父子一看，那騾子的主人正是上次銳身急難、代雲從去求醉道人搭救全家的老處女無情火張三姑姑。各自上前拜謝之後，便請張三姑姑家中一敘。

張老四忙代答道：「三姑此次正為賢婿之事繞道來此。她還在黔靈山上約好一個人，須去會晤。而且她這般江湖打扮，同行也驚俗人耳目。莫如我們逕去家中相候吧。」說罷，張三姑姑含笑點了點頭，道聲：「少時再見。」逕跨上了騾子直往黔靈山麓，繞向山後而去。只見微塵滾滾，那騾子一路翻蹄亮掌，轉眼不見。商風子直誇騾子。

張老四道：「舍妹已到劍俠地步，能夠飛行自如。那騾子並非她的，是上次我在途中遭難，前往借居養傷那一家的主人所有，就是那江湖上有名的紫騾神刀楊一斤。這次楊一斤忽然洗手出家，托她將這騾子同一些兵刃暗器帶往雲南省城，交給他的心愛姪子鎮遠鏢行主人楊芳。舍妹因他救我一場，答應替他辦理後事，安排家務並交這些東西。

「正走到路上，忽遇賢婿的令師醉真人的弟子松、鶴二童，奉了醉真人之命，各處傳遞仙諭，吩咐門下弟子在重陽前趕往峨嵋山凝碧崖仙府，去參加本派教祖乾坤正氣妙一真人的開山盛典。因舍妹上次到成都碧筠庵，為代求醉真人除害，有過一面之緣。知道舍妹是府上至戚，他二人又有事往旁處去，便托舍妹略繞些路，將仙諭帶來。我認得那紫花騾子是楊一斤的坐騎，以為本人到此，不料與舍妹相遇。她雖是女流，性子最急，我如不進酒店探看，這次相逢又錯過了。」

老少四人，一路談笑回家。到了午夜，老處女無情火張三姑姑從空中飛下，子華、雲從夫婦與張老四、商風子等早在院中迎候，一同入內落座。一問黔靈山所會之人，也是一個峨嵋門下，因犯了教規，罰在黔靈山後水簾洞內苦修，與張三姑有極厚的交情，那匹紫花騾子，便寄頓在那裡。

此人也是書中一個重要角色，須到後文方有詳傳，暫且不提。

且說張三姑姑見了眾人，說了來意，便將醉真人的仙諭取出。大意說醉道人自從上次誅凶之後，曾親往雲從家，暗中察看了幾次，知他向道尚勤，品行端正，甚是心喜，切實獎勉他幾句。日前教祖乾坤正氣妙一真人奉了長眉真人玉笈仙札，就要回山開闢五府，分配門下弟子修真之所，量才傳授道法。此會非比尋常，所有本派幾輩同門，除有特別原因外，均須屆時前往聽訓。按雲從的道行，本來還弱，只是這種仙緣良機千載難逢，特賜恩准前往參拜。可告知父母，此行雖難免小有阻難，並不妨事，終必因禍得福。並說商風子天賦既佳，性又至孝，可與雲從搭伴同行，到了凝碧仙府，自有仙緣遇合等語。

子華夫妻雖因東上說雲從此行還有阻難同因禍得福之言，不甚放心。一則仗著雲從的師父是個仙人，既說無礙，必無過分凶險；再者自己全家滿門全是醉道人所救，怎能違抗？又經張老四與張三姑姑極力勸說，仙緣難得，良機一失，抱恨終身，務須早日前往，以免錯過。子華夫妻盤算再四，只得從了雲從之志。

張三姑姑交代完了，便作別而去。

雲從與商風子起身之日，父子夫妻大家都免不了一些離情別意。眾中尤以雲從的妻子張玉珍最為難過，暗想：「當初醉真人作伐時，曾說自己日後也有仙緣遇合，迄今並無一絲影子。」良人遠別，丟下雙親幼子，仰事俯蓄，責任重大，更談不到別的，心中好不愁慮。行時再三叮囑雲從，到了峨嵋，得遇仙緣，千萬給她想個法兒，接引到峨嵋門下。但求能如她姑姑一般，學成劍術，心願已足。雲從練到劍術以後，也須時常回家，探望父母，就便傳她道法。雲從一一應了，然後同了商風子，向父母拜別起身。

# 第十二章　單刀開莽

話說子華夫妻近來已知雲從武功頗好，通常數十人近不了身，帶人無用，便重重拜託了商風子。眼看二人走遠，才行忍痛回家。不提。

雲從、風子一上路，想起不久就遇合仙緣，身居仙府，好不興高采烈。因為雲從自從病後服了仙丹，體力大增；又朝夕按照峨嵋劍法苦練，一柄霜鐔，已練得精熟非常。商風子也不比小三兒，一則天生異稟神力，通常便可手捉飛禽，腳踏虎豹；再加練了這些日子，心領神會，越發本領出奇。哪裡還把什麼蛇蟲野獸放在心上。

二人俱是趕路心切，除了食宿耽擱外，曉夜趕路。因為求快，便專一走山徑小道。雲從這次出門，有了上回經驗，每次俱將路徑探明了再走，以為不會再有迷路之虞。卻沒有料到如從官驛正路入川，直往峨嵋，原可無事。這一抄近，便招出許多事來。

貴川兩省山嶺本多，二人所行又是荒山僻徑，往往走上數百里，深林密菁，疊嶂重巒，不見一些人煙，全憑日光分辨去路。出了貴州省界，一路上雖遇見好幾次蛇虎侵襲，都被二人除去，無事可記。剛一入四川省，走入虎爪山亂山之中，忽然降起雨來。二人見雨勢甚大，又走了半日，腹中有些飢渴，便擇了一處巖洞避雨，取出乾糧飽餐一頓上路。

那山乃是川滇黔三省交界的野茅嶺，亂山險峻，最難行走。二人原來如走黔北，經遵義、桐梓，過綦江，到重慶，再由重慶經巴縣、永川、隆昌、富順、犍為等地，而達峨嵋，未免路長費時。特意改走黔西，經大定、畢節、到了川屬長寧。翻山越嶺，渡過橫溪，由石角營再橫越大涼山支脈，直赴峨嵋。路雖險惡，卻要少走許多日子，途程也差不多要近二分之一。因為一路平安，又算計前程已過一半，照連日這般走法，不消多日，便可到達。

當日在巖洞中吃完乾糧，又待一會雨還不止，轟隆之聲震動山谷。原打算再趕一程，及至出洞一看，那雨竟如銀河倒瀉一般，大得出奇。只見濕雲漫漫，前路冥冥，巖危徑險，難以行路。那夾雨山洪竟如狂潮決口，滿山都是玉龍飛舞，銀蛇奔竄。山石林木俱隨急流捲走，互相撞擊排蕩。加上空中電閃霹靂，一陣緊似一陣，轟轟隆隆之聲震得人耳鳴目眩，恍如萬馬千軍，金鼓齊鳴，石破天驚，濤鳴海嘯。再襯著天上黑雲，疾如奔馬，偶然眼一個看花，便似山嶽都被風雨夾以飛去，越覺聲勢駭人。知道此時萬難再走。

觀一陣雨景，那天越發低暗起來，勢要壓到頭上。遠近林木巖壑，都被霧罩煙籠，茫茫一片黑影中，只見千百道白光，上下縱橫，亂飛亂竄。漸覺寒氣侵人，只得一同回轉巖洞以內，席地坐談。且喜那洞位置甚高，不慮水襲。因嫌雨聲喧雜，不便談話，索性打起不走主意，將行囊往洞內的深處擇地鋪好，取出蠟燭點燃，準備在洞中過夜。天色昏黑，洞中不辨早晚，二人談得興盡，加上連日勞乏，便自沉沉睡去。

第二日雲從醒來一看，蠟淚已乾，天尚未明，雨聲彷彿已停歇。見風子還在酣眠，重又點起一支蠟燭，意欲坐以待旦。待不一會兒，忽聞鳥聲繁碎，從洞外傳將進來。心中奇怪，跑出洞口一看，天色已大亮。這時雨靜風清，山色濃如色染。大雨後，巖峰間添了無數大小飛瀑流泉，奔湍激石，濺玉噴珠，音聲琤瑽，與枝頭鳥語、草際蟲鳴匯成一番天然鼓吹。真是目遇耳觸，無限佳趣。只是斷木折林，墜石淤沙，將去路壅塞，上路為難罷了。

雲從見雨住天晴，正好行路，略微觀賞了一會，便趕回洞去。風子業已醒轉，雲從對他說了，匆匆各持水具，汲了點山泉，盥洗飲用，吃飽乾糧，繼續前進。因為到處都是積水亂流，須得繞道，越過前邊那個山脊方能前進。

二人分肩行李，一路縱跳飛躍，雖然路滑道險，倒也未放在心上。及至上了山頂一看，不由大失所望。原來山脊那邊，是一片盆地，盡頭處危峰獨峙，經昨晚一陣大雷雨，將那危峰震塌了一角，倒將下來，恰巧將去路堵塞。那一片盆地，也被山洪淹沒，成了一個大湖蕩。許多大樹，只剩樹梢露出水面，如水草一般，迎著微風搖曳。平濤百頃，閃繪起一片縠紋，被朝陽一照，宛若金鱗，襯著碧天雲影，浮光悠悠，風景倒也美麗，只是無法飛越。欲待繞向別路，到處都是密莽荒榛，刺荊匝地，高可及人，隨著地形高下起伏，一望無際。除非脅生雙翼，縱是野獸也難穿過。

雲從正在無計可施，還算風子自幼生長苗疆，天生銅筋鐵骨，不畏荊棘，便向雲從告了奮勇，往前探路。雲從因一路上所見毒蟲蛇蟒甚多，上那些不易看得出的浮沙沼澤，更是危險，一不小心便被陷入，再再囑咐，小心從事。

風子笑道：「無妨！」留下雲從仍在山脊高處瞭望，施展天賦本能，健步如飛，一路躥高縱矮，往山脊下跑去，不一會兒，便到了那片榛莽前面。略一端詳日影，便拔出身佩的那柄鐵鐧和雲從行時給他定打的一把緬刀，分荊披棘，鑽了進去。

雲從在山脊上只見那片榛莽頭上，一條碧線往前閃動，風子時而縱起身來，又落了下去，一縱便是十來丈遠近。那般厲害的刺藤荊棘，竟沒將他阻住，好生讚嘆佩服不已。

風子去有半個多時辰才得回轉。雲從連忙攜了行囊，迎上前去。一問究竟，風子嘆口氣道：「這條路真是難走！適才我在高處看，單這片荊棘，怕有二百里長短。還算好，沒有污泥浮沙，地儘是沙，雨水也沒有存住。有些蛇蟲，也禁不住我的鐧打刀劈。只是路太長了，我低著頭用鐧護著眼面，費了無窮氣力，才走上十幾里地，你說怎樣過法？想是天神保佑，我正尋不見出路著急，忽然一處地勢較高，竟有丈許方圓地面未生荊棘。當中卻盤了一條大蛇，一見我，就昂首奔來，被我一刀一鐧，將蛇頭打了個稀爛。

「那蛇性子很暴，死後還懂得報仇，整個身子像轉風車一般，朝我繞來。我怕被牠繞住，將身往前縱有七八丈遠。落地時節，無意中看見左側荊棘甚稀，隱見一座低巖洞，比昨晚所住要寬大很多。我不管三七二十一，便往裡探去，那洞又深又大又曲折。走完一看，正是我們去路危峰塌倒的後面，你說巧不巧？不過這十幾里荊棘，你卻走不過去。且等一會，待我用這緬刀給你開出條路來再走吧。」說罷，脫下上衣，赤著身子，一手持鋼，一手持緬刀，往荊棘叢中連砍帶打而去。

雲從也將霜鐔寶劍拔出，口中喊道：「二弟莫忙，你那刀、鋼沒有我的寶劍厲害。」風子已開出了丈許長、二尺來寬一條路徑，聞言回頭說道：「哥哥你生長富家，不像我是個野人出身，寶劍雖快，招呼荊棘刺傷了你。那刺上還多有毒，不是玩的。由我一人來吧。」

雲從因一路上勞累的事都是由風子去做，適才硬往榛莽中探路，險些為蛇所困，哪裡過意得去。見風子不肯停手，便將行囊掛在一株古樹上，手持寶劍追上前去。

二人誰也不肯讓誰。一個仗著天賦奇稟，皮糙肉厚，力大無窮，鋼起處，荊斷木飛，刀過去，榛莽迎刃而折。奮起神力，一路亂砍亂打，所向披靡。一個是手中有仙人所賜奇珍，漫說荊棘榛莽，就是間或遇上些成抱的灌木矮樹，也是一揮而斷。

雲從先時也知艱難，及見仙劍如此鋒利，毫無阻隔，再不願風子左劈右打，多耗氣力，再三將他喚住，說道：「你這般傻來則甚？豈不是多費氣力？莫如你我一左一右，並肩齊上。你我二人，一個用刀，一個用劍，也無須像你那般亂打亂砍。只各用刀劍，朝根上削去，就手挑開，豈不省事？」

風子聞言，想想覺得有理，仍恐雲從在前，被荊棘傷了皮肉衣服，堅持和雲從換了兵刃，他在前面用劍將荊棘榛莽削斷，由雲從用刀鐧去挑向兩旁。雲從強他不過，只得依了。

當下二人三般兵器齊施，手足並用。約有個多時辰，竟然將那十多里的荊榛叢莽打通開來，到了風子所說的巖洞前面。風子這才喚住雲從，請他在那巖洞口外等候，自己返回去取那行囊。這次往來容易，縱有一些沒砍伐乾淨之處，也經不起風子健步如飛，縱高跳遠，沒有半個時辰，便將行囊取到。又尋了些枯木，做成火把，同往洞中穿行出去。那枯柴偏是有油質的木料，被昨夜雨水浸透，點了好一會才點燃，煙子甚濃，聞著異常香烈。二人覺得那柴香很奇怪，急於走出洞去，也未管它，且喜洞中並無阻攔，也沒蟲獸之類潛伏，不多一會，便到危峰下面。繞過峰去，忽見高崗前橫。登崗一望，前面林中炊煙四起，火光熊熊，東一堆西一堆地約有數千餘處之多，知是到了山寨。

雲從猛想起來時曾向人打聽過，說此山數百里荊榛叢莽，只中間有處地方，名叫鴉林砦。有不少苗民野猓雜居，性極野悍，喜吃生人，渾身多是松香石子細砂遮蔽，不畏刀斧，厲害非常，漢人輕易不敢向此山深入。只有一個姓向的藥材商人，因母親是個苗民，自幼學得苗語，時常結了伴，帶一些布匹、鹽茶之類的日用品和他們交易，換了藥材再往成都、重慶一帶販賣。指引途徑的人，曾跟那姓向的走過，並且通過此山往峨嵋朝過一回頂，所以對路徑知道甚詳。可惜在雲從未到以前，那姓向的已往鴉林砦去了，否則他和苗民的頭子餓老鴉黑犵姥甚是交好，只須拿上他一件信物到了那裡，不但毫無傷害，還能好好接待並護送過山等語。

雲從當時一則急於趕路，二則仗著風子一身本領，自己縱不敢說精通武藝，有那口霜鐔劍，足可抵擋一切，既是虔誠向道，哪能畏懼艱險？便謝了那人指引，仔細問明了去路。那人原也說，去時如果不畏蛇虎，到了那危峰下面，從另一條道走，雖是榛莽多些，卻可繞開那座鴉林砦。想是合該生事，中途遇上狂風暴雨，將峰震塌一角，山洪暴發，斷了去路，終於誤打誤撞地走到。因那人說除繞走另一條小路外，非由砦前通過不可，幸而來時備了禮物，準備萬一遇上，以作買路之用。但願那姓向的還留砦中未走，事便好辦得多。當下和風子一商量。

風子根本就沒把這些苗猓放在心上，主張不必答理，隨時留點神，給他硬繞過去。雲從自是持重，再三告誡說：「強龍不鬥地頭蛇。如得了對方同意，第一可以問明真實的捷徑。第二又省得時時提心吊膽。」

風子聞言，便道：「並不是我輕看他們。早先我娘在日，也和他們打過交道，苗語也說得來幾句。記得我那時打了野獸，換了鹽茶，再和他們去換鹿角蛇皮，賣給藥材客人。深知這些東西又貪又詐，一點信義都沒有。打起來，贏了一窩蜂，你搶我奪，個個爭先。別看他們號稱不怕死，要是一旦敗了，便你不顧我，我不顧你，腳不沾塵，各跑各的。這還不說。再一被你擒住，那一種乞憐哀告的膿包神氣，真比臨死的豬狗還要不如。我看透了他們，越答理他，越得受氣。

「那些和他們交易的商人，知道他們的脾氣，除了多帶那些不值錢的日用東西外，一身並無長物，到了那裡，由他們盡情索要個光，再盡情揀那值錢而他們決不希罕的東西要。一到之後，雖然變了空身，回去仍然滿載。這些蠢東西還以為把人家什麼都留下了，心滿意足，卻不知他們自己的寶藏俱已被人騙去。因此他們往來越久，交情越厚。我何嘗不知這地方大險，但是既到這裡，哪能一怕就了事？我們不比商人，假如我們送他們的禮物，當時固是喜歡，忽又看中我二人手持的兵器，一不給，還不是得打起來，與其這樣，不如逕直闖過去。他們如招惹我們，給他來一個特別厲害，打死幾個，管保把我們看做天神一般，護送出境，也說不定。」

雲從總覺這樣辦法不妥，最不濟，先禮後兵，也還不遲，能和平總是和平得好。商量停妥，因風子能通苗語，又再三不讓雲從上前，便由風子拿了禮物，借尋姓向的為由，順帶拜砦送禮，相機行事。雲從跟在身後，惟風子之馬首是瞻。

雲從雖不放心，一則見風子平時言行雖是粗野，這次一上路卻看出是粗中有細，聰明含蓄；二則想強也強不過去，自己又不通苗語，只得由他。這半日工夫，二人俱都費了無窮氣力，未免腹中飢渴。先不讓苗人看見，擇了一個僻靜所在，取了些山泉、乾糧飽餐一頓。一人身後背定一個小行囊。風子嫌那把緬刀太輕，不便使，便插在背後。一手持著那鐵鐧，一手捧定禮物，大踏步直往那片樹林走去。

雲從手按劍把，緊隨風子身後，一路留神，往前行走。從峰頂到下面，轉折甚大，看去很近，走起來卻也有好幾里路。那條山路只有二尺多寬露出地面，除了林前一片廣場沒有草木外，山路兩旁和四外都是荊棘蓬蒿，高可過頭，二人行在裡面，反看不見外面景物。

風子因知生苗，慣在蓬蒿叢中埋伏，狙擊漢人，轉眼就深入虎穴，自己雖然不怕，因為關係著雲從，格外留心。走離那片廣場約有半箭多地，猛見林中隱現出一座石砦，石砦前還豎著一根大木桿，高與林齊，上面蹲踞著兩個頭插羽毛的苗人，手中拿著一面紅旗，正朝自己這一面指點。回頭一看，路側蓬蒿叢中，相隔數丈之外，隱隱似有不少鳥羽，在日光之下隨著蓬蒿緩緩閃動，正朝自己四面包圍上來。知道那木桿定是苗人瞭望之所，蹤跡已經被他發現，下了埋伏，只須那木桿上兩個苗人將旗一揮，四外苗人便會蜂擁而上。形勢嚴重，險惡已極。反正免不了一場惡鬥，唯恐來勢太急，荊棘叢中不好用武。一面低聲招呼後面雲從留意，腳底加緊，往前急行。

且喜路快走完。剛剛走出蓬蒿，忽地眼一花，蓬蒿外面猛躥出數十個紋身刺面、身如黑漆、頭插鳥羽、耳佩金環、手持長矛的苗民，一聲不響，同時刺到。那些苗人這頭一下，並不是要將來人刺死，只是虛張聲勢，迫人受綁，拿去生吃。偏生風子心急腿快，見快走完蓬蒿，一望前面無人，便挺身縱了出去。卻沒料到蓬蒿盡處本是一個斜坡，苗人早已蹲伏地上，一見人來，同時起立，端起長矛便刺。風子驟不及防，一見銀光刺眼，數十桿長矛刺到，知道躲不及，急中生智，索性露一手叫他們看看。只靈機一動間，猛地大喝一聲，右手鐵鐧護著面門，逕直挺身迎了上去。

兩下都是猛勢，只聽撲通連聲。那數十苗人被風子出其不意，似巨雷一聲大叫，心裡一驚。再被這神力一撞，有的撞得虎口生疼，擠在一旁；力小一點的，竟撞跌出去老遠。風子身堅逾鐵，除衣服上刺穿了數十窟窿外，並未受傷。就在這眾苗民紛亂聲中，喊得一聲：「大哥快隨我走！」早已一縱多高，出去老遠。身才落地，便聽一片鏗鏘卡嚓之聲。回頭一看，日光之下，飛舞起數十百道亮晶晶的矛影，身後雲從早從斷矛飛舞中縱身出來。

風子一見大喜，連忙迎上前去，背靠背立定，準備廝殺。忽聽一聲怪叫，由林中走出一個高大苗人，身側還隨著一個漢裝打扮的男子，正緩緩向前走來。那些苗人俱都趴伏地上，動也不動。

原來雲從在風子身後，自從發現蓬蒿中的埋伏，好不提心吊膽。眼看一前一後，快將蓬蒿走完，猛聽風子大喝，便知不好。剛要縱身出去接應，身才沾地，便聽腦後風聲，知道身後敵人發動。也顧不得再管前面，忙使峨嵋劍法，縮頸藏頭，舉劍過頂，一個黃鵠盤空的招數，剛剛轉過身來，不知那些苗人從何飛至，百十桿長矛業已刺到面前，來勢疾如飄風。休說以前雲從，便是一月以前，雲從劍法還未精熟時遇上，也早死在亂矛之下。

雲從見亂矛刺到，心中總是不願傷人起釁，猛地舉劍迎著一撩，腳底一墊勁，使了個盤龍飛舞的解數，縱起兩三丈高。手中霜鐔劍恰似長虹入海，青光晶瑩，在空中劃了個大半圓的圈子。眾苗手中長矛，挨著的便迎刃而斷，長長短短的矛尖矛頭，被激撞上去，飛起了一天矛影。

二人這一來，便將那些苗人全都鎮住。尤其見風子渾身兵刃不入，更是驚為神奇，哪個還敢再行上前。正在這時，苗酋餓老鴉黑犵姥也得信趕來。雲從見那苗酋身側有一個漢人隨著，便猜是那姓向的。低聲告訴風子留神戒備，切莫先自動手，等那漢人走到，再相機行事。

那苗酋和那漢人也是且行且說，還未近前，早有兩個像頭目的苗人低著身子飛跑上前去，趴伏在地，回手指著二人，意似說起剛才迎戰之事。

那苗酋聞言，便自立定，面現警疑之色，與那漢裝男子說了幾句，把手一揮。兩個苗人便低身退走開去。苗酋依舊站住不動。那漢裝男子卻獨自向二人身前走來。雲從一見形勢頗有緩和之兆，才略微放了點心。

那漢人約有四十多歲，相貌平正，不似惡人，身材頗為高大。走離二人還有丈許遠近，也自立定，先使個眼色，忽然跪伏說道：「在下向義，奉了鴉林砦主黑神之命，迎接大神。並問大神，來此是何用意？」

雲從方要答言，風子在雲從身後扯了一把，搶上前去說道：「我是小神，是這大神的兄弟。因為奉了天神之命，要往峨嵋會仙，路過此地。這些山崽子不該暗中來打我們。本當用我們的神鐗神劍將他們一齊打死，因看在來時有人說起你是個好人，黑神又是條好漢子，現在送你們一點東西。只要黑神派人送我二人出境，多備好酒糌粑，便饒他們。」

向義跪在地上，原不時偷看二人動作，一聞此言，面上立現喜色。忙在地下趴了一趴，將兩手往上一舉，這才起身去接風子手中禮物。口裡卻低聲悄語說道：「砦中現有一個妖道，甚是可惡，現在出遊未歸。二位客人必被黑犵狫請往砦中款待，不去是看他不起，只是去不可久停，謹防妖道萬一回來生事。」說罷，接過禮物，也不俟風子答言，逕自倒身退去。走到那苗酋面前，也是將兩手先舉了舉，口裡大聲說了一套苗語。

苗酋一見禮物，已是心喜。聽向義把話說完，便緩緩走了過來，口裡咕嚕了幾句。那四外伏藏地上的眾苗民，猛地震天價一聲吶喊，全都舉著兵刃，站起身來。

雲從不知就裡，不由嚇了一大跳。還算風子自幼常和生熟苗人廝混，知道這是苗人對待上賓的敬禮，忙走上前，將兩手舉起，向眾一揮，算是免禮的表示。同時對面黑犵狫也喝了一聲，從虎皮裙下取出一個牛角做的叫子，嗚嗚吹了兩下。四外苗人如潮水一般，俱都躬身分退開去，轉眼散了個乾淨。

向義才引著黑犵狫，走近二人面前，高聲說道：「我們黑神道謝大神小神賜的禮物，要請大神小神到砦中款待完了，再送上路。」

風子答道：「我們大神本要到黑神砦中看望，不過我們還要到峨嵋應仙人之約，不能久待，坐一會便要去的。」

向義向黑神犵狫嘰咕了幾句，黑犵狫向二人將手一舉，便自朝前引路。由向義陪著二人，在後同行。

風子、雲從成心將腳步走慢，意在和向義道謝兩句。卻被向義使眼色攔住，低聲說道：「苗民多疑，砦中還有小人，二位請少說話。我們都是漢人。」雲從、風子聞言，只好感謝在心，不再發言。

一會進了樹林，一看林中也有一大片空地，當中堆起一座高才及人的石砦。砦的四圍，到處都是些三叉鐵架，架下餘火還未全熄，不時聞見毛肉燒焦了的臭味與酒香混合。砦門前站著兩個苗民衛士，也是紋身刺面，腰圍獸皮，身材高瘦，相貌醜惡異常，一見人到，便自跪伏下去。快要行近砦前，忽然砦中跑出一個小道士來，與黑犵狫各把手舉了一下。猛一眼看見向義陪著兩位生客在後，好似十分詫異。

向義忙將雙方引見道：「這二位和令師徒一樣，俱是大神，要往峨嵋會仙，被黑神請至砦中款待，並不停留，少時就要走的。」

那小道士看去只有十七八歲，生就一張比粉還白的臉，一臉奸猾，兩眼帶著媚氣，腳底下卻是輕捷異常。聽向義說頭兩句，還不做聲。及聞二人是往峨嵋會仙，猛地把臉一沉，仔細打量了二人兩眼，也不容向義給雙方引見，倏地回轉身，往砦中走去。

向義臉上立現吃驚之色。二人方暗怪那小道士無禮，黑犵姥已到砦前，回身引客入內。二人到此也不再作客套，逕直走進。那砦裡是個圓形，共有七間石室。當中一間最大，四壁各有一間，室中不透天光，只壁上燃著數十筐松燎，滿屋中油煙繚繞，時聞松柏子的爆響，火光熊熊，倒也明亮。室當中是一個石案，案前有一個火池，池旁圍著許多土墩，高有二尺，墩旁各有一副火架鉤叉之類。

黑犵姥便請二人在兩旁土墩落座，自己居中坐定，向義下面相陪。剛才坐定，口中呼嘯一聲，立刻從石室中走出一個苗婆，便將池中松柴點燃，燒了起來。

黑犵姥口裡又叫了一聲，點火苗婆拜了兩拜，倒退開去。緊跟著，四面石室中同時走出二十多個苗女，手中各捧酒漿、糌粑、生肉之類，圍跪四人身側，將手中東西高舉過頭，頭動也不動。

黑犵姥先向近身一個苗女捧的木盤內取了裝酒的葫蘆，喝了一口放下。然後將盤中尺許長的一把切肉小刀拿起，往另一苗女捧的一大方生肉上割了一塊，用叉叉好，排在火架上面去烤。架上肉叉本多，不消一會，那尺許見方的肉，便割成了兩三大塊，都掛上去。

黑犵狫將肉都掛上，用左手又拿起酒葫蘆，順次序從頭一塊肉起，用右手抓下來，一口酒一口肉，張開大口便嚼。他切的肉又厚又大，剛掛上去一會，烤還沒有烤熟，順口直流鮮血，他卻吃得津津有味，也不讓客，只吃他的。

當初切肉時，向義只說了一聲道：「這是鹿肉，大神小神請用。」雲從恐不習慣，一聽是鹿肉才放了心，便跟著向義學，也在苗女手中切片薄的掛起。只風子吃得最香，雖烤得比黑犵狫要熟得多。雲從因適才來時已吃過乾糧，吃沒兩片，便自停了。黑犵狫看著，好生奇怪。向義又朝他說了幾句苗語，黑犵狫才笑了笑。一會，大家相次吃完。

那黑犵狫吃完了那三方肉，還補了半斤來重、巴掌大小的兩塊糌粑，才行住嘴。他站起來將手一揮，地下眾苗女同時退去。向義和他對答了幾句，便對雲從道：「我們黑神因適才手下報信，說大神手內有一寶劍，和我們這裡的一位尤真人所用的兵器一樣，無論什麼東西遇上，便成兩半。尤真人那劍放起來是一道黃光，還能飛出百里之外殺人。我們黑神已經拜在他的門下。如今尤真人出門未歸，只有一位姓何的小真人在此。我們黑神因聽說大神的劍是青光，想請大神放一回，開開眼界。」

雲從聞言，拿眼望著向義，真不知如何是好。

風子知道苗人欺軟怕硬，他所說那姓尤的妖道必會飛劍，且喜本人不在，不如嚇他回去，即刻走路，免生是非。便搶著代雲從答道：「大神飛劍，不比別人，乃是天下聞名峨嵋派醉真人的傳授。除了對陣廝殺，放出來便要傷人見血。恐將黑神傷了，不是做客人道理。我們急於上路，請派人送我們走吧。」

向義聞言，正向黑犵狫轉說之際，忽聽一聲斷喝，從石室正當中一間小石室飛身縱出一人，罵道：「你們這兩個小孽障！你少祖師爺適才瞧你們行徑，便猜是峨嵋醉道人門下小妖，正想等你們走時出來查問。不想天網恢恢，自供出來，還敢口出狂言。你如真有本領，此去峨盾，還要甚人引送？分明是初入門的餘孽。趁早跪下，束手就擒，等我師父回來發落；不然，少祖師爺便將爾等碎屍萬段！」

正說之間，那向義想是看出不妙，朝黑犵狫直說苗語，意思好似要他給兩下裡勸解。黑犵狫倏地獰笑一聲，從腰中取出那牛角哨子使力一吹，正要邁步上前，這裡風子已和雲從走出砦去。

原來風子早看出那小妖道來意不善，其勢難免動手。猛想起日前與雲從在家練劍法，雲從無意中說起，當初醉道人傳授劍法時，曾說峨嵋正宗劍法，非比尋常，那柄霜鐔劍更是一件神物異寶，縱然未練到身劍合一地步，遇見異派中的下三等人物，也可支持一二。聽小妖道口氣，必會飛劍，如在砦中動手，便難逃循。現在身入虎穴，敵人深淺不知，不如先縱出砦外，自己代雲從先動手。好便罷，不好，也讓雲從逃走，以免同歸於盡。

沒等小妖道把話說完，便和雲從一使眼色，雙雙縱了出去。猛聽人聲如潮，站定一看，成千成百的苗人，早已聽見黑犵狫的哨子吶喊奔來。同時後面敵人，也接著追到。那姓何的小妖道口中直喊：「莫要放走這兩個峨嵋小妖！」同了黑犵狫如飛追到。

雲從一見這般形勢，料難走脫，便要拔劍動手。風子因自己雖然學劍日子較淺，劍法在雲從以下，但身輕力大，卻勝過雲從好幾倍。恐有疏失，早一把將雲從手中劍奪了過去，自己的一把緬刀拔出換與雲從，口中說道：「大哥你不懂這裡的事，寶劍暫時借我一用。非到萬不得已，不可動手。」說罷，不俟雲從答言，早已返身迎上前去，口中大喝道：「妖道且慢動手，等我交代幾句。」

那黑犵狫近來常受妖道師徒挾制，敢怒不敢言，巴不得有人勝過他們。先見兩下裡起了衝突，正合心意，哪裡還肯聽向義的勸，給兩下分解。原準備雲從、風子輸了，又好得兩個活人祭神；如小妖道被來人所殺，便將來人留住，等他師父歸來，一齊除去，豈不痛快？正想吹哨集眾，約兩下裡出砦，明張旗鼓動手，來的兩人已經縱身逃出。不由野性發作，心中大怒，一面取出牛角哨子狂吹，趕了出去。

那小妖道名叫何興，一見黑犵狫取出哨子狂吹，便知敵人逃走不了。一心想捉活的，等他師父回來報功。剛剛追出，不料敵人返身迎來，手中拿著一柄晶光射目的長劍，知是寶物，不由又驚又喜。正要答話動手，後面向義也已追來，情知今日二人萬難逃脫，好生焦急，只苦於愛莫能助。一聽風子說有話交代，便用苗語對黑犵狫說：「二神並非害怕小真人，有幾句話，說完了再打。黑神去攔一攔。」

黑犵狫一見來人並非逃走，反而拔劍迎了上來，已是轉怒為喜。聞言便邁步上前，朝何興把手一舉。向義乘機代說道：「黑神請小真人暫緩動手，容他說完再打不遲。」

風子便朝向義道：「請你轉告黑神，我們大神法力無邊，用不著他老人家動手，更不用著兩打一，憑我一人，便可將他除去。只我話要說明，一則事要公平，誰打死誰全認命，並非怕他。因為我們大神不願多殺生靈，又急於趕往峨嵋會仙，他打死我，大神不替我報仇；我打死他，黑神也不許替他報仇。你問黑神如何？」

風子本是事太關心，口不擇言，只圖雲從能夠逃生，以為苗人多是獃子，才說出這一番獃話。那小妖道豈不懂得他言中之意？且看出敵人怯戰。沒等向義和黑犵狫轉說，便自喝罵道：「大膽小孽障！還想漏網？」說罷，口中唸唸有詞，將身後背的寶劍一拍，一道黃光飛將出來。何興原是那姓尤的妖道一個寵童，初學會用妖法驅動飛劍，並無真實本領。

風子雖然不會飛劍，卻仗有天賦本能，縱躍如飛。那口霜鐔劍又是斬鋼切玉，曾經醉道人淬煉的異寶。何興一口尋常寶劍，雖有妖法驅動，如何能是敵手？也是合該何興應遭慘死，滿心看出來人不會劍術，懷了必勝之想。他只顧慢騰騰行使妖法，卻不料風子早已情急，一見敵人嘴動，便知不妙，也不俟向義和黑犵狫還言，不問青紅皂白，倏地一個黃鵠穿雲，將身躥起數丈高下，恰巧正遇黃光對面飛來，風子用力舉劍一撩，耳中只聽「鏘」的一聲，黃光分成兩截，往兩下飛落。百忙中也不知是否破了敵人飛劍，就勢一舉手中劍，獨劈華岳，隨身而下，往何興頂上劈去。

何興猛見敵人飛起多高，身旁寶劍青光耀目，便看出是一口好劍，以為來人雖是武藝高強，必為自己飛劍所斬。正準備一得手，便去撿那寶劍。還在手指空中，唸唸有詞，眼看黃光飛向敵人。只見青光一橫，便成兩截分落，也沒有看清是怎樣斷的。心裡剛驚得一驚，一團黑影已是當頭飛到。情知不妙，剛要避開，只覺眼前一亮，青光已經臨頭，連哎呀一聲都未喊出，竟被風子一劍，當頭劈為兩半，血花四濺。

風子落地，按劍而立，正要說話。忽聽四外蘆笙吹動，鼓聲咚咚。向義同了黑犵狫走將過來，說道：「這個姓何的道士，師徒原是三人。自從前數月到了這裡，專一勒索金銀珠寶，稍一不應便用飛劍威嚇，兩下裡言語不通，黑神甚是為難，正遇我來，替他作了通事，每日受盡欺凌。最傷心的是不許我們黑神再供奉狼面大神，卻要供奉他師徒三人。「這裡不種五穀。全仗打獵和天生的青稞為食，狼面大神便是管青稞生長的，要是不供，神一生氣，不生青稞，全砦苗人，豈不餓死？所以黑神和全砦苗人，都不願意，幾次想和他動手。人還沒到他跟前，便吃從身上放出一道黃光，挨著便成兩截。他又會吐火吞刀，驅神遣鬼，更是駭人。心裡又怕又恨，只是奈何他師徒不得。日前帶了他另一個徒弟，說是到川東去約一個朋友同來，要拿這裡作根基。行時命黑神預備石頭木料，等他們回來，還要建立什麼宮觀。

「起初聽說大神會使一道青光，只不過想看看，並沒打算贏得他過。後來一交手，不料竟是黃光的剋星。小神有這樣的本領，大神本領必然更大。但求留住幾日，等他師父回來，代我們將他除去。這裡沒什麼出產，只有金沙和一些貴重藥材，情願任憑二位要多少，送多少。」

先時雲從見妖人放起飛劍，風子飛身迎敵，同仇敵愾，也無暇計及成敗利鈍，剛剛縱上前去，卻不料風子手到成功，妖人一死，心才略放了些。一聞向義之言，才想起小妖道還有師父，想必厲害得多，再加趕路心急，哪裡還敢招惹。忙即答言道：「我弟兄峨嵋會仙事急，實難在此停留。等我弟兄到峨嵋，必請仙人來此除害。至於金沙藥材，雖然名貴，我等要它無用。只求黑神派人引送一程，足感盛意。」

向義聞言，卻著急道：「二位休得堅執。如今他的徒弟死在二位手內，他如回來，豈肯和這裡干休？就是在下也因受他師徒逼迫，強要教會全砦苗人漢語，以備他驅遣如意，方准回去。日伴虎狼，來日吉凶難定。二位無此本領，我還正願二位早脫虎口，既有這樣本領，也須念在同是漢人面上，相助一臂才是。」

那向義人甚忠直，因通苗語，貪圖厚利，常和黑犵狫交易。不想這次遇上妖道師徒，強逼他作通事，不教會苗人漢語，不准離開。如要私逃，連他與黑犵狫一齊處死。一見二人闖了禍就要走，一時情急無奈，連故意把二人當作神人的做作都忘記了，也沒和黑犵狫商量，衝口便說了出來。

黑犵狫自被妖人逼學漢語，雖不能全懂，已經知道一些大概。原先沒想到妖道回來，問他要徒弟的一節可慮，被向義一席話提醒，不由大著其急，將手向四外連揮，口裡不住亂叫。那四外苗人自何興一死，吹笙打鼓，歡呼跳躍了一陣，已經停息。一見黑神招呼，一齊舉起刀矛，漸漸圍了上來。

風子先見雲從話不得體，明知苗人蠢物可以愚弄，姓向的卻可左右一切。一聽他也堅留，便知不易走脫，又見四外苗人，大有圍困不放之勢。雖說可以和他們動手，畢竟路徑太生。強龍不壓地頭蛇，非至萬分無奈，仍以不動手為是。猛的靈機一動，便朝向義使了個眼色，說道：「我們大神去峨嵋會仙，萬萬不能失約。如想動強，將我們留住，適才初來時，你們埋伏下那麼多苗人和那小妖道，便是榜樣，你想可能留住我們？適才你不說你是漢人麼，大神當然是照應你和你們的黑神。不過我們仍是非動身不可。好在妖道是到川東去，還得些日才回，正好我們會完了仙，學了仙法來破妖法，幫你除害。

「你如不放心，可由你陪我們同去，如迎頭遇見妖道，我們順手將他殺死更好，省得再來;否則事完便隨你同回。你看好不好?如怕途中和妖道錯過,他到此與黑神為難,可教黑神一套話,說小妖道是峨嵋派醉道人派了二個劍仙來殺他師徒三人,因師父不在,只殺了他一個徒弟,行時說還要再來尋他算帳。他必以為他的徒弟會劍術,如非仙人,怎能將他殺死?說不定一害怕,就聞風而逃呢,怎會連累你們?」

向義聞言,明知風子給他想出路,此去不會再來。無奈適才已見二人本領,強留決然無效。他話裡已有畏難之意,即使留下,萬一不是妖道敵手,其禍更大。細一尋思,還是除照風子所說,更無良策。不過自己雖可藉此脫身,但是妖道好狠毒辣,無惡不作;苗人又極愚蠢,自己再一走,無人與他翻話,萬一言語不周,妖道疑心黑犵狫害了他的徒弟,哪有命在?既是多年交好,怎忍臨難相棄?倒不如聽天由命,這兩人能趕回更好,不然便添些枝葉和他硬頂。想到這裡,便和黑犵狫用苗語對答起來。

風子見四外苗人快要緩緩走近,黑犵狫仍無允意,唯恐仍再留難,索性顯露一手,鎮一鎮他們。便低聲悄告雲從道:「大哥莫動,我給他們一手瞧瞧。」

雲從方喊得一聲:「二弟莫要造次。」風子已大喝一聲道:「我看你們誰敢攔我?」說罷,兩腳一墊勁,先縱起有十來丈高下。接著施展當年天賦本能,手中舞動那霜鐔劍,便往那些苗人群中縱去。一路躥高縱矮,只見一團青光,在砦前上下翻滾。

苗人好些適才吃過苦頭,個個見了膽寒,嚇得四散奔逃,跌成一片。風子也不傷人,一手舞劍，一手也不閒著，撈著一個苗人，便往空中丟去。不消片刻，已將那片廣場繞了一圈。倏地一個飛鷹拿兔，從空中五七丈高處，直往黑犵姥面前落下。

那黑犵姥正和向義爭論不願派人上路，忽見風子持劍縱起，日光之下，那劍如一道青虹相似，光彩射目，所到之處，苗人像被拋球一般向空拋起，以為小神發怒，已是心驚。正和向義說：「快喊小神停身，不再強留，即時派人引送。」只見一道青光，小神已從空當頭飛來，不由「嗳呀」一聲，身子矮下半截去。偷眼一看風子正單手背劍，站在面前對著向義和黑犵姥道：「你看他們攔得了我麼？」隨手便將黑犵姥攙起，就勢暗用力將手一緊。

苗人尚力，黑犵姥原是眾苗民之首，卻不想被風子使勁一扣，竟疼得半臂麻木，通身是汗。益發心中畏服，不敢違拗，便朝向義又說了幾句。向義先聽黑犵姥「嗳呀」了一聲，黑臉漲成紫色，知道又吃了風子苦頭，越答應得遲越沒有好。聞言忙即代答道：「二位執意要走，勢難挽留。只是黑神與妖道言語不甚通曉，恐有失錯，弄巧成拙，在下實不忍見人危難相棄。只是黑神適才說，二位俱是真實本領，不比那妖道的大徒弟，初來時和他鬥力輸了，卻用妖法取勝，使人不服。二位決能勝過妖道師徒，峨嵋事完，務請早回，不要食言，不使我們同受荼毒，就感恩不盡了。」

雲從見向義竟不肯棄友而去，甚是感動。便搶答道：「實不相瞞，我們並非見危不援，實有苦衷在內。此去路上遇妖道師徒，僥倖將他們除了，便不回轉；否則即使自己不來，也必約請能人劍仙，來此除害，誓不相負。」

向義見雲從說得誠懇，心中大喜，答道：「此去峨嵋原有兩條捷徑。最近的一條，如走得快，至多七八日可到。但是這條路上常有千百成群野獸出沒，遇上便難活命，無人敢走。引送的人僅能送至小半途中，只須認準方向日影，決不至於走錯。另一條我倒時常來往，約走十多日可到。送的人也可送到犍為一帶有村鎮的去處，過去便有官道驛路，不難行走。任憑二位挑選。」說罷，細細指明路徑走法。

雲從、向義在無心中又問出一條最近的路，自是喜歡，哪還怕什麼野獸！

向義道：「這條路也只苗民走過。好在兩條路都已說明，如二位行不通時，走至野騾嶺交界，仍可繞向另一條路，並無妨礙。」

說時那領路的兩個苗人已由黑犵狫喚到，還挑許多牛肉糌粑之類，準備路上食用，二人知是向義安排，十分感謝，彼此慇勤，定了後會。風子將劍還了雲從，才行分別上路。

向義將小妖道的兩截斷劍尋來，屍身埋好。那劍只刻著一些符籙，妖法一破，並無什麼出奇之處。因為是個憑證，不得不仔細藏好，以待妖道回來追問。不提。

那跟去的兩個苗人力猛體健，矯捷非常，登山越嶺，步履如飛，又都懂得漢語，因把二人當作神人，甚是恭順得用。一路上有人引路，不但放了心，不怕迷路，而且輕鬆得多。只走了一日，便近野騾嶺交界，當晚仍歇在山洞以內。

# 第十三章　雙猱救主

第二天早上起來，風子見兩個苗人在用苗語嘰咕，先以為他們只是畏難，哪知一入野騾嶺，便要告辭回去。後來又見他們臉上帶著驚慌神色，問他們什麼緣故，都不肯說，越發動了疑心。

風子知道苗人習性，便撥出鐧來，大喝一聲，平地縱起七八丈高下，一鐧朝路旁一塊丈許高的山石打去，「叭」的一聲，那石被擊碎了小半截，碎石紛飛，火星四濺。嚇得兩個苗人跪在地下，渾身抖戰，口中直喊：「小神饒命！」

風子喝道：「你們只管告訴我，為什麼那樣驚慌？」

那苗人被逼無法，四下偷望了望，才低聲說道：「昨晚我二人在洞外大樹上睡，看見那神了。想是因為那老真人師徒不准我們供他，供著外來的神，想抽空將大神和小神吃了解恨。我二人本想逃了回去，因還沒走到野騾嶺，怕黑神殺我們；不逃又怕走在路上，連我二人一起吃了去。如今被小神逼著說了，他如吃不了大神小神，我二人回去時是沒命的了。死我們不怕，只是被神吃了，是不能投生轉世的。好歹想個法兒，救救我二人吧！」說罷，便鬼嗥般哭了起來。

風子知他說的便是所供的狼面神，苗人慣會見神見鬼，又說是什麼不常見的野獸蟲豸之類，便問：「既是你二人親見，可曾看清是什麼形狀？」

二苗人答道：「昨晚月光很亮，我們正說明午可以回去，忽見那神背著一個和大神差不多高矮生相的神，比飛還快地跑來，一到，便直進洞去。待了一會，兩個神出來，站在地上爭論。我們才看清那神是一張人臉，兩手極長，並不算高。那另一個神，說話神氣也和大神、小神差不多，只上下身都穿著虎皮，腦後從頭到背生著一把金毛，直放光，腰間也圍了一張虎皮。和另一個爭了一陣，末後吼了一聲，仍然背了便走。

「剛一動步，從南山上又來了一個又高又大的神，更是怕人，除腦後生著極長的金毛外，周身俱是黃光，臉有點像猴，眼睛又紅又綠，比閃電還亮。一見前面兩個神已走，也沒進洞，便追了去。走起路來和風一樣，轉眼追上先前兩個，一會便沒了影子。剛起步時，有一株大樹正礙他路，被他長臂一掃，便成兩段。我們先時原要在那樹上睡來著，因為枝葉大密，才換了另一株。幸虧不在那樹上，要不昨晚就沒命了。當時嚇得大氣也不敢出，悄悄從樹上溜下來，尋了一個土窟窿伏了一夜。算計這三個神必跟在我們後面，哪還敢說回去？這一說，神必見怪，只好死活都隨大神一路了。」

風子正因前路不熟，苗人事前說明，不願再送，覺著不便。不想這一來，不用勸，反倒自願跟去。與雲從對看了一眼，暗自心喜，風子知道苗人蠢而畏鬼，昨晚所見，必是夢境。要不，自己不說。

雲從素來睡覺警覺，稍有響動，便自醒轉，昨晚怎麼毫不知覺，那東西也沒什侵犯？又想兩個苗人怎會同時入夢，所見分毫不差？也許是什麼奇獸，憑自己和雲從的本領，再加上那口霜鐔劍，也沒什麼可慮之處。樂得藉此威嚇二人道：「你二人不說，我已知道。昨晚那神進洞，原是被我們大神打跑，因為我們貪睡，沒有追趕，沒想你們這等害怕。本來到了野騾嶺，我們原用不著你們引路，只是那神吃了我們的虧，保不得拿你二人出氣，待我與大神說，如念你們可憐，便准你們同往峨嵋，再行分手。此去路上，再不許像剛才那樣做張做智。晚來露宿，你們在外邊，如見動靜，不論他是人是怪，只管進來報信，我大神自會除他，保你無事。」

二人因眼見昨晚二神入洞好一會，雲從、風子並未受傷，聞言甚是相信，立現喜容，一一應允。雲從因二人所說那東西形狀好似在哪見過，苦於一時想不起來，只管沉思不已。風子與二人把話說完，便請上路，因有二人報警，畢竟有些戒心，各將寶劍、鐵鐧持在手內，隨時留意，往前趕路。不消多時，走進一座山谷，便入野騾嶺。

雲從望見山形果然險惡，兩邊危崖壁立，高聳參天。長藤灌木，雜以丹楓，紅綠相間，濃蔭遮蔽天日。紅沙地上，儘是荊榛礙足，徑又窄小。這種路，苗人素常走慣。只雲從沒經歷過，仍是風子在前開路。走沒多遠，便將這條狹谷走完，又橫越了一片滿生荊莽的小平原，便到野騾嶺的山麓底下。

這山縱橫數百里，林豐草長，彌望皆是。須要越過此山，才能到達峨嵋，一行四人便往山上走去。荒山原本沒路，危崖削嶂間，儘是些蠶叢鳥道。有時走到極危險處，上有危石覆額，下臨萬丈深淵，著足之處又窄又滑溜，更有刺荊礙足。走起來須要將背貼壁，手扳壁上長藤，低頭蹲身，提著氣，鎮定心神，用腳找路，兩手倒換，緩緩前移。一個不留神，抓在腐木枯藤上面，腳再往下面一滑，便要粉身碎骨，墜落深淵。

除風子外，休說雲從，連那慣走山路的苗民都有些心寒膽戰。有時又走到了頭，無路可通，再從數十百丈高崖上攀藤縋身而下。深草裡蛇蟲又多，一不小心便被纏住。好在四人俱有武器，所帶包裹又不甚大，還不礙事。這一路翻高縱矮，援藤縋登，費力無窮。且喜這般極危險之處路均不長。走有兩個時辰，居然走到較為平坦的山原。雖在秋天，因是山中凹地，四面擋風，草木依舊豐盛。那極低濕之處，因為蓄了山水，長時潮潤，叢莽分外豐肥。頂上面結著東一堆西一堆的五色雲霞，凝聚不散，乃是山嵐瘴氣，還得繞著它走。

兩個苗人更如狸貓一樣，一路走著，不住東張西望。雲從問他們何故？二人說是本山慣出野獸，往往千百成群。行走如飛。人遇上縱不被牠們吃了，也被牠們衝倒，踏為肉泥。還有昨晚那神更是厲害，所以心中害怕。雲從見草木這般茂盛，明明沒有獸跡，聞言也沒放在心上。

四人且談且行，不覺又穿過了那片盆地，翻越了一處山脊，走入一座叢林裡面。山那邊野草荊棘，何等豐肥。這森林里外，依然也是石土混和的山地，卻是寸草不生。樹全是千百年以上古木，松柏最多，高幹參天，虯枝欲舞，一片蒼色，甚是蔥蘢。

風子偶然看見兩株斷樹，因為林密，並未倒地，斜壓在別的樹上，枝葉猶青，好似方折不久，斷處俱留有擦傷的痕跡，心中一動，便喊三人來看。

二人見了便驚叫起來，說這樹林之中必有水塘，定是什麼猛惡野獸來此飲水，嫌樹礙路，將它擠斷，來的還不在少數。說罷便伏身地面。連聞帶看，面帶淒惶說：「趁日色正午，野獸出外覓食，不致來此，急速走出林去才好。因為林中松柏氣味太盛，聞不出什麼異味，但地上已經發現獸跡了。」

風子照他所指，看了又看，果然地上不時發現有不明顯的盌大蹄痕。再往前走，越走蹄跡越多，斷樹也越多，有的業已枯黃。又走了一二里地，果然森林中心有一個大的水塘，深約數尺，清可見底，清泉像萬千珍珠，從塘心汩汩湧起，成無數大小水泡，升到水面，聚散不休。塘的三面，俱有兩三畝寬的空地。地的盡頭，樹林像排柵也似地密。只一面倚著一個斜坡，上面雖也滿生叢林，卻有一條數丈寬的空隙，地下儘是殘枝斷木，多半腐朽。地面上獸跡零亂，蹄印縱橫，其類不一，足以證明苗人所見不差。那斜坡上面，必是野獸的來路。

可是那林道直望過去，已到了盡頭，廣壑橫前，碧嶂參天。慢說是人，鳥獸也難飛渡，非從那斜坡繞過去不可。明知這裡野獸千百成群，繞行此道，難保不會遇上。少還好辦，如果太多，不比苗人殺一可以儆百。一來便往前不顧死活地亂衝，任是多大本領，也難抵擋。但是除此之外，又別無他途。風子和雲從一商量，想起無情火張三姑姑來傳醉道人的仙柬時，原說此行本有險難，途中應驗了些，既下決心，哪還能顧到艱危？決計從那斜坡上繞行過去。因一路都見瘴氣，有水都不敢飲。一行四人，均已渴極，難得有這樣清泉。見那兩苗人正伏身塘邊牛飲，二人便也取出水瓢，暢飲了幾口，果然清甜無比。飲罷告訴苗人，說要繞走那個斜坡。

二人一路本多憂疑，聞言更是驚惶。答道：「這條路，我二人原是來去過兩次，回來時節，差點沒被野騾子踹死。當時走的，也是這片樹林，卻沒見這個水塘，想是把路走偏了些，誤走到此。照野騾子的路走，定要遇上，被牠踏為肉泥。只有仍往回走，找到原路，省得送命。」

風子哪肯捨近求遠。事有前定，野獸遊行，又無準地，如走回去，焉知不會遇上？便對二人再三開導，說大神本會神法，遇上也保不妨事。如真不願行，便聽他二人自己回去。

二人聞言，更是害怕，只得半信半疑地應允。風子因路已走錯，用不著二人引導，好在方向不差。二苗民怕鬼怕神，此時也決不會逃跑。便和雲從將身背行囊解下來交與二苗民，自己一手持刀，一手持鐧，在前開路。

那路上草木已被野獸踏平，走起來本不礙事，不多一會便將那斜坡走完。想是不到時候，一隻野獸也未見。二人卻越加憂急，說和他們上次行走一樣，先時如看不見一個，來時更多。雲從、風子也不去理他們，仍是風子在前，二人在中，雲從斷後，沿著山麓行走。

走了一會，忽在林茂草深，獸跡不見，也沒有什麼動靜，二人方自轉憂為喜。四人俱已走餓，便擇了一空處，取出食糧，飽餐一頓，仍自前行，按照日色方向，順山麓漸漸往山頂上走，也不知經了多少艱險的路徑，才到山巔。四顧雲煙蒼茫，眾山潛形。適才只顧奮力往上走，沒有回頭看，那雲層也不知什麼時候起的，來去兩面的半山腰俱被遮沒。因為山高，山頂上依舊是天風冷冷，一片清明。

四人略歇了歇，見那雲一團一團，往一處堆積，頃刻成了一座雲山。日光照在雲層邊上，迴光幻成五彩，兀自沒有退意。山高風烈，不能過夜，再不趁這有限陽光趕下山去，尋覓路徑，天一黑更不好辦。反正山的上半截未被雲遮，且趕一程是一程，到了哪裡再說哪裡。能從雲中穿過更好，不然就在山腰尋覓宿處，也比絕頂當風強些。

商議停妥，便往下走。漸漸走離雲層不遠，雖還未到，已有一片片一團團的輕雲掠身挨頂，緩緩飛過。一望前路，簡直雪也似白，一片迷茫，哪裡分得出一些途徑。而從上到下，所經行之處，截然與山那面不同。這面是山形斜寬，除了亂草紅沙外，休說巖洞，連個像樣子的林木都沒有。叢草中飛蟻毒蠅，小蛇惡蟲，逐處皆是，哪有適當地方可以住人。

這時那雲霧越來越密，漸漸將人包圍。不一會，連上去的路都被雲遮住，對面不能見人，始終未看清下面途徑形勢，怎敢舉步，只各暫時停在那裡，等雲開了再走。正在惶急，忽聽下面雲中似有萬千的咯咯之聲，在那裡騷動，時發時止。

兩個苗人側耳細聽了聽，猛地狂叫一聲，回轉身便往山頂上跑去。

風子一時也未把住，因在雲中，恐與雲從相失，不敢去追。卻是行囊全在二苗人身上，萬一被他們帶了逃走，路上拿什麼吃？同時下面騷動之聲越聽越真，二人漸漸聞得獸嘯。那兩個苗人逃得那般急法，知道下面雲層中定有成千成百的獸群。來時由上望下，目光被雲隔斷，沒有看出，忙著趕路，以致誤蹈危機。如今身作雲中囚，進退兩難。雖然人與獸彼此對面不見，不致來襲，不過野獸鼻嗅最靈，萬一聞見生人氣味，從雲霧裡衝將過來，豈不更要遭殃？反不如沒有這雲屏蔽，還可縱逃脫身了。

二人雖有一身本領，處在這種極危險的境地，有力也無處使，就在這憂惶無計之際，雲從無意中一抬手，劍上青光照向側面，猛一眼看見風子的雙腳。再將劍舉起一照，二人竟能辨清面目，不禁想起昔日誤走絕緣嶺，失去書僮小三兒，黑夜用劍光照路尋找之事。

方要告訴風子，自己在前借劍光照路，風子在後拉定衣角，一步一步地回身往上，覓地潛伏。言還未了，風子倏地悄聲說道：「大哥留神，下面雲快散了。」

雲從和風子說話時，正覺他的面目不借劍光也依稀可以辨認。聞言往下一看，腳底的雲已漸漸往上升完。僅剩像輕納霧縠般那麼薄薄一層和一些小團細縷，隨著微風蕩漾。雲影中再看下面山地，只見一片灰黑，仍是看不很清。抬頭一看，離頭三二尺全被雲遮，那雲色雪也似白，彷彿天低得要壓到頭上。銀團白絮，伸手可以摸捉，真是平生未見的奇景。

剛想舉劍到雲中去照，試試劍光在雲中可照射多遠，恰值一陣大風吹來。適才在雲霧中立了一會，渾身衣服俱被雲氣沾濕，再被這劇烈山風一吹，不由機伶伶打了一個冷戰。剛道得一聲：「好冷！」猛聽下面又有獸嘯，接著又聽風子驚咦一聲。這時那腳底浮雲已被山風一掃而空。化成萬千痕縷吹煙一般，四散飛舞而去，浮翳空處，那下面的一片灰黑，竟似在那裡閃動。定睛一看，並非地色，乃是一種成千成萬的怪獸聚集在那裡，互相擠在一起，極少動轉，間或有幾個昂頸長嘶。其形似騾非騾，頭生三角，通體黑色如漆，烏光油滑。黑壓壓望不見邊，也不知數目有多少，將山下盆地遮沒了一大片，這一驚非同小可。

這山從上到下，地形斜寬，無險可守。山這面比山那面，從上到下要近得多，立身之處與群怪獸相去也不過二里高下，五七里遠近。

風子知道，這種野獸生長荒山，跑起來其疾若飛。雖自己與雲從俱都身會武功，長於縱躍，無奈聽苗人說，殺既殺不完，跑又跑不及，更不能從成千成萬野獸頭頂飛越而過。除了不驚動牠們，讓牠們自己散去外，別無法想，山形是那般一覽無遺，急切間尋不出藏身之所。只得用手一拉雲從，伏身地上，眼前先不使牠們看見，再想主意。

二人身才一蹲下去，雲從頭一個聽到離身不遠的咻咻之聲。昔日誤走荒山，路遇群虎，有過經驗，聽出是野獸喘息聲。忙和風子回頭一看，不知何時，在相隔數丈以外，盤踞著七八隻與下面同樣的野獸。獸形果然與地名相似，頭似騾馬，頂生三角，身軀沒馬長，卻比馬還粗大。各正瞪著一雙虎目，注定二人，看去甚是猛惡。內中有一隻最大的，業已站起身來，將頭一昂，倏地往下一低。

風子自幼生長蠻荒，知道這獸作勢，就要撲過，剛喊：「大哥留神！」那隻最大的早已把頭一低，嗚的一聲怪吼，四條腿往後一撐，平縱起數丈高下，往二人身前直衝過來。當大的怪獸一聲吼罷，其餘數只也都掉身作勢，隨著那大的一隻同時縱到。

雲從、風子原不怕這幾隻，所怕的乃是下面盆地裡那一大群。知道這幾隻大的定是獸群之首，已經被牠們發現，吼出聲來，下面千百成群的怪獸也必一擁齊上。此時逃走，不但無及，反而勾起野獸追人習性，漫山遍野奔來，再說天近黃昏，道路不熟，也無處可以逃躲。擒賊先擒王，如將這頭幾隻打死，下面那一大群也許驚散。

二人心意不謀而合，便各自緊持兵刃，挺身以待。說時遲，那時快，就在這一動念間，那七八隻似騾非騾的怪獸，業已縱臨二人頭上不遠。風子未容牠們落地，腿一使勁，手持鐵鐧，首先縱起空中，直朝那當頭最大的迎了上去。

這怪獸四腳騰空，將落還未著地，無法回轉。被風子當頭迎個正著，奮起神威，大喝一聲，一鐵鐧照獸頭打去，叭的一聲。那怪獸嘴剛張開，連臨死怪吼都未吼出，立時腦漿迸裂，脊背朝天，四腳一陣亂舞，身死墜地。

風子就借鐵鐧一擊之勁，正往下落，猛聽山下面盆地中萬獸齊鳴，萬蹄踏塵之聲，同時暴發出來，聲震山嶽。心裡一驚，一疏神，沒有看清地面，腳才點地，正遇另一隻怪獸縱到，低頭豎起銳角，往胸前衝來。這時兩下迎面，俱是猛勁，風子如被撞上，不死必傷。

風子一見不好，忽然想起峨嵋劍術中弱柳搖風、三眠三起敗中取勝的解數。忙舉手鐵鐧，護著前腦面門，兩足交叉，腳跟拿勁，往後一仰，仰離地面只有尺許。倏地將交叉的雙腳一絞。一個金龍打滾，身子便偏向側面，避開正面來勢。再往上一挺身，起右手鐧，朝獸頭打去，這一鐧正打在獸的左角上面，立時折斷。風子更不怠慢，左腳跟著一上步，疾如飄風般一起手中腰刀，攔腰劈下，刀快力猛，迎刃而過，將那怪獸揮為兩段。刀過處，那怪獸上半截身子帶起一股湧泉般的血水，直飛穿出去丈許遠近，才行倒地。風子連誅二獸，暫且不言。

那雲從不似風子魯莽，卻殺得比他還多。總是避開來勢，攔腰一劍，一連殺了三隻。

剩下兩隻，哪禁得起二人的寶劍、鐵鐧，頃刻之間，七隻怪獸全都了帳。

二人動手時，已聽見盆地中那一大群萬聲吼嘯，黑壓壓一片，像波浪一般擁擠著往上奔來。先以為獸的主腦一死，也許驚散。誰知這類東西非常合群，生長荒山，從未受人侵襲。除了天生生剋，一物制一物外，只知遇見敵人一擁齊上。由上到下，原是一個斜平山坡，相隔又近。這一大群怪獸奔跑起來宛如平空捲起千層黑浪，萬蹄揚塵，群吼驚天，聲勢浩大，眼看就到眼前。

這時二人處境，上有密雲籠罩，下有萬獸包圍，進既不可，退亦不能；再加斜陽隱曜，暝色已生，少時薄暮黃昏。那些怪獸全是縱躍如飛，一擁齊來，任是身有三頭六臂，也是殺不勝殺。一經被牠撲倒，立時成為肉泥。就這危機俄頃之際，雖然明知絕望，不能不作逃生之想。正在張皇四顧之際，頭上雲霧又往上升高約有兩丈。雲從猛一眼看到雲霧升處，離身數丈遠近的山坡上面，露出二三株參天古樹，大都數圍，上半截樹梢仍隱在雲霧之中，只有下半截樹幹露出。急不暇擇，口裡大聲招呼風子，腳底下一連幾縱，便到了樹的上面。

風子因為那萬千野獸漫天蓋地奔來，相隔僅有半里之遙，知道逃已無及，二人說話聲音又為萬嘯所亂，也沒聽清雲從說的什麼，一見雲從縱到樹上，便也跟著縱去。

# 第十四章　深林逢惡

二人身才立定，猛想起那怪獸一縱躍就好幾丈高下，這樹雖高，有何用處？剛想另覓逃藏之處，那為首的一小群，約有百十來個，已經奔到那七個死獸面前，相去咫尺，下去必無倖理。四面觀望，俱無出路。只得各持兵刃，仗著樹身枝幹掩護，與牠來一個殺一個，拚到哪裡是哪裡。

正定睛往下看時，那獸群為首的百十個奔到死獸面前，忽然不往前進，紛紛圍著那死獸轉將開來。前面的不進，後面的卻仍是往前奔逐，互相擠撞。只望見前後數里方圓一片灰黑，在掀天灰塵影裡起落波動，比初見時彷彿要多出好幾倍，哪裡估得出多少數量。漸漸後面的一大群，將與前面那一群挨擠上時，才看出小群當中，有兩個竟比適才殺死的那幾個最大的還要大出一倍，圍著死獸轉了兩圈，猛地狂吼了兩聲。

這兩個大的，想是那萬千獸群的主腦，牠這一吼，所有怪獸全都驚天價吼嘯起來。這次乃是物傷其類，志在尋仇的同情怒吼，不比適才乍見生人的尋常嘯聲。再加上空谷回音一震，直似萬千迅雷同時暴發，石破天驚，山崩海嘯，只震得二人雙耳都聾。

吼聲過處，那兩個大獸倏地鶴立雞群般將頭昂起，朝二人存身的大樹上面看了一看。猛又怒吼一聲，兩腿一揚，便要縱將過來。緊隨大的身後那百十個，也都跟著將頭昂起，作出前縱的勢子，眼看就要一同撲來。這時二人處境之險，真是間不容髮。

那些怪獸如是一個一個零零落落撲來，還可手起劍刺刀斫，來一個殺一個。雖然來數太多，後面望不見前面，只知拚命向前，不會殺一儆百，使其知難而退，到底比較容易應付。這一二百個同時往樹上縱撲，後面成千累萬也必相次發動。休道那一株大樹，再有幾十株，也必被牠們衝倒。覆木之下，焉有完人？

在這萬分危急之中，雲從猛一眼看到離身兩丈以外，並排立著兩株大樹，枝椏相接，僅只數尺。就在那千百怪獸將縱未縱之際，用手一拉風子，先自將足在樹幹上一墊勁，單手鉤著對面樹枝，趁那悠蕩之勢，一翻身便到了鄰樹上面，隱身密葉之中。風子也將刀鐲並在一手，隨著縱到。剛得站穩，便見下面百十條黑影帶起一陣風聲，颼颼颼比箭還急，直朝適才存身的樹上撲去。接著便聽喀嚓連聲，一株參天古樹，登時幹斷枝折，上半截樹身直從半空中裡倒將下來。群獸咆哮踐踏之聲，響成一片。看神氣，那些怪獸全聽那為首大獸號令，好似又吃了數目太多的虧，互相擠撞咆哮。

雲從、風子縱逃到別的樹上，並未被牠們瞧見，只顧在那斷樹枝葉裡吼嘯踐踏。只聽枝葉紛斷與獸蹄之聲，亂成一片。頃刻之間，殘枝寸折，碎葉如粉，一大株古樹竟被牠們踏成個扁平堆子。

二人方幸未為所見，假使人在下面，焉有生理？忽聽那大的一個不住在殘枝碎葉中低頭聞嗅，似在尋覓仇人蹤跡。二人隱身密葉叢中，眼看群獸繞樹遊行，嚇得哪敢出聲。偏那樹梢有許多枝幹年久枯朽，恰巧被風子踹在上面，雖有要斷的聲音，已為獸嘯所隱。等到風子覺著腳底一軟，連忙移向別處時，腳底一根三尺多長的枯乾已被踏折，落了下去。無巧不巧，正打在樹底下一個怪獸的頭上。

那獸一驚，立時怪吼一聲，揚起頭來，隨著上面枝顫葉動處，把二人看了個逼真，接著連聲怪吼。下面群獸一齊回身，昂頭往上注視。二人除存身之處外，更無別的地方可以藏躲。下面更是黑壓壓一大片，全被群獸擠滿，連立足之處都沒有。剛暗道一聲：「我命休矣！」又聽下面群獸一齊悲鳴，聲音與適才所聞不同。方以為就要作勢撲來，除死方休，忽見這處群獸背上有兩道金線，比電還疾，轉瞬便到面前。所經之處，群獸大亂，恍如黑浪翻滾。

那兩道金線飛到面前，就在群獸背上，往二人存身的大樹上飛到。耳中又聽一聲慘叫，好些團黑影平空從樹幹近處墜落下去，百忙中也沒看清一隻。各持兵刃，正準備著困獸之鬥，去敵那兩條黃影時，猛聽有人呼喚少老爺之聲。雖然下面群獸喧囂，沒有聽真，雲從已覺出那人聲音非常耳熟。風子眼尖膽大，早看清來的兩條黃影是兩個似人非人的怪物。有一條背上背著一個身圍虎皮的赤身少年，與昨晚二人所說一樣，兩手亂擺，口中直喊少老爺。同時下面為首百十個怪獸又紛紛往樹上縱來。在這絕危奇險中，來勢又異常迅速，哪還分得出敵友？

風子只聽到耳邊一陣撲嗒之聲，眼前一花，那背人的怪物長臂分處，近身枝幹全如摧枯拉朽，紛紛斷落，喊聲：「不好！」正要一鐧當頭打去，不料怪物兩隻腳爪業已抓緊樹身，兩條手臂又長又快，只一伸手，將風子的鐵鐧接住。風子覺著力猛非常，身站樹灌用不得力，百忙中左手抓樹，右手用盡平生之力往回便奪。兩下裡方一較勁，那怪獸背上少年一面學著怪獸嘯聲，一面直喊：「少老爺！是自己人！」這時下面群獸奔騰悲嘯之聲，已震得山搖地動，哪還聽得出人的說話。

雲從手持寶劍，見群獸未退，怪物又來，原也準備冒死一拚。及見兩條黃影剛一飛近樹前，看出身形，內中一條忽然翻身退下；另一條背上背著一人，彷佛面熟，仍是如飛撲來。正要仗劍上前，與風子合力迎敵，猛一眼看到獸背上那人口裡亂叫，雙手亂擺。定睛一看，正是以前誤走絕緣嶺，在荒山黑夜之中走失的自幼貼身書僮小三兒，不由又驚又喜。連喊風子住手，俱未聽見。只得越過枝去，在風子耳邊大聲急呼道：「這怪物背上背的是自己人，想必沒有惡意。」

風子剛把話聽出一些，勁略一鬆，對面怪物好似有了知覺，竟然舒爪將劍撥開，長嘯一聲，往樹上縱去。雲從見那怪物回身時節，背上卻是蒼色，長著一縷極長金髮。猛想起先前誤走荒山，走失小三兒，第二日所遇那蒼背金髮，行走疾如飄風，似猿非猿之物。既和小三兒一起，當然是友非敵。

適才這兩條黃影初飛來時，曾見獸群大亂，飛到樹前，正值為首百十個怪獸縱起，被內中一個長臂揮處，紛紛墜落，能救自己與風子出險也未可知。

這時小三兒已從怪物背上縱到樹枝上，與雲從相見。主僕都有一肚子話想說，無奈獸嘯喧天，一句也聽不出。急得小三兒用手往下連指。雲從、風子同往下面看時，因為這兩個怪物從獸群後面飛來，為首的怪獸尚無知覺，正待縱起尋仇，被內中一個趕到，一陣亂抓，連死了好幾個。這才知道來了剋星，嚇得那已縱起的四肢無力，跌了下去。未縱起的，剛一看見，便自齊聲悲叫，拚命逃竄。

偏偏獸群太多，路被自己阻塞，急切間哪裡逃走得了。只見數十丈灰塵影裡，萬頭攢動，互相踐踏擠撞，亂作一堆。前面獸群不知道逃，後面的又被怪物嚇得往群中亂鑽。這些獸群越擁擠，那兩個蒼背金髮的怪物好似越著急。猛地將身同時縱起，就在萬千獸群頭頂上往來奔馳。長臂一起，便一爪抓起一個，擲出數十丈遠去。所到之處，團團黑影，滿空飛舞，恍如千頃黑浪中閃出兩條金線。

那些怪獸原極合群，只管悲鳴跳躍，兀自不會尋路逃遁。那兩個蒼背金髮的怪物在獸群中飛躍了一陣，忽又聚在一處，略一交頭接耳。內中一個便往最前面奔去，轉眼只剩了一點黃星閃動，半晌沒有回轉。另一個卻飛了回來，縱到樹杈上，朝小三兒連聲高叫，長臂爪亂揮亂比。小三兒便用手示意，拉了雲從、風子一把，先往樹下縱去。被那怪物一把抱定，放在地上，一同舉臂，向上連招。雲從、風子見那些怪獸見了牠，個個膽落魂驚，知無差錯。萬千獸群仍還未退，除了依牠，更無善策。便一同縱下，由小三兒同那怪物在前引路，往山上面便走。

這時雲霧已開，斜陽猶存餘照。下面雖是塵沙瀰漫，吼嘯震天。山上面卻是山容如繡，凝紫索青，秀草蒙茸，因風搖曳，甚是莊嚴幽麗。那怪物走了一截，又將小三兒抱起，神態親密非常。不時回首觀望，見二人走得不慢，嘻著一張血也似紅的闊口，好似歡喜。走有二里多路，雲從、風子偶一回首，往下一望，後面獸群仍在擠撞悲鳴，豕突狼竄，只最前面金星跳動處，獸群似有前移模樣。

正在觀看，忽聽小三兒大聲呼喚，連忙跟了過去。那引路的怪物已走入一個巨石縫中。那石縫高可過人，寬有數尺，外有叢莽遮蔽，不到近前不易發現。二人隨了進去一看，裡面甚是坎坷幽暗，幸有劍光照路，還可辨認。曲折行了有三丈多遠，忽見天光。出去一看，兩面俱是懸崖，相隔約有四五丈。兩崖高下相差也有數丈，下臨絕壑。除此無路可通，不知怪物引到此地是何用意。剛開口想問，小三兒已拉了怪物，含淚過來，跪在地上。雲從連忙喚起，又命給風子見了常禮，然後細談經過。

小三兒指著那怪物道：「這是小的妻子，雖是異類，已經通靈，能知人語。牠母親更是在仙人門下，本領高強。那些野獸原是野生的驢馬與熊交合而生，日久年深，越來越多，人遇上便難活命。往往過起來，兩三天過不完。

「這塊盆地從無人跡，本是這些野獸的巢穴。既有引路的苗人，不知怎會到此？昨晚小的夫妻原想與少老爺相見，朝家中帶個口信。因為牠母親的主人從卦象上看出，說牠母女這兩日內不能與生人相見，所以昨日跟在身後，只晚間等到少老爺睡時，來望了望。少老爺想是抄這野騾嶺近路往四川去。這條路雖是險些，原也有貪利藥材商人走過。應該從那樹林中，不走那小坡，往南繞走，斜穿過去，照樣有一個與這裡大同小異的山脊，較這裡遠些，蛇蟲也多，卻比較平安。

「那兩個苗人不在，小的尋了一路也沒見他們回去，想必已被野獸踏死。這事都是小的不好。昨晚見罷少老爺，本還想當時隨在身後護送，便不會受此一場驚恐。偏因小的妻子正該今日服用換形丹藥，被小的遺忘家內。又因主人有兩個苗人引路，不會遇上獸群，只得回去。今日服藥之後，小的總不放心，便同牠母女兩個跟蹤尋找，雖尋了幾條路，俱未遇上。以為錯走回路，又往回趕，連兩個苗人俱無蹤影。還是小的岳母斷定是誤入獸穴，將小的提醒。牠母女雙眼俱能看出一二十里的人物動作，一到便見獸群往樹上縱撲。

「這東西鐵蹄之內，暗藏極短的鉤爪，非常鋒利。大的縱起來，可縱到十丈來高。牠母女見樹已被撲倒一株，在那裡踐踏，便恐少老爺受害。不想未曾受傷，真是萬幸。現在山下面的路全被野獸遮斷，這石縫內又住不得人，除了由小的妻子背著跳往對崖，便須等到小的岳母將獸群轟開，才能覓地安睡了。」

言還未了，那怪物又朝小三兒連比帶叫。小三兒又對雲從說道：「小的妻子說，牠母親的主人雖說這兩日內不能見生人，照說的時候算起，這時恰好過去。日前牠母親奉命採藥，曾見前途還有毒蟲，恐少老爺又去遇上，情願相隨護送，到了地頭，再行分手。」雲從聞言，心中大喜。

風子自出生以來，除笑和尚外，從無人敵過自己的神力，適才鐵鐧差點被牠奪去，甚是心驚。這時細看牠生得面貌猙獰，通體黃毛，蒼背金髮，形狀與二苗人所說完全不差。小三兒又生得那般文秀，兩個卻是夫妻，本已好笑。暗想：「這東西兩臂比身子還長，似猴子又不似猴子，也不知是個什麼獸類？」心中好奇，便低聲叫雲從去問小三兒。

誰知怪物耳聰已極，忽然對著小三兒，指著風子連叫幾聲。雲從因小三兒說牠能通人語，恐牠不快，正暗怪風子莽撞，用目示意，小三兒已經說道：「小的妻子說，商老爺意思，想問小的妻子出身，叫小的代牠答話。牠名叫長臂金猱，乃是專食百獸腦髓的神獸。

牠母親生下牠時，有一天捉了數十隻虎豹，正要裂腦而食，忽遇牠主人守缺大師走來，嫌牠殘忍，當時要用飛劍將牠斬首。牠母親修煉多年，已有靈性，伏地哀鳴，再三苦求。大師念牠修煉不易，食獸乃是秉著上天以惡制惡的天性，便將牠收在門下，採藥守洞。

「小的妻子因同類極少，沒有配偶。正值小的那日隨少老爺到成都去，誤入深山，半夜口渴生病。老爺去尋水時，忽然來了一隻野狗，將小的撲倒要吃。彼時小的已經嚇死過去，猛覺身子似被什麼東西夾走在天上飛行一般。天亮之後，才得醒轉，身在洞內，病已漸好，旁邊正立著牠母女兩個。先是嚇得要死；後來見牠拿果子來餵，並無惡意，又疑牠是山神。便跪下向牠苦求，請牠指引出山，與少老爺相見。牠母女竟通人言，互相商量了一陣，小的岳母便拿著小的一件外衣，一提籃果子，跑出洞去。第三天病好，便成了夫婦。

「日子一多，又由牠母女領去見了守缺大師，才知小的被野狗撲倒時，被牠救回洞去，又向大師求了靈丹，才得活命。那提籃本是小的妻子以前在山中拾的，因恐少老爺山行缺糧，裝了果子送去。又因少老爺有一口仙人寶劍，人獸不通，恐起誤會，不敢現身。只得先用小的血衣故意給少老爺看見，每日暗隨身後，往提籃內添裝果子，直護送到絕緣嶺盡頭，才行回轉。

「大師又說，他的劍術只為防身煉魔之用，所參乃是上乘佛法。小的根基不深，不配做他徒弟，僅僅傳了一點輕身練氣之法，以備居山不為寒暑所侵，遊行輕便。後來小的岳母又苦求了幾次，大師說小的另有機緣，時猶未到，總是不肯收留。此山原與昔日少老爺迷路的荒山相通，牠母女便在這野騾嶺的北山頂山洞中居住。小的在此日久，便能知牠母女語言，只不大說得出，倒也慣了，只時時想著少老爺。

「昨早小的妻子說，從山頂上遠望，有漢人經過。先並沒想到少老爺會打此經過，本想託人捎個平安口信。偏偏我岳母回來說，前晚牠主人說，這兩日如見生人，雖不致送命，牠母女必有凶險，恐小的夫妻不知誤犯。回洞送信，路遇四人，竟有少老爺在內。小的執意要見一面，牠母女把大師的話奉如天神，一定不允。小的無法，只得商量暗中先在遠處見上兩面，過了兩天的期限，再行相見說話，於是便遠遠隨在少老爺身後。

「走到晚間，少老爺入洞安睡，小的忽然執意要入洞一看，只不說話。小的妻子強不過我，只得背了小的入內，見少老爺已經睡著，又歡喜，又傷心，幾乎哭了出來。當時沒有喚醒，因小的妻子今日要服大師賜的換形丹藥，只得回去。出洞時，岳母趕來，還說小的不聽大師言語，早晚必要出事。經小的夫妻再三分說，沒有和少老爺對面談話，才息了怒。今日恐小的又蹈前轍，寸步不離。直到午後好一會，算計時限將滿，才准跟蹤前來。偏又找了好幾條路，都找不著，幾乎誤了大事。如今牠母女守了大師的教訓，已不吃血肉，終年採異果為食，也不妄殺生靈。不然今天那些野獸不知要死多少呢。」

雲從、風子聞言，因那長臂金猱能通人語，便一齊向牠稱謝。那金猱竟似懂得客套，做出遜謝神氣。

這一席話罷，天已黃昏月上。三人一獸在岩石上坐定，望見對崖藤蔓陰陰，月光照在上面都成碧色，頗有野趣。久等老猱不來，因山高氣冷，正與小三兒商量宿處，忽然一陣山風吹來，頓覺衣薄身寒，有些難耐，猛想起行囊食物俱在苗人身上。

適才說到兩個苗人，因急於想聽小三兒涉險經過，未顧得談，便和小三兒說了。小三兒聞言，忙叫他妻子長臂金猱快去找尋。言還未了，他妻子倏地起身，往來時石縫外面縱去。風子恐傷那二人性命，忙著跑出，在牠身後直喊：「這事不怪他們，只將行囊取來，莫要弄死他們。」

月光之下，一條金影疾如星飛，已往山頂上穿去，晃眼不知去向。再往山下面一看，只見萬頭攢動，煙塵瀰漫，吼嘯之聲仍自未減。估量野獸太多，退完還得些時，便回身與雲從說了。小三兒道：「少老爺不愁沒有宿處，少時小的妻子回來，如野獸仍未退盡，可由牠和小的岳母將少老爺與商老爺背起，由獸背上行走，回到小的山洞中住上一夜，明早再由牠母女背著護送出山便了。」

風子插口道：「我看你走起路來也是牠背，牠母子既背了我們，你豈不是落了空？」

小三兒道：「小的不過比牠母女走得慢些，急於想見少老爺，才叫牠背的，並非不能行走。不過從獸背上過，可由牠抱一個背一個也就是了。」

風子聞言，哈哈大笑說：「我大哥常和我提你，說你聰明忠心，可惜在荒山之內，連屍骨都找不到，只給你留了一個衣墳。誰想你不但沒死，反娶了個好婆娘，一身本領，連你出門，不論走多遠多險的路，都用不著發愁，這有多好！不過我弟兄都是快出家的人，論什主僕？你只管小的小的，聽起來連我弟兄都變俗了，乾脆我們一齊弟兄相稱多好。」

小三兒聞言，哪裡敢應，口中遜謝不已。雲從因聽慣了的，先不覺得，一聞風子之言，也說：「改了為是，何況又有救命之恩。就是太老爺知道，也決不會見怪的。」小三兒總是不敢。後來風子發急，雲從也一再勸說，才免去許多卑下之稱。

三人正在爭論，長臂金猱母女忽然同時到來，手中提著二人的包裹。一問可曾傷害兩個苗人？小三兒問了他妻子幾句，代答說兩個苗人想是由雲霧中冒險往上，打算越過山脊奔逃。那背行囊的一個失足墜落在山那邊石筍上面，穿胸而死。另一個不知怎的，被一條潛伏的山蛇纏住，正在掙命，被小三兒妻子趕到，將蛇弄死，救了下來，已經毒發身死，只把行囊尋了回來。

雲從、風子想起這種生苗專一劫殺漢人生吃，乘危逃走，咎由自取。且喜那行囊並未開動過，不知怎的，會被兩個苗人結在一起，偏又是失足附崖的苗人帶在身上，未被毒蛇所纏，總算幸事。小三兒又說，他妻子尋見二人與行囊後，回來遇見牠母親，說今日是個季節，那些野獸俱聚集在山下盆地中向陽配對，越發戀群。又遵牠主人之戒，不敢多殺，費了好些手腳，才逼牠們上路，如今已陸續往東面一片森林之中退去。

獸群太多，如等退完，至少還得兩個時辰。恐雲從等得心焦飢渴，特地趕回，問雲從打算怎樣？如想乘夜前進，便須照小三兒所說之法，由牠母女背抱著，從獸背上行去。如想暫時住下，對崖現有一虎豹巢穴，甚是寬大，牠母女一到，虎豹自會逃走。在那裡暫宿一宵，明早獸群必定退完，再行上路。

雲從因為今日飽受驚恐勞乏，再要飛越十來里路長的獸背，雖說牠母女背著不畏侵襲，到底不妥。又因小三兒異域重逢，此次又不能隨著跟去，很想暢談一番。好在忙也不在這半夜工夫，明日上路後，中途仍須歇息，不如今晚無憂無慮睡個好覺，明日打點精神前進為妙。

風子原以雲從為主，略一商量，便採用了第二條辦法。不過兩崖相隔既闊，上下相差又復懸殊，風子總覺憑自己本領，還讓一個大母猴子背著縱過去，不好意思；單獨縱跳過去，又無把握。早就盤算好了主意，一見小三兒要命他妻子來背人，便對他道：「你且叫牠慢背，先縱過去一回，我看看，我也學一學樣，能照樣過去更好，不能再另想法。牠到底是個女的，背你不要緊，背我們大不雅相。」

小三兒妻子聞言，望了風子一眼，咧開大嘴笑了一笑。跑向崖邊，兩條長臂一揮，兩腿一併，腦後金髮全都豎起，身子一蹲一拱之際，便飛也似地往對崖縱了過去。風子見牠起在空中，兩條長臂連掌平伸，似往下按了幾按，彷彿鳥的雙翼一般，心中一動。暗中提勁用力，照峨嵋輕身運氣之法，照樣學按了兩下，果然身子可以拔起，不由恍然大悟。正想冒險試試，忽聽小三兒的妻子在對崖長嘯一聲，牠母親也已飛過，一同在對崖摸索了一陣，才一同飛回，身後還各帶一長串東西。

雲從、風子一看，乃是兩盤長有二十餘丈的多年藤蔓，被牠伸直帶了過來。由小三兒的妻子兩爪各執一頭，對小三兒叫了兩聲。牠母親便伏身藤上，前後爪一齊分開，將藤抓住。小三兒便請雲從騎在牠身上，渡了過去。雲從不似風子好勝，再加兩崖此低彼高，形勢險峻，下臨不測之淵，看去都覺眼眩，哪敢存縱過之想。起初以為由牠母女背著飛渡，及見這等情況，暗想：「這東西心思靈敏，真不愧有神獸之稱。」當下也不用客套，朝金猱母女各打一躬，道聲：「得罪！」便跨了上去。

那金猱一路手足並用，轉眼工夫，便已援藤而過。風子早已折了幾根竹竿，用帶子紮成十字，從包內抽出兩件舊衣，將它撐好，一手拿定一個，蓄勢待發。那金猱方從對崖回轉，風子大喝一聲，奮神力兩腳一墊，兩手一分，便往對崖縱去。風子本能縱往對崖，只因形勢太險，先時有些目眩心怯。及至一縱起身，手上有了兜風的東西，容容易易地縱了過去。雲從不知他來這麼一手，見他將身縱起，方代他捏緊一把冷汗，風子已經縱到。這一來，休說雲從、小三兒見了心驚，連那長臂金猱母女也覺詫異。

當風子縱起時，那老金猱還恐有失，仍從藤上援了過來，準備風子失足還可援救。及見風子無恙，才過去將小三兒渡將過來。牠女兒也隨著縱過。那老金猱早已走向前面，翻過崖那邊去，不一會，便聽虎嘯之聲。大家跟將過去一看，只見日光之下，早有大小六七隻猛虎翻山逃避。走入虎穴，點起燭火一看，還有兩隻剛生不久的乳虎，見了長臂金猱母女，嚇得亂叫亂蹦。小三兒的妻子已在此時跑了出洞。雲從、風子便各將乾糧肉脯類取出來吃。小三兒久離煙火，吃著很香。那金猱已不動葷。

等了一會，小三兒的妻子不見回來，老金猱漸漸露出有些煩躁神氣。雲從便問小三兒的妻子何往？小三兒答道：「牠因此時無事，想去採些山果相贈，不想去了個把時辰還未見來。」正在問答之間，老金猱突然立起，朝著小三兒吼了幾聲，便往洞外跑去。雲從料是尋牠女兒，一問小三兒，果然不差。小三兒並說，他岳母已能通靈，因為此次他妻子一去好多時，想起牠主人之言，恐在途中遇見歹人出事，行時甚是憂急等語。

風子聞言，便答道：「牠母女幫了我們這般大忙，如遇歹人，我們豈能袖手不管？反正我們吃飽了無事，沒牠母女回來，也不能上路，何不我們也跟蹤尋去，助牠一臂之力？」

雲從方要說兩下裡腳程相差甚鉅，老金猱去已好一會，何從尋覓？小三兒已喜答道：「小的也正為牠母女著急，如得二位老爺同去相助，再好不過。」雲從明知那金猱何等神力本領，牠如不勝來人，自己更不是敵手。但事已至此，義不容辭，不能不前往一拚，但盼無事才好。

這時小三兒因老金猱也去有半個時辰未回，越更惶急，立即引了雲從、風子出洞，便往外走，口裡說道：「小的妻子就在崖那邊半里多地一片棗林裡面，那裡結著一林好人參棗。這棗長有兩三寸，又甜又脆又香，旁處從來沒有。牠原想採些來與二位老爺嘗個稀罕，不知怎的，連牠母親都一去不來。定是應了牠主人之話，遇見凶險了。」

一路說時，腳底下飛也似朝前奔去。雲從、風子才知小三兒腳程甚快，並非行走均需牠妻子背帶。風子因他又在滿口老爺小的，正想勸說，行經一片廣坪前面，猛見小三兒凝神往前靜聽了聽，忽然面色慘變。對二人道：「我妻子和岳母定已遭人毒手，不是受了重傷，不能行動，便是被人擒住。我先到前面一看，二位老爺隨後代我接應吧。」說罷，撒開大步，拚命一般，朝那前面廣坪上樹林之中跑去。

風子一把沒拉住，剛喊得一句：「忙什麼，一塊走！」猛聽兩聲獸嘯，正是金猱母女的聲音。風子連忙住聲，悄對雲從道：「看這神氣，來人本領一定不小。我等前去，須要智取，千萬不可力敵。我常跑荒山，善於觀察形勢。大哥先不要上前，等我探完虛實回話，再去救援，以免有失。」

雲從知他又是銳進急難，哪裡肯聽，便答道：「凡事皆由命定，我們如萬一該死，也等不到現在，還是一同去吧。」風子無法，只得拔出鐵鐧、腰刀，雲從也將霜鐔劍拔出，一同往前跑去。越行近樹林，那金猱母女的悲嘯之聲越聽得真。二人循聲跟蹤，入林一看，林深葉茂，黑沉沉的，小三兒已跑得不知去向，時聞棗香撲鼻。偶然看見從密葉縫中篩下來的一些碎光雜影，隨風零亂。除了樹木，別的什麼也沒有。

入林約有二里多路，忽然眼前一亮，林中心突現出一大片石坪。二人因為金猱母女嘯聲越近，更是留心，眼觀四面。一聽嘯聲就在前面不遠所在發出，早停了步，輕腳輕手往前移進。距離石坪將近，風子首先隱身一株大樹後面，往前一望，那石坪上面擺定一座石香爐，裡面冒起二三寸寬一條條的黑煙，直飛高空，聚而不散，一會又落將下來，還入爐內。爐後面坐定一個兔頭兔腦的小道士，手執拂塵，閉目合睛，彷彿入定。

再往他前面一看，離那小道士兩丈多遠，有七根石柱，粗均尺許。金猱母女正抱定挨近前側面樹林的末一根石柱，在那裡一遞一聲悲鳴，周身圍繞著幾條黑色帶子，恰與爐煙相似。二人知被小道士妖法所困，正想不出救牠之法。再朝那小道士一看，猛見小三兒端定一塊三尺方圓的大石，從小道士身後輕手輕腳掩來，似要往小道士頭上打去。眼看已離小道士坐處只有二尺，兩手舉起那塊石頭就要落下，好似被什麼東西攔了一攔，立時叭嗒一聲，石落人倒。小道士仍如無覺，連頭也不曾回。嚇得小三兒連忙爬起，逃入林去。

這時那金猱母女悲鳴越急。一會工夫，又見小三兒繞過前側面樹林出來，走向金猱母女被困之處，口裡喊得一聲：「要死死在一處吧！」便往他妻子身上撲去。那石柱之上便冒起一股黑煙，將小三兒也一齊繞住。風子一見這般情景，便悄悄對雲從道：「我們大家都死無益，大哥不可上前，待我借你這口寶劍試試。」說罷，不俟雲從答言，放下腰刀，奪過那口霜鐔劍往前便跑。

雲從方以為風子必遭毒手，誰想風子竟有心計，跑近那石柱面前不遠，竟然立定，用手中劍朝那黑煙撩去。青光閃處，那黑煙居然挨著便斷，一截一截地往空中飛散開去。風子一舉成功，心中大喜，舉劍一陣亂砍亂撩，轉眼之間，金猱母女與小三兒全部脫身，行動自如。風子更不怠慢，手舉劍、鐧便往爐後奔去，拿劍先試了試，見無阻攔，大喝一聲，右手劍刺，左手鐧打，同時動作。

那小妖人奉命煉法入定，只以為有他師父妖法護庇，少時即可大功告成，一切付之不聞不見。不料遇上一口不畏邪侵的霜鐔劍，被風子無心用上，一劍先刺了個透明窟窿，再一鐧打了個腦漿迸裂，死於非命。

雲從自從上次在天蠶嶺中毒回家，與笑和尚、尉遲火二人盤桓了些日，已經長了不少見識。一見那小道士人雖死去，屍身未倒，爐中黑煙蓬蓬勃勃冒個不住，知是妖人邪法，必有餘黨，決不止那小道士一人。正忙催快走，那金猱母女早已縱向高處眺望，忽然口中長嘯，飛跑下來。小的一個，一把先將小三兒抱起；那老金猱逕自奔到雲從、風子面前，伸開長臂，一邊夾了一個，撥頭便往前面樹林之中竄去。急得風子一路連聲怪叫，直喊：

「我自己會走，快放下來！」那老金猱母女也不做理會，行動如飛，頃刻之間，便走出去有三數十里。

行經一座崖洞，鑽了進去，才將雲從、風子放下，對小三兒連叫了幾十聲。小三兒便走將過來說道：「商爺休得見怪。我妻子原因那裡的棗最是好吃，別處沒有，不想正在林中採取，忽遇見那小妖道的師父走來，被他行使妖法，放起幾股黑煙，將牠困在石柱上面。那妖道師徒原是老少三人。那看守丹爐的一個，始終沒有言語行動。老妖道將我妻子擒住以後，對另一小妖道說：他在那裡祭煉法術，已到火候，只為捉來的七個童男忽然跑脫了一個，不能收功。本想用那看守丹爐的小妖道，又覺於心不忍。正在為難，不曾想天助成功，居然在無心中擒到這樣靈獸，雖然是個母的，正好改煉那玄陰六陽之寶，還可免傷他師弟性命。

「說時，好似十分歡喜，並說要去取那六個童男前來，連我妻子一齊採用生魂，命那小妖道幫助看守。說罷，駕起一道黑煙往空中飛去。老妖道走不一會，小妖道忽然跑進左側樹林以內，拉了一個十二三歲的小孩出來。先抱頭哭訴了幾句，然後將那小孩抱起，朝那打坐的小妖道也低聲說了幾句。

「我妻子見老妖道一走，正在拚命掙扎，沒有聽清。忽見平地起了一陣金光，那小妖道竟抱著那小孩騰空而去。又過了一會，我岳母趕來，牠因隨侍過守缺大師，一到便看出是妖人邪法，不敢去惹那打坐的小妖道。悄悄掩過去，想將那石柱拔斷，冒著大險，帶我妻子連石柱一起抱走，去求牠主人解救。以為口裡念著大師的護身神咒，小妖道又在入定，至多人救不成，再另設法求救，自己想不致被陷。不料妖法厲害，石柱上黑煙竟是活的，人一沾上便跑不脫。手才挨近石柱，便被黑煙束住，用盡平生之力，休想掙脫。

「末後我又趕到，被我岳母看見，再三叫我不要近前。我想回去求守缺大師解救，相隔太遠，沒有我妻子背著走，必然無及。以為那妖法是小妖道主持，尋了一塊石頭，想暗中將他砸死。剛一近他身前，便似有極大力量將我阻住，撞了回來。這場禍事，皆由我不聽大師之言所致，覺得太對不住牠母女，一時情急，想去死在一起。剛剛跑到牠母女身旁，正遇商爺趕來。這口仙劍真是寶貝，那般厲害的妖法，竟是一揮便斷，連小妖道也死在這口劍上。

「當少老爺催大家快走時，我岳母和妻子因那老妖道去了好一會，恐他趕來，特意往高處瞭望。果見月光下有一團黑煙，從後飛來，相隔只有十多里路。知道細說還得經過我一番唇舌，怕來不及，只得從權，母女二人夾了我們三人便逃。牠母女說，幸而那團黑煙想是攜著那六個男童，飛得不快，不然被他聽見商爺喊聲追來，也許遭了毒手了。如今往四川和往我們山洞的路，俱都經過那妖道盤踞的地方，天明能動身不能，還不敢定呢。」言還未了，風子一聽那妖道還擒有六個幼童，不禁又恨又怒，便對雲從說，要用那口寶劍去將妖道殺死，將六個童男救來。

雲從聞言驚道：「此事固是義舉，無如我們雖有一口仙劍，卻不會法術。那小妖道因為人定被殺，乃是適逢其會。休將此事看得易了，還是慎重些好。」

風子忿忿道：「我們現在既打算學劍仙，豈能見死不救？我們如果該死，好幾次都死過了。你沒聽張三姑姑說，凶險雖有，不會送命嗎？這等喪天害理的事兒，我們不知道，無法；既然知道，豈能不管？焉知那廝不是惡貫滿盈，也和他徒弟一樣，冷不防下手，一劍就送了終呢？」

雲從聞言，也覺事雖奇險，那妖道行為萬惡滔天，明知卵石不敵，也無不管之理。便答應風子，要一同去。風子卻又推說劍只一口，雲從沒他力大身輕，去也無用，執意不肯。二人正在爭論，那老金猱又向小三兒哇哇叫了幾聲。小三兒便對二人道：

「我岳母說，牠也恨極那個妖道。並說妖法雖是厲害，如用那口仙劍照殺他徒弟一樣，乘他沒防備時猛然刺他一劍，只要刺上，便可成功。不過事終大險，人多反而誤事。還是由我岳母隨了商爺同去，藏身近處，先由牠悄悄探好虛實，再用手勢比給商爺前去動手。據小的妻子所見，那妖道行法之時，也是閉目合睛，彷彿無聞無見，只有口動。如遇見他在打坐，那就更好了。」

雲從見爭論無效，只得再三囑咐風子：「老金猱雖是異類，卻在高人門下，久已通靈。

牠如不叫你下手，千萬謹慎，不可冒失行事。」風子一一應了。老金猱便過來要背他。風子將劍匣要過佩上，仍是堅持自走。老金猱只得指了指方向，兩腳往上一起，踏樹穿枝，翻山越澗，電閃星掣般往前飛去，轉眼沒有蹤跡。

風子原知牠母女跑得快，因天性不喜人相助，以為三數十里的程途，片刻可以趕到，何用背抱？卻沒料到快到這般出奇。等到前面那條金線跑沒了影子，才想起適才被牠夾起逃走，出林時節曾轉了個彎。如今牠不在此，路徑不熟，要是走錯，豈不誤事？況且有牠背，還可早到。斬妖人方是大事，何必拘此小節？雖然有些後悔，以為金猱在前面探完了虛實，必要回頭，只管腳下加勁，還不著急。

誰知估量著走有三十餘里，還未進入林內，知道走錯，又恐金猱在前遭了妖人毒手，好不焦急。在眼面前一面是個谷口，一面是個斜坡，當中一面卻有一座小孤峰阻住去路，心中拿不定走哪條路好。只得縱上峰去，往四外一看，來路並無像剛才那麼大的樹林，只去路谷口裡面一大片黑沉沉的，月光如晝，遠望分明，不見邊際。才知自己性急多疑，並未走過頭。心中一喜，忙著跑下峰來，往谷中奔去。

剛入谷口，便聽谷口裡岩石後有人問答之聲，一個似是童音。風子知道這般荒山空谷，哪裡來的人語？雖是膽大，也恐與妖道不期而遇。連忙輕收腳步，緊按劍柄，伏身石後。貼耳一聽，只聽一個小孩帶著哭音說道：「自從哥哥走後沒兩年，聽說張家表哥與表姊在城外辟邪村玉清觀拜了一位師太為師，第二年一同出門雲遊，就沒回來。

「聽姑母說，那師太是有名的劍仙，同峨嵋派劍仙都有交情。表姊臨快出遊時，還常替哥哥可惜，你那般好道，也不知這兩年遇見高人沒有？如在成都的話，豈不眼前就有一條明路？母親不似張家姑母那般想得開，自己又不會武，老擔心你。那日我去武侯祠代母親許願求籤，便被這妖道捉來，不曾想哥哥卻會做了他的徒弟。幸虧我機伶，看你一使眼色，沒敢和你說話，不然，豈不連你也給害了？如今母親還病在床上，再見我忽然失蹤，豈不活活急死？你會放金光在天上飛，還不快些同我駕雲回去，只管在這裡耽擱則甚？」

另一少年答道：「毛弟，你哪知道。我自和張二表姊賭氣離家，原打算不遇見劍仙學成本領，決不回家。誰知今年春天在終南山腳下遇見這個妖道，看上了我，強迫著收為徒弟，說我可以承受他的衣鉢，苦倒未曾受到。我見他法術不正，時常姦淫婦女，傷生害命，想逃又不敢。上兩月來到此山，擇了適才那片樹林中的空地煉法。煉成以後，便去山裡尋他一個同道，創立一個邪教。

「他煉這妖法須用七個童男，先已捉來六個藏在山那邊洞裡，用法術禁住。最後才將你捉來，定在三日之內取你生魂，重煉那玄陰六陽迷神靈劍。我一見你是我老弟，又驚又苦，幾乎落下淚來。知他心比狼還狠，求情不但無用，弄不好連我也送了命。虧你聰明，不曾被他看破。但是你被法術禁住，無法解脫。他到林中去行法時，居然這一次未命我去，雖然抽空說了幾句話，還是無法救你，急得我在洞外朝天碰地大哭。

「正傷心到了極處，忽然遇見一個矮老頭的恩人，傳了我三道符和救你之法。那第一道符，不但能救你脫難，還可隱身。第二道符，一念矮恩人傳的真言，便有金光護體，隨意飛行。第三道符，發起來是一個大霹靂。恩公原命我將你救到這裡等候一個人，那人也是被妖道追趕到此。我趁他一個冷不防，將那神雷發出手去，雖說不定能除他否，但決可使他受傷逃走。那時再同了你，將那同難的六個小孩，用那第二道靈符帶到成都。再由我家拿出錢來，送他六人各自回轉家鄉，與他們的骨肉團聚。」

正說到這裡，風子忽然覺得腦後風生，回頭一看，正是那老金猱探道回來。風子便問妖道現在何處？那老金猱用手勢朝風子比了一比。風子看出妖道也和小妖道一樣，在那爐前打坐，原想趕去。猛想起那石後說話之人，頗似和自己一條道路。連忙探頭一看，已經不知去向。風子便將寶劍拔出，藏在身後，邁步要走。那老金猱忽然又用手比了一比，意思是要與風子同行。風子本不認路，便由牠在前引導。此時相去只有二三里遠近，轉眼便快到達。那老金猱忽然搶上前去，望了一望，飛身回來朝著風子直擺手，大有阻止再往前進之意。

風子雖料知有了變故，哪肯就此罷手？也回了一個手勢，表示自己主意已定，非上前不可。老金猱還緊攔時，風子便將手中的劍嚇牠，老金猱無法，只得退過一旁。風子也不去管牠，輕腳輕手，悄悄走到那片空地。由林後探頭出去一看，那妖道生得相貌異常凶惡，穿著一件赤紅八卦衣，一手持一口寶劍，一手拿著一疊符籙。雖是閉目合睛站在爐前，口中卻是唸唸有詞，不時用劍指著前面劃，並不似那小妖道坐著不動，不由起了戒心。

再往他前面一看，剛才綁金猱母女的石柱上面，正立著適才被自己殺死的那個小妖道的無頭屍首。餘外六根石柱上，卻綁著六個童男，俱都是眉清目秀，齒白唇紅，周身也有黑煙圍繞。只見那妖道口中念了一陣，又從懷內取出一口小劍，連符擲向那黑煙的爐內，立時黑煙不見，冒起七股淡黃光華。妖道先朝那已死小妖道念了幾句咒語，用劍一指，便見劍尖上多了一顆鮮紅的人心。正要往爐中丟去，忽然低頭想了一想，猛地大喝一聲，將劍朝前一指，劍尖上那顆血滴鮮紅的人心，忽然不見，立時便有一道黑煙飛向林內。

風子知道蹤跡已被妖道看破，以為適才救金猱母女時，那繞身黑煙曾被自己用霜鐔劍破去，所以並不著慌。見黑煙飛到，便持劍往上一撩，劍上青光過處，黑煙隨劍消散。風子那知厲害，得了理不讓人，大喝一聲，縱出林外。正待舉手中劍向妖道刺去，妖道已將劍光飛起。

原來那妖道先時擒了金猱母女，喜出望外。當他回轉巢穴，將那六個童男攝來，準備剖腹摘心，收去生魂，煉那最狠毒的妖法。及至返回林中一看，適才擒來的兩個金猱與大徒弟俱已不知去向，綁金猱石柱上面的黑煞絲也被人破去，丹爐後面打坐的小妖道已經死於非命。先疑有敵派能人到此，破了妖法，又驚又恨，本想收了丹爐，攝了六個童男逃往別處。又一尋思，近日大徒弟形跡屢與往常相異，自從攝取最末一個童男回山，更看他臉上時帶愁容，第三天那童男便失了蹤，遍尋無著。當時雖然有些覺察，因為相隨已久，不曾在意。又因急於將法術煉成，好往姑婆嶺去相會一個同黨，共圖大事，偏偏童男便逃走了一個。那小徒弟入門未久，本想將他代用，到底師徒一場，有些不忍。

妖道方在躊躇，無心中擒著那兩個長臂金猱，才息了殺徒之念，祭起黑煞絲，將二金猱困在石柱之上。如今二金猱雖然被人破了妖法放走，但是大徒弟失蹤，二徒弟又被人殺死，怎的來人未將丹爐中煉的法寶取去？那爐內與餘下六根石柱上的黑煞絲依然存在？不由動了疑念。偶一回身，看見身側樹林中遺下一個小孩的風帽，取在手中一看，正是那失蹤童男所戴之物。猛想起初擒到手時，曾見那童男的相貌和自己大徒弟相似，恍如同胞兄弟一般，彼時心中曾微微動了一動。第三日便沒了影。照眼前情形看來，分明是大徒弟起了叛意，先放走了失蹤的童男，又乘自己不在解了黑煞絲，放走金猱，又恐他師弟洩漏，行時將他害死。

越想越覺有理，不由暴跳如雷，連忙身飛空中仔細瞭望，並沒一絲別的跡兆，更以為所料不差。本想跟蹤追擒，又因那徒弟雖然學會了兩樣妖法，僅可尋常防身，不能高飛遠走。那失蹤童男想是他兄弟，故此放了逃遁，走必不遠，定然還在近處巖洞間藏伏，終久難逃羅網。自己急於將法煉成，原想用那小徒弟湊數，他今被人害死，正好趁有妖法禁制，生魂未散之際，行法祭煉。

再說兩個徒弟一死一逃，剩下這六個童男，帶著行走既是不便，放在洞內還需人看守，剛巧丹爐中所煉法寶已經到了火候，索性就此時機取了這七個生魂，煉好妖法，再去尋捉叛徒洩忿。主意一定，便將小妖道解了禁法，將他屍身與六個童男仍用黑煞絲分別綁在七根石柱之上。先到爐前打坐，默誦一陣咒語，起身行法。剛將那小妖道的一顆心用妖法割腹取出，持往爐中擲去，猛見月光之下，樹林影裡似有一道青光閃了一閃。

那妖道雖非異派中有數人物，卻也不是尋常之輩，新近又從一個有名同黨那裡學會了幾樣妖法，煉會了黑煞絲，總算久經大敵。風子只不過急於想往前看個仔細，一不小心，手中的劍在身後閃了一閃，便被他看出動靜。

那妖道原是心辣手狠，剛一發現有人，忙使妖法將小妖道那顆心擲還，就勢一聲大喝，便將黑煞絲放起，朝風子飛去。他那黑煞絲煉法，雖與妖尸谷辰同一家數，一則妖道功候比妖尸谷辰相差懸遠，二則又非地竅窮陰凝閉毒霧之氣煉成，哪裡經得起仙家煉魔之寶，所以一揮便成斷煙寸縷，隨風飛散。

妖道見黑煞絲出去無功，便猜來人不弱。跟著見敵人縱身出來，舉劍刺到，妖道才看出敵人僅有一口好的寶劍，並不能脫手飛出，運轉自如。心中一定，哪還容得風子近前，袍袖一揚，便有一道黃光飛出手去。風子還以為那黃光也和黑煞絲一樣，忙舉劍去撩時，剛一接觸，便覺沉重非常，才知敵人是口飛劍，不由大吃一驚。所幸生有天賦，身手靈敏，一見劍頭被黃光一壓，力量不小，忙按峨嵋真傳將以實御虛的解數施展開來。當下一個空中，一個地下，一青一黃，兩道光華往來衝擊個不休，一時之間，竟是難分高下。

妖道先以為劍光飛出手去，敵人非死必傷。及見來人竟然憑著一口手中寶劍，與自己劍光鬥在一起，那青光還自不弱，雖不能像自己劍光一般隨意運用，卻仗來人的身手矯捷，劍法高妙，一樣的躥高縱矮，疾如閃電。就這一會工夫，已看出來人不是凡品。再加上垂涎那口寶劍，打算人劍兩得，一手指揮空中黃光與來人爭鬥，暗地卻在施展妖法。

風子原是粗中有細，知道寶劍既不能破去黃光，敵人能隨意運用飛劍，自己卻得費足力氣縱躍抵禦，微一疏忽，挨上黃光，便有性命之憂，工夫長了，定然氣力不濟，吃虧無疑，早有打退身的主意。無奈敵人的黃光追逼甚緊，休說逃走，連躲閃都不能夠。正在著急，猛覺黃光來勢略緩了些。百忙中偷眼一看，妖道一手指天，嘴皮亂動。剛料敵人要弄玄虛，忽然聞見一股奇腥，黑煙繚繞，劈面飛來，立時兩眼一花，兩太陽穴直冒金星。喊聲：「不好！」用盡平生之力，大喝一聲，拔步便起，一個白虹貫日的招數，連人帶劍舞成一個大半圓圈，直往林中縱去。

也是風子命不該絕。一則妖道本領平常，飛劍力量不足；二則又在行使妖法之際，分了些神。風子這一縱起時，正趕上那道黃光一繞未繞上。妖道知道風子那口寶劍厲害，恐防傷了自己的飛劍，每遇風子迎敵得猛烈時，總是撤了回去，二次再來。這次剛剛撤退了些，恰巧將黑煞絲放起，原以為風子飛劍被黃光絆住，注意空中，勢難兼顧，只一纏上便倒。萬沒料到風子會這一手峨嵋劍法中的救命絕招，黃光又撤得恰是時候，被風子劍光過處，黑煙依舊四散。等到黃光再飛上前去取敵人首級時，恰值風子破了黑煞絲，連人帶劍縱起，迎個正著。風子彷彿聽見兩劍相遇，鏘地響了一下，身子已躥入林內，飛步便逃。

那妖道見黑煙快要飛到敵人面前，敵人剛從空中下落，還未著地，同時自己的飛劍又二次飛將出去，兩下夾攻，這種情勢，原屬萬難躲閃的。不料敵人腳剛沾地，恍如蜻蜓點水一般，倏又縱起，劍光撩過，黑煙隨著敵人手上青光四散飛揚。心裡一驚，氣剛一懈，猛地又見青黃兩道光華都是疾如閃電般飛起，剛一接觸，便覺自己元氣震了一下。知道不妙，想往回收，已是不及，那黃光竟被青光一擊，落下幾點黃星；像一條飛起的黃蛇被人用重東西攔腰打了一下，蜿蜒著往橫裡激盪開去。知道飛劍受傷，好不痛惜！

再望敵人，業已往林中躥去，越發暴怒如雷。一手指定空中飛劍，再回手一招，爐中黑煙像剛生火的煙筒一般，蓬蓬勃勃，捲起百十條黑帶，隨定妖道身後，直往林中追去。這時風子已如驚弓之鳥，腳一沾地，連望也未往回望，一縱十數丈，往前便逃。逃沒多遠，便聽腦後風聲呼呼，妖道追來，一任風子腳底多快，終究不如妖道遁光飛行迅速。

快要逃到谷口，猛一轉念：「我今日如何這般膽怯？敵不過人家就死罷了，怎地引鬼入室，連累大哥？」這一轉念，腳步便慢了些，轉瞬間，妖道竟離身後不遠。風子見反正逃不了，把心一橫，索性連身後那根鐵鐗也拔出來，正待回身迎敵，妖道的黃光黑煙已是同時飛到。風子安心拚死，不問青紅皂白，一手持鐗助勢，一手拿著霜鐔劍施展峨嵋劍法，舞了個風雨不透。

這次妖道早就打好主意，見風子回身迎敵，知他寶劍是口仙劍，故不上前，由他將劍亂飛亂舞；只把黃光黑煙同時放起，將風子圍住，靜候風子力盡神散，然後乘虛而入，取他性命。不到半盞茶時，風子看出敵人用意，暗中咬牙切齒。心想：「照此下去，早晚力竭而死。如今解數使開，除了得勝，便是遇救；不然休說再想逃走，手勢略緩，便吃大虧。」眼看那道黃光只在近身亂閃亂竄，似落不落，似前不前；黃光外頭頂上的黑煙卻是越聚越濃，似要籠罩下來。連身舞起，用劍去撩，那煙卻又上升，妖道嘴皮還在亂動。

他原是劍、鐗同舞，使力量均勻，以免單臂使劍費勁。一見妖道又不知要鬧什麼玄虛，越想越恨。右手仍是舞劍，猛地藉著一個「雪花蓋頂」的解數，抽空一揚手鐗，朝對面妖道打去。妖道一時疏忽，以為魚已入網，靜等力竭之時，或擒或殺，定心在那裡口誦咒語，目視空中黃光、黑煙，指揮運用，萬沒料到敵人會有此著。猛聽面前金刃劈風之聲，回眸一看，一條黑影迎面飛來。料知不妙，連忙縱開時，鐵鐗業已飛到，正打在左肩頭上。

風子原是天生神力，又在怒極之時，使力更猛，這一鐧竟將妖道左臂打折，倒在地下，幾乎痛暈過去。他這裡受了重傷倒地，元氣一散，黃光、黑煞絲俱都無人主持。被風子無意中連人帶劍舞起，連撩幾下，竟然散的散，撞退的撞退。風子如乘此時逃走，未始不可以走脫。偏偏他得理不讓人，一見敵人中傷倒地，妖法困不住自己，立時轉憂為喜，好勝之心大熾。就勢縱起，待要手起劍落，將妖道殺死，再去救那六個童男。

那妖道骨斷筋折，雖然痛徹心肺，仍還有一身的邪法。正在掙扎起身，猛見風子縱到面前，舉劍要刺，迫不及待把口中鋼牙一錯，使出他本門中臨危救急最狠毒的邪法，咬破舌尖，一口鮮血噴將出來，立時便是栲栳大一團紅火往風子臉上胸前飛去。風子見妖道忽然立起，並未暈倒，剛起戒心，便見一團烈火飛來。

兩下裡勢子俱疾，收不住腳，無法躲閃。剛喊一聲：「不好！」猛地眼前金光一亮，緊接著震天價一個大霹靂打將下來。驚慌忙亂中，眼前金蛇亂竄，火花四濺，頭上似被重東西打了一下，一陣頭暈目眩，倒於就地。待了一會，醒轉一看，劍仍緊握手內，老金猱正站在自己面前，用那兩條長爪在胸前撫摸呢。

這時月落參橫，遠近樹林都成了一堆堆的暗影，正東方天際卻微微現出一痕淡青色，天已經有了明意。再找妖道，已不知去向。風子不知就裡，正和老金猱比手勢問答，忽聽破空之聲，從前面那片樹林中衝起一道金光，光影裡似籠罩著一群小孩，往入川那條路上斜飛而過，轉眼沒入星雲之中，不見蹤影。

風子雖不知妖道存亡，但是自己震暈在地，既未被妖道傷害，那六七個小孩又有金光籠護飛起，想必妖道不死必傷，只不知那救走小孩的是誰？連問金猱，俱都搖頭。風子做事向來做徹，暗想：「妖道如果被雷震傷，也和自己一樣暈倒在地，必然逃走不遠。倘或尋見，就此將他殺死，豈不替人間除了一害？」

當下便和老金猱一比手勢，老金猱又搖了搖頭。風子也不去理牠，逕往前面林中一路尋找過去。走沒幾步，先將那柄鐵鐧尋著，插在身後。直尋到妖道行法所在，見石丹爐內煙已散盡，七根石柱全都倒斷，哪有一個人影。風子見那石丹爐尚還完好，恐妖道未死，日後重來，又借它來害人，便手起劍落，一路亂斫。斫得興起，又將身後鐵鐧拔出，一陣劍斫鐧打，石火星飛，頃刻之間都成了碎石才罷。

仰頭一望，滿空霞綺，靈光璀燦，天已大明。回望老金猱，正蹲在一株棗樹上面，捧著一把棗子，咧開大嘴，望著他笑呢。風子剛道得一聲：「你這老母猴，笑些什麼？」忽見碎石堆側有一物閃閃放光。近前一看，乃是一面三寸大小的八角銅鏡，陰面朝天，密層層刻著許多龍蛇鬼魅鳥獸蟲魚之類，當中心還有一個紐，形式甚是古雅。

同時老金猱也從樹上飛身下來，伸臂想取，偏巧兩手握棗，略緩了一緩手，剛換出來，被風子先拾在手內。翻轉身一看那鏡的陽面，猛覺一道寒光直射臉上，不由機伶伶打了個冷戰，知是一面寶鏡。還疑有別的寶物，再細一找尋，又在死道童打坐之處尋著一個破鏡囊。別的一無所有。恐雲從惦念，便將鏡子連鏡囊揣入懷內，往回路走。

那老金猱雖沒和風子要那面銅鏡看，滿臉都是歆羨可惜之容。事情已完，回程迅速。老金猱腳下更快，早跑向前面老遠，一會沒了影子。風子走離昨晚所居巖洞不遠，雲從與小三兒夫妻已得老金猱報信，迎了上來。原來昨晚自他走後，許久不歸，雲從主僕俱甚憂急。小三兒的妻子卻說牠母親十分靈敏，此番前去，不比適才救女情急，致遭妖道毒手。守缺大師之言，既已應驗，當無妨害。牠既未回來，想是在相機下手救人，必未被妖道所害。雲從仍是將信將疑，寶劍不在手中，去也無用。天明以後，正決計冒險前往一探，恰值老金猱先回，說牠因攔勸風子不成，只好獨自避開，以免同歸於盡。

後來風子和妖道動手，牠在遠處暗中窺探。見風子危險之中，忽然撒出飛鐧，將妖道打倒，跟著上前，想取妖道性命。正替他心喜，猛見紅光一閃，平空打了一個大雷。那妖道就在雷火飛到之際，化成一溜黑煙，慘叫一聲，破空逃走。同時側面山石背後，又飛起一道金光，投向妖道行法之所。先恐妖道還有同黨，不敢近前。待了一會，不見動靜，才走過去。剛將風子救轉，先前那道金光二次飛回，還帶了幾個小孩沖空而去。才知那金光是妖道的對頭，六個小孩已經遇救。

風子還想到林內看個下落，牠也順便去採那林中的棗。正笑風子把一個一無用處的石丹爐只管亂砍亂扒，白費心力，卻被風子將地下一面寶鏡拾去，想是小三兒無此福分等語。雲從聽小三兒把話翻完，也顧不得吃棗，連忙一同迎出洞來，彼此見面，敘談經過。雲從要過那面銅鏡一看，果然古樸茂雅，寒光閃閃，冷氣逼人。又見柄紐上刻有古鐘鼎文，正在辨認。風子一眼望到地下，忽然驚「咦」了一聲。小三兒和金猱母女也都圍攏過來，一同蹲身注視地上。雲從便問何故？

風子忙答道：「大哥手先莫動，你看這地底下的東西。」雲從低頭一看，那鏡光竟能照透地面很深，手越舉得高，所照的地方也越大。鏡光所照之處，不論山石沙土，一樣毫無阻隔。那深藏土中的蟲豸，一層層的，好似清水裡的游魚一般，在地底往來穿行。再往有樹之處一照，樹根竟和懸空一般，千鬚萬縷，一一分明。大傢俱覺寶鏡神奇，喜出望外。風子更是喜歡，重又接過去，東照照，西照照，愛不忍釋。直到雲從催金猱母女去探獸群走完沒有，才行罷手。將寶鏡仍交給雲從拿著，自己到洞中將行囊搬出，大家進了食物，收拾綑好，準備上路。

雲從把玩了好一會，始終沒認出那鏡紐上的幾個古篆。因小三兒當時不能跟去，心裡難過，便將寶鏡交與風子藏在懷中，等到峨嵋見了師父，再問來歷用處。主僕二人坐在山石上面，慇勤敘別。待有半個時辰，金猱母女才行回轉。又特意折了些樹枝樹葉，編了一個兜籃，採了滿滿一兜棗，請雲從、風子帶到路上吃。說前途野獸業已差不多過盡，請即上路。

雲從、風子便向牠母女謝了相助之德，仍由昨晚那座峭壁照樣飛越過去，從山石孔中穿出。果然山下面的獸群業已過完，晨光如沐，景物清和。當下三人二獸，同往前途進發，有金猱母女護送，既不患迷路，更不畏毒蛇猛獸侵襲。走到中午時分，便將那山走完。前面不遠，便要轉入有人煙的所在，金猱母女不便再往前送。雲從、風子便取出食糧，大家重新飽餐了一頓，與小三兒各道珍重，彼此訂了後會，才行分手。

雲從走出了老遠，不時回望，小三兒夫妻母女三個，還在山頂眺望揮手。心想：「小三兒從小一同長大，屢共患難，雖為主僕，情若友昆，自不必說。那金猱母女，本是獸類，也如此情深義重。此次到了峨嵋，拜見仙師，異日成道以後，不知能將他們度去不能？」心中只顧沉思，忽見風子又取出那面寶鏡擺弄，且走且照，時現驚喜之容。雲從也是年輕好奇，便要過來也照了一會，所見大半仍與來時所見差不多，並無什麼特別出奇之物。

走到黃昏時分，望見前面有了人家。雲從因連日均未睡好，尤其昨晚更是一夜無眠，便命風子收了寶鏡，前去投宿。那家原是一個苗民，漢語說得甚好，相待頗為慇勤。第二日一早，二人問明路徑，辭謝起身，仍抄山僻捷徑行走，午後便經筠連，越過橫溪。第二日穿過屏山，距離峨嵋越近。二人一意貪快，仗著體健身輕，不走由犍為往峨嵋的驛路官道，卻想由石角營橫跨大涼山支脈，抄峨邊、馬邊、烏龍壩、天王校場、回頭鋪、黃角樹等地，渡大渡河，直奔峨嵋後山。

這一路不時經過些山墟小鎮，中間有些難走的地方，登攀繞越，備歷險阻。到了烏龍壩，前面便是大渡河不遠。場壩上朝鄉民一打聽，才知這條路比走驛路還要遠得多。二人求速反慢，白多走了兩日。幸而已快到達。匆匆在村鎮上添買食糧。渡過河去一望，那一座名聞天下的靈山勝域業已呈現眼前，不日便可到達，朝拜仙師，學習道法，好不心喜！

當晚到了山腳，先覓一人家住宿，齋戒沐浴。第二日天未明，便起身往山裡走去。入山越深，越覺雄奇偉大，氣勢磅礴。雲從、風子原照無情火張三姑姑所說路徑，走的是峨嵋後山，盡都是些崇山峭壁，峻嶺深壑。耳邊時聞虎嘯猿啼之聲，叢草沒脛，森林若幕，景物異常幽靜。漫說平時少見人蹤，連個樵徑都沒有。路雖險嵯難行，因為志願將達，明早繞過姑婆嶺山腳，至多再走一日，便可到達凝碧仙府的後面。再加上時當深秋，到處都是楓林古松，丹碧相間，燦若雲錦，泉聲山色，逢迎不盡。只覺心曠神怡，喜氣洋洋，哪裡還想得到疲倦兩字？

風子因那面寶鏡可以照透重泉，下燭地底，走一會便取出來照照，希冀能發現地底蘊藏的寶物奇景。

先一二日，因雲從想起笑和尚、尉遲火二人常說，越是深山幽谷，巖壑古洞，越有異人異類潛蹤，告誡風子不可到處炫露，以防引起外人覬覦。風子童心未退，雖然忍耐不住，畢竟還存一點機心。及至一入峨嵋，以為仙府咫尺，縱有異人，想必也是一家。何況連日行來，一些異兆都未見，便不放在心上。據連日觀察，那鏡照在石地上面，似乎還不甚深，碧沉沉地極少看見石中什麼東西。越是照到泥沙地上，不但深，而且分外清晰，地底下無論潛伏的是什麼蟲豸蛇蟒，無不層次分明，纖毫畢現。遇到這種有土地方，風子從不放過。雲從同是少年好奇，也加上地底奇景太多，漸漸隨著貪看起來。

二人且行且照，一路翻山越澗，攀藤附葛，走到黃昏將近，不覺行抵峨嵋後山側面的姑婆嶺山麓下面。本來還想再趕一程，忽然一陣大風，飛沙揚塵，夾著一些雨點劈面吹來。風子一眼瞥見啣山斜陽已經隱曜潛光，滿山頭雲氣滃滃，天上灰濛濛，越更陰晦起來，知要下雨。便和雲從商量，因初入仙府拜見師長，容止須要整潔一些，恐被雨濕了衣履，再說山路崎嶇，雨中昏黑，也不好行走，便忙著尋找歇腳之地。走不幾步，雨雖未降，風勢竟越來越大，一兩丈大小成團的雲，疾如奔馬般只管在空中亂飛亂卷。正愁雨就要落下，尋不著存身之所。

雲從忽又腹痛起來，見路側有一叢矮樹，便走進去方便。看見樹叢深草裡橫臥著一塊五六尺高、三丈多寬的大石，一面緊靠山巖。無心中探頭往石後一看，空隙相間處僅有尺許，那巖口高下與石相等，深才尺許。巖頂突出向上，巖腳似有數尺方圓那麼一團黑影，望去黑沉沉的。順手拾起一個石塊往那黑影擲去，彷彿那黑影是個小洞穴，耳聽石塊穿過落地之聲。以為縱然是個洞穴，那麼低小，也難住人。

解完了手，便站起身來，剛走出樹叢外，彈丸大的雨點已滿空飛下。想起適才所見那巖雖低淺，卻正背著雨勢，可以暫避。匆匆拉了風子，攜了行囊，往大石後面跑去。且喜回身得快，身上還未十分淋濕。那雨又是斜射而下，地形也斜，雨勢雖大，連面前那塊大石都未淋濕，二人立定以後，耳聽風雨交加，樹聲如同濤鳴浪吼，估量暫時不會停止，今晚無處住宿，正在愁煩。風子又取出那面寶鏡往巖縫中亂照，碧光閃閃，黑暗中分外光明。

雲從記得這裡還有一個洞穴，隨著鏡光照處，見滿壁盡是些苔蘚佈滿，並無什麼洞穴。只石縫中生著一大盤古藤，從地面直盤向巖壁之上，枝葉甚是繁茂。風子正用鏡往藤上照，忽然失聲道：「這裡不是一個洞麼？」說罷，將藤掀起半邊，果然巖壁間有一個三四尺大小的洞。那盤古藤恰好將它封蔽嚴密，不揭起，再也看不出來。

風子正要將那盤藤蔓折斷入內，雲從連忙攔阻道：「這盤老藤將洞口封得這樣嚴密，除了蛇蟲而外，平時決無獸類出入。要是裡面能住人的話，留下它，我們睡起來也多一層保護。好好的多年生物，弄斷它則甚？」

風子聞言，便一手持鏡，一手持鐗，挑開半邊藤蔓，側身低頭而入。起初以為那洞穴太低，即使勉強可以住人，也直不起腰來。及至到了洞中一照，裡面竟有一兩丈寬廣，最低處也有丈許高下，足可容人。雖然磊砢不平，卻甚潔淨，並無蟲蛇潛伏形跡。忙請雲從入內，重新仔細看過。在穴口壁角間擇好了一處較平的石地，將行囊攤開，又在石壁背風處點起一支蠟。抱膝坐談了一陣。

雲從覺著口渴，取水罐一搖，卻是空的。風子便要出外取去。雲從道：「外面天黑雨大，忍耐一時吧。」

風子答道：「我自己也有些口渴。反正穿的是件破舊衣服，明日到仙府時，莫非還把這骯髒的衣履都帶進去？」說罷，便將水罐拿起，一手持鏡，掀起藤蔓，走了出去。一會，接了有多半罐雨水進來，口中直喊好大雨，渾身業已濕透。雲從道：「叫你不要去，你偏要去，這是何苦？快把衣服換了吧。」

風子道：「這雨真大。我因它是偏著下，樹葉上的雨又怕不乾淨，特意擇了一個空地，將罐放好，由它自接。我卻站在靠崖沒雨處去，並未在雨中等候，就會淋得這樣濕。」說時，正取衣服要換，猛從藤蔓縫裡望見外面兩道黃光一閃，彷彿與那日在鴉林砦與小妖道何興對敵時所見相似，猛地心中一動。忙朝雲從一搖手，縱過去將靠壁點的那支蠟吹滅，拔出身後鐵鐗，伏身穴口，探聽外面動靜。

雲從知道有警，也忙將劍出鞘，緊持手內，輕悄悄掩到穴口，從藤縫中往外一看，只見兩三道黃光在洞口大石前面不遠盤旋飛舞。因有那塊大石擋住，時隱時現，估不出實在數目，算計來人決不止一兩個，看神氣是在搜尋自己。情知風子適才出外接雨，顯露了點形跡，被人發覺追來。想起那日鴉林砦劍斬何興，事出僥倖。今晚敵人不止一個，又在黑夜風雨之中，事更危險。

喜得敵人尚未發現藤後藏身的洞穴，幾次黃光照向藤上，俱是一晃而過。深恐風子冒昧行事，再三附耳低囑，不俟敵人尋到面前，千萬不可動手。但盼他尋找不著，自動退去才好。待了好一會，那黃光還是不退，只管圍著石前那片矮樹叢中飛轉，起落不定。約有個把時辰過去，忽然同時落到那塊大石上面。

這時風雨已逐漸停歇，黃光斂處，現出兩老一少三個道士，俱都面朝外坐，只能看見背影。中坐的一個道：「我明明看見寶物放光，與雷電爭輝，決不是同道中用的飛劍，怎麼會看不準它隱去的地方，尋了這許多時候，不見一絲蹤影？我想寶物年久通靈，既然顯露形跡，必將離土出世。這裡靠近敵人巢穴，常有敵人在空中來往，不可輕易放過，致被敵人得去。你師徒兩個可在這石上守候，留神四外動靜。那東西出現，必在黎明前後。我回洞去，做完了功課，再帶了你兩個師姪來此，大家合力尋找，好歹尋見了才罷。等寶物到手，法術煉成，交代了許仙姑，再隨你師徒同往鴉林砦，去謀根本大計。」說罷，化道青黃光華破空飛去。

二人在藤後洞穴中一聽那道士說起鴉林砦，猛想起：「來時經過鴉林砦劍斬何興時，曾聽向義說起，那小妖道原是師徒三人。小妖道師父姓尤，在前些日帶了他一個徒弟雲遊未歸，不想卻在此處相遇。只是先說話走去的一個妖道不知是誰？聽妖道說話神氣，分明是風子拿著寶鏡在雷雨中照路，被他發現跟來，錯當作地下蘊藏的寶物，不尋到手絕不干休。雖然人的蹤跡未被發現，但是被這兩個妖道堵在洞內，怎生出去？此時天還未明，或者不致被他尋著。天一明後，先去妖道帶了同黨前來，那時敵人勢力越盛，更難抵敵。自己既然能夠發現這洞，遲早必被敵人搜著，如何是好？」

方在焦急無計，又聽洞外妖道師徒在那裡問答。從談話中聽出那妖道竟是峨嵋派仇人，平素姦淫殘暴，無惡不作。因為受了正派中的疾視，存身不住，路過鴉林砦，見地勢荒僻，苗人愚蠢，便用妖法將苗酋黑犵姥鎮住，打算役使他們，在砦中建立寺廟，以作巢穴。先立下根基，一面攝取童男童女淫樂，暗中祭煉妖法，以備將來尋峨嵋門下報仇。

他這次出來召集黨羽，遇見一個本門姓黎的妖道，受了一個姓許的道姑之託，在姑婆嶺後，正對凝碧崖後飛雷峰頂煉一種邪法，約他前去相助。來此多日，再有六七天，妖法便可煉成。晚間山頂眺望，忽見山下大雷雨中有一道碧光，與雷電爭輝，寶氣直沖霄漢，知是一件異寶。連忙趕來尋了好一會，也未尋見，恐為峨嵋門下路過撿了便宜。意欲天明將左近一帶全行發掘。如再尋不見，便要命同黨在當地輪流搜尋，非得到不走等語。

風子一聽，暗想：「這般耗下去，早晚必被妖道尋見。與其束手待斃，何如趁妖道同黨沒有齊集時，和他一拚，得手便逃，還有生路。以前在鴉林砦斬那小妖道時，全仗手快。

這次添了一人，更須出其不意，方能成功。」主意想好，因與妖道相隔甚近，恐被察覺，便悄悄拉了雲從一下，輕輕移往洞的深處，附耳低聲一說。

雲從先時膽小持重，再三囑咐風子留心謹慎。及至一聽妖道師徒之言，知道生路已絕；再一聽風子主意，雖不穩妥，除此別無法想，只得應允。

風子原恐雲從不肯行險，一聽痛快答應，立時勇氣大增。便將那面鐵鐧斜插身後，試了一試，覺得順手。又和雲從叮囑了幾句，將寶鏡藏在洞壁角裡，走向洞口聽了聽，妖道師徒還在計議鴉林砦建廟之事。便隔著藤蔓喚道：「洞外二位仙人，可容小人出見麼？」

妖道師徒正談得起勁，忽聽巖壁之內有人說話喚他們，不禁吃了一驚。立時縱下石去，回身喝問道：「你是人是怪？從速說了實話，免得真人動手！」

風子答道：「小人姓商，是貴州人，自幼愛武。因在家鄉被一個惡人所逼，逃了出來。聽人說起山裡神仙甚多，想求仙人收為徒弟，學了仙法，回家報仇。一連在山中尋了多少日，也未遇見。前兩天路經此地，看見這林內衝起一道八角形光華，照得滿山綠亮亮的。先以為是妖怪，不敢近前。後來猜是寶貝，近前一找，卻又不見。在這裡已經隱藏了好幾天，雖看出寶貝埋藏的地方，只是無法弄到它。幾次等它自己出來，也沒捉住。適才睡了一覺，醒來聽見仙人在外面說話，小人自知沒福，不配得那寶貝，只求仙人收我做個徒弟，我便將寶貝藏處說出。仙人你看好麼？」

那妖道正是向義所說的尤太真，原是越城嶺黃石洞飛叉真人黎半風的師弟。聞言貪心大熾，便命風子出去相見。風子趁勢將藤折斷，掀過一旁，出洞便向妖道跪倒行禮。妖道命他起來一看，生相雖英武，卻不似學過道法劍術之人，適才那一番話已信了一多半。再一細看風子，骨格奇偉，稟賦甚厚，越更心喜。便命指出藏寶所在。風子立時改口稱了仙師，重又行了拜師之禮。又朝小妖道見了禮。起身指著妖道坐的大石說道：「弟子守了好兩天，才看出寶貝逃去時，總在這石頭底下一晃不見。偏這石頭太重，一個人弄它不動。」

妖道這時利令智昏，見風子滿臉憨厚，信以為真。先指著那小妖道道：「這是你師兄甄慶。你二人站過一旁，待我行法將石移去，看看寶物在地下不曾？」說罷，便站在前，閉目合睛，口中唸唸有詞，將手一指，那重有數萬斤的一塊大石，竟自動移出數丈以外。

風子原意以為誆那妖道師徒與自己一同去推那石，自己再出其不意，照預定暗號，拔鐧將小的一個打死。同時雲從也從洞口伏處躥將出來，給那妖道一劍。不想妖道妖法厲害，不用人力，竟將那大石移開。深悔妖道閉目行法之時，沒有下手，錯過機會。

正在心驚著忙，也是妖道運數將終，移去大石以後，不見寶物痕跡，以為深藏地底，又命風子指出寶物隱跡的所在。風子隨便指了一處。妖道因這種異寶必藏在地下深處，如不先行法封鎖周圍，仍要被它遁走。便命那小妖道和風子站在身前，注視風子指的地方，自己背向山巖，盤膝坐定，二次閉目合睛，口中唸唸有詞，一手指定地面，不一會，便有數十道手指粗細的黑煙直往地下鑽去。

風子一見小妖道也在手指口動，暗忖：「還不下手，等待何時？」心一動念，暗把全身力量運在右臂，將腳輕輕一移，便到了小妖道身後。一聲乾咳，右手剛把身後鐵鐧拔出，朝小妖道頭頂打去。對面妖道忽怪眼一睜，見風子舉鐧照小妖道頭上打去，才知風子不懷好意。大喝一聲：「好孽障！」手一指，一道黃光便飛出手去。那小妖道正在行法，猛聽一聲乾咳，腦後生風，知有人暗算。剛要縱起，被妖道猛地一聲喝罵，以為自己有什麼錯處，微一疏神，風子的鐵鐧業已打到，手快力猛，只一下，便打了個腦漿迸裂，死於非命。

這時風子已看見妖道察覺，黃光迎面飛來，知道不妙。驚慌忙亂中，順手抓起小妖道跌而未倒的屍身，向妖道打去，就勢腳下一墊勁，縱出去有七八丈高遠，準備迎敵。忽見對面黃光影裡，飛起一團東西，落在地上，骨碌碌往山坡下面滾去，定睛一看，妖道屍身業已栽倒。雲從也跟著縱了出來，舉劍直向那道黃光撩去。

妖道一死，飛劍失了駕馭，獨自在空中旋轉，被雲從縱身一撩，噹噹兩聲，墜落地上。拾起一看，上面刻有符籙，與鴉林砦所殺小妖道何興所用相似，只是晶光耀目，劍卻要強得多多。再一搜妖道身畔，在腰間尋著劍匣，還有一個兜囊。倉猝中也顧不得細看內中所藏何物，便將劍和兜囊交給風子帶好。匆匆入洞，取了行囊寶鏡，便要連夜避開險地。

風子忙攔道：「妖道師徒雖死，還有昨晚走那妖道，更比這兩個厲害。他們能用妖法飛行，我們縱走得快些，要被他追來，仍是跑不脫。莫如趁天明還早，將妖道屍身藏過，故意做出妖道瞞心昧己，吞沒寶貝逃走的神氣，以免他跟蹤來追，豈不是好？」

雲從見風子近來一天比一天聰明，簡直不似初見時憨呆光景，連聲稱讚。當下便將妖道師徒的首級和屍身抬起，扔到來時路過的深澗之中。用劍將那有血跡所在的泥土山石全都掘碎混合，又在那原放大石之處掘了一個三四尺深的坑。一切做得差不多，看天上星色，知離天明已不甚久，才藏好寶鏡，背起行囊，忙著往前進發。且喜去路與妖道來路相背，無須繞道，只盼不被他發覺追上，便不妨事。

走了有個把時辰，天色漸明。二人又趕走了一程，沒見後面有什麼動靜，才略微放了點心。因連驚帶累了大半夜，又急走了不少的山路，覺著有些力乏飢渴。再加雨後泥濘，衣服濕污，天明一看，還各濺了不少血跡。便擇了個僻靜地方，先將衣履全換了新的，舊衣履丟掉。然後各人進了些飲食，吃完，打算略微歇息再走。

於是便說起剛才鬥妖人的經過。原來風子在洞穴時和雲從商定，只聽風子在外咳嗽一聲，雲從便從洞中躥出下手。彼時妖道正閉目行法，一聽咳聲有異，睜眼一看，見風子持鐧正要打他徒弟，不禁勃然大怒，大喝一聲，也不顧地下寶物，逕直放出飛劍，要取風子首級。誰知忙中有錯，他大喝一聲，反被他徒弟誤會了意，吃風子打死。妖道急怒攻心，全神注在前面仇人，卻不料後面還伏一個勁敵。雲從從後洞內一個長蛇出洞，衝將出來。

雲從原想一劍從妖道後心刺去。因見妖道黃光業已朝風子飛去，同時又見小妖道從風子身旁飛起，沒看清是風子打出來的屍體，以為風子沒有得手，心一驚，手便慢了些。躥出時走步太急，身子已縱離妖道身後不遠，忙將手中劍改了個推雲逐霧的招式，橫著一劍，反手腕朝妖道頭上揮去。仙傳寶劍何等鋒利，妖道剛覺腦後風生，青光一閃，未及回頭，已經身首異處。雲從一劍得手，就勢一翻左肩，朝右側一個鷂子翻身，縱向前面，劍光過處，將妖道一顆首級挑起十餘丈高下，才行墜落地上。

彼時般般都是湊巧，否則妖道事前稍有警覺，或是二人下手略慢，一個也休想活命。事後談起，雲從還自心驚，互道僥倖。因見風子要取妖道身上得來的兜囊，看看內中何物，雲從忙攔道：「此時雖然敵人未曾發覺追來，未到仙府以前，總以小心為是。如不是你昨晚拿寶鏡照路，那會有這大亂子？快休取出，以免生事。」風子只得停手。

因為仙府將要到達，有許多不要緊之物，便將兩個行囊重新收拾，把日後要用衣服另打了一個包裹，餘者雖仍帶著，準備快到時丟去。妖道那個兜囊，原塞在行囊以內，收拾時兩人都是心忙，被風子無意中掖在腰間，當時俱未覺察，便即上路。默記張三姑姑所說赴仙府後洞的途徑里數，算計當天日落以前，如無阻隔，便可到達仙府。入山越深，景物越發幽靜靈奇，越上越險。

二人見天色晴朗，白雲如帶，時繞山腰，左近群山萬壑，隨時在雲中隱現。加上仙靈咫尺，多日辛苦之餘，眼看完成宿願，越前進，越興高采烈。一路無事，漸漸忘了憂危。誰知樂極生悲，禍患就在前面相俟，二人一些也不自知。經行之路是一條山梁，須要橫越過去。還未走到山樑上面，行經一片森林之內，正要穿林上去，忽聽頭頂上隱隱有破空之聲。二人抬頭從樹隙裡往上一看，日光下似見兩點淡黃星光飛過，一會又飛了回來，來回往復，循環不已，就圍著那山梁一帶飛繞，也不下落。

二人此時見了這般異狀，如果隱身密林中不出，或者不被敵人發覺。偏偏心裡雖覺有些驚奇，腳底下仍忙著前趕，並不停歇。及至走出那片樹林，前行沒有幾步，雲從、風子猛地同時想起昨晚所遇之事，這才疑心到那是仇敵追來，在空中尋覓自己蹤跡。連忙擇地藏身時，空中兩道黃光忽然並在一處，閃了兩閃，在左側面來路飛落下去，轉眼不見，暗幸所料不中。待有半盞茶時，見無動靜，益發放心，便仍往前行走。

剛一越過山梁，下坡之際，忽聽身後天空中又有破空之聲。回頭一望，那光越盛，又添了一道青黃色的，照二人所行方向，疾如電掣流星而來，偏偏山梁這一面盡是斜坡石地，除石縫中疏落落生著一些矮松雜草外，急切間竟尋不著藏身之所。雲從因為隱身無地，來人從高望下，容易觀察，既逃不了來人目光，不如故作從容，相機應付。自己一慌張，豈不反露馬腳？便低聲囑咐風子裝作不知，照常趕路。

風子原本沒有雲從害怕，聞言答道：「是福不是禍，是禍躲不過。左右已給他看見，怕他怎的?」

正說之間,已有兩道黃光追出二人前面丈許遠近落下,現出兩個道童打扮的少年。內中一個較為年長的,一落地便迎頭攔上來問道:「你二人往何方去?是做什麼的?」言還未了,後面那一個已插口大喝道:「師兄,你還問什麼?這小黑鬼身畔帶的不是尤師叔的法寶囊麼?還不捉了他去見師父?」

風子先時一見兩道童攔路問話,已料來意不善,早伸手暗握昨晚所得那口寶劍的柄,準備先用話去支吾,略有不對,仍是給他來個先下手為強。一聽身帶兜囊被後面道童看出是昨晚妖道之物,知道行藏敗露,除了一拚,無可避免。不等後面道童把話說完,暗朝雲從遞了一個眼色,也不出聲,倏地左肩一擺,甩下身背行囊,就勢左手先拔身背鐵鐧,一個箭步縱上前去,照準頭一個道童當頭就是一鐧。

這回對敵的事,不比先前兩次,均出敵人之意,那道童能力又遠在鴉林砦所遇小妖道何興之上,哪裡能打得上。那道童見風子一鐧打到,口裡罵得一聲:「孽障!」腳一點,往上縱起,右手掐訣,口裡唸咒,伸出左手正要往腰間寶劍拍去,飛將起來傷人。卻不料風子早打好雙料主意,左手鐧打出去,右手仍還緊握身後斜插著的劍柄。見敵人身法甚快,躲過迎頭那一鐧,忙將右手一用力,順著身後寶劍出匣之勢,身往左一側,一反腕,使了一個分花拂柳的招數,劍尖從左側下面向上撩起。跟著再變了個猿公獻果的招數,就著敵人往側縱避之勢，連肩削去。

那道童萬沒料到敵人右手上還持有一柄劍，身手又是那般快法，喊聲：「不好！」連忙縮肩收臂，往後平倒，打算避過劍鋒，再放飛劍出來。只覺右手尖一涼，右手已被風子的劍撩著一點，割落了兩個半指頭，頓時便疼痛起來。風子還待趕上前去動手，忽見黃光一閃，後面那個道童已將飛劍放出，快到頭上，不敢怠慢，忙將峨嵋劍法施展出來。一個空中，一個地下，爭鬥不休。所幸敵人劍術不高，還未煉到身劍合一地步，偏巧風子昨晚又得了那口好劍，若單是那柄鐵鐧，命早完了。

當下風子單和第一個道童交手，兩下動作俱都疾如飇風。雲從見風子使眼色，知要發動，剛將劍拔出，風子已和來人交手。及至頭一個道童受傷退下，後一個道童恨得咬牙切齒，腳一站定，便將飛劍放起助戰。正遇雲從飛身趕到，迎個正著，廝殺起來。

這兩個道童出身旁門，入門不久，雖然劍術不高，卻學會了一身妖術邪法。因恨風子切骨，一見敵人不會飛劍，僅各人一道劍光，已將敵人連人帶劍絆住，正好施為，用法術取勝。想是二人命不該絕，兩個道童剛互道得一聲：「這兩個孽障可惡已極！我們用法寶法術將他們捉住，碎屍萬段，給師叔師弟們報仇！」

雲從一聽，心中方在著忙，忽聽側面山坡上有一人說道：「徒兒們，不可如此。這兩個孽障頗有幾分資質，如肯乖乖投降，拜在為師門下，相隨回轉仙門修道，我便不咎既往。

否則你們可憑真實本領，將他們心服口服地擒住，帶回洞去，從重發落，與你們師叔報仇。」這幾句話一說，兩個道童便知師父起了愛才之意，暗示生擒，不准傷害。雖然懷恨不願，怎敢違拗，只得指著二人怒罵道：「我們要殺你二孽障，不費吹灰之力。偏我師父黎真人見你二人有點資質，如肯投降，拜真人為師，便饒你二人不死，否則仍要將你二人碎屍萬段。快快回話，以免自誤！」

雲從、風子與空中兩道黃光鬥得正酣，一聽有人發話，是那兩道童的師父。百忙中偷眼往山坡上面一看，一塊山石上還坐著一個黃衣草履的道人，頭戴九梁道冠，斜插著好幾柄小叉。怪不得適才明明看見空中三道黃光，怎地只有兩人落下。那道人在匆忙中看去，彷彿面相異常醜惡，說話口音正與昨晚先走那一個妖道相同。兩個徒弟已經那樣厲害，妖道本領不問可知。自己是仙人門下，怎肯屈身於左道妖邪？

雲從又想起張三姑姑所傳仙示，雖然有險，並無大礙。在緊急之時，定和野騾嶺被萬千群獸圍困，忽然來了救星一樣。既然妖道起了愛才之意，不准徒弟用邪法暗地傷人，正可多支持一刻，以待救星。故聞言並不答話，只是一味苦鬥。

那風子自從這次隨雲從同赴峨嵋，逐處都能以運用機智化險為夷，偏在這時動了呆氣，聞言竟自一面動手，口中大罵道：「你兩個小太爺，俱是凝碧崖太元洞峨嵋派仙長醉真人的門下，豈能做你妖道邪魔的徒弟？你們會妖法，小太爺還會仙法呢！你師徒三個快快放小太爺走路便罷，不然，少時我師父師伯叔們仙人多著呢，看你小太爺老不回去，駕雲尋來，將你們老少三個妖道捉回山去，那才要千刀萬剮，給天下人除害呢。」

風子一面說著狂話，一面又在那裡暗打主意。他初動手時，原是劍、鐧並用。及至敵人劍光飛出，知道鐵鐧挨上去便斷，人手中所持的劍和空中飛劍相爭，即使峨嵋心法也覺費力，稍一疏忽，便有性命之憂。急切間應敵還來不及，哪裡勻得出工夫再用鐵鐧？拿在手上不但無用，反倒多了一些累贅；就此扔落地上，又恐為敵人得去可惜。正沒個主意。暗想：「自己一方只有二人，敵人卻是三個，最厲害的一個還未動手。擒賊須要擒王，何不照顧了他？」

主意打好，正值手中劍與黃光絞了兩下，照先前本該風子朝側縱開，以備緩一緩氣，敵人也指揮著黃光隨著追去，再行動手。這次風子卻拚冒奇險，不但不往側後避縱，反而出其不意，就在兩下裡一格一絞之間，倏地將劍一抽，埋頭劍下，護住頭頂，用盡全身之力，腳下一墊勁，朝前面山坡妖道坐處平縱出去有十來丈遠近，真是其疾如射。腳方落地，後面道童也指揮著黃光追來。風子先不下手，一回身，先迎著敵人飛劍，又一招架格絞，二次又往回路縱去。就這一往復，業已覷好準頭，乘那間不容髮的一點空隙，猛地偏頭回身，撒手飛鐧朝妖道頭上打去。

這一絕招使得也真太險，落地縱回之時，不比第一次乘人不防，又一撒手飛鐧，未免略微遲延。先聽鏘鋃一聲響過，也不知打中妖道沒有。身才落地，還未站穩，便聽耳根有金刃劈風之聲，黃光從腦後照來，敵人飛劍距離頭頸僅只數寸。

風子喊聲：「不好！」忙舉劍尖舞起一個劍花，就地一滾，準備使一個「乳貓戲蝶」的解數避過。耳旁猛又聽一聲大喝：「徒兒們！」

那道童見敵人倒地，心中大喜，正要指揮劍光下落，忽聽師父喝喚，還以為師父不准傷害敵人，劍光略停。風子已舉劍斜護面門，腳跟著地，一個「鯉魚打挺」，斜縱出去，躲過奇險。

原來那妖道先聽風子怒罵，已是著惱。又聽風子說起師父是醉道人，猛想起只顧收服兩個好徒弟，忘了這裡離峨嵋巢穴不遠，倘如首腦人物尋來，人被救去無妨，萬一被敵人看破機密，豈不前功盡棄，白費連日心血？偏又愛惜這兩人資質實在不差，縱不肯降順門下，生擒回去，作異日報仇煉寶時主要生魂也是妙事。方在委決不定，不想風子竟會從奇危絕險中撒手一鐧打來。

妖道縱不是旁門高手，也非平常之輩，這一鐧何能打中。妖道見兩個敵人竟能在步下與飛劍相持了好一會，身手矯捷，疾勝猿猱，一路縱奔跳躍，兩個徒弟一點也未佔著便宜，尤以風子更為靈活。剛讚得一聲：「峨嵋劍法真是不凡，連兩個初入門的小輩已是如此。」忽見敵人縱起時猛一偏頭，手揚處打起一樣東西。

妖道暗罵：「好孽障！死在臨頭，還敢暗箭傷人。」將身一側，便已讓過。風子力量本大，那鐧又沉，用的更是十二成的足勁，鐧雖未打中妖道，卻打中妖道身後一根二尺粗細、七尺來高、上豐下銳的石筍上面。只聽卡嚓一聲，火星飛濺，那根石筍齊腰折斷，倒將下來，正落在妖道的背上。

妖道原是兩手交叉，箕踞而坐。鐧飛來時，知是一件尋常兵刃暗器，懶得用手去接，一時大意，隨便將身一側。卻不料身後還有這根石筍，碎石火星先飛濺了一頭，接著那大石筍倒下把妖道後心打了一個正準。若換常人怕不筋斷骨折，滿口噴血而死。就饒妖道一身本領法術，也因輕敵太甚，疏於防護，雖未受著重傷，也打得脊樑發燒，心裡怦怦亂跳。

這一來，將妖道滿腔怒火勾動，忙怒喝道：「徒兒們！快下手將這兩個孽障擒回山去祭煉法寶，只暫時休傷他們的性命。」

活該風子命不該絕，妖道偏在此時一喊徒兒，那道童以為不許下手傷他，略一遲延，風子已從飛劍底下逃了活命。不提。

那妖道師徒三人來歷，且在此抽空一敘。

那妖道乃是越城嶺黃石洞飛叉真人黎半風，前文業已表過。出身旁門，早年作惡無算。近數十年因受一個能人警戒，本已杜門不出。不料徒弟惹禍，新近在羅浮吃了武當派中人的大虧，又將他袒護的愛徒殺死。知道勢孤力薄，本領又不如人，本想投奔北海陷空老祖那裡，借他煉了法寶報仇。偏巧在福建武夷山頂，路遇萬妙仙姑許飛娘，說起三次峨嵋門劍之事，內中有兩個陰人與她為難。意欲尋一個多年不露面，不為峨嵋派中人注目的人，潛往峨嵋後山，祭煉一種邪法，以備事先將那兩個陰人引來除去。意欲煩他前往，就便約他歸入五台一派。

黎半風一問那兩個陰人，正是天狐寶相夫人的二女秦紫玲姊妹，所行的法又是先破去二女元陰。既可藉此結納許飛娘和許多異派中的能手，又可滿足色慾，還能得一件旁門異寶。當時攬了下來，接過許飛娘的寶旛靈符，傳了煉法，便悄悄帶了兩個徒弟往峨嵋後山姑婆嶺飛娘所指之處進發。好在深知峨嵋派素來與人為善，不咎既往，只要自己不露出為仇痕跡和在外胡為，煉法之處又深藏地底，有符封鎖，除非先知底細，決難為人發現。即使遇見峨嵋派中人，也可和他明說自己因愛峨嵋靈秀，隱居修煉，也不致受人干涉。

師徒三人到了地頭，便每日天明，照傳授之法施為起來。到底作賊膽虛，知道自己兩個新收的門徒本領不濟，不能勝瞭望之責，事雖隱密，還恐有敵人中的高手尋來為難。想尋一個同黨，以便自己行法時在山頂瞭望，一遇有警，一個暗號，立時可將法收起，敵人尋來也不怕，豈非萬全？怎奈自己多年不曾出世，所有當年同惡，因受各正派逼迫傷害，大都或死或逃，不通音問，急切間尋不著人。起初又忘了請飛娘代約，只好仍命兩個徒弟勉為其難，小心行事。

這日忽然靜極思動，到峨嵋城內尋一酒家小飲，冤家路狹，下山一露面，便遇見矮叟朱梅、醉道人和元敬大師三個。心裡一慌，剛暗道一聲：「晦氣！敗了興致。」本想回山，又知這三人靈警無比，恐啟人疑，故意裝作不見，仍在城中買醉，吃了一頓堵心酒。

回山時節，忽然遇見多年不見的一個小師弟，便是那姓尤的妖道。說起也因避跡多年，靜極思動，無心中在鴉林砦苗民群裡發現一個好所在，地甚隱僻，還可以役使苗人建造宮觀，以為立足之地。苗疆僻遠，足可盡情快樂。已約好一個姓門的同黨，在野騾嶺煉迷魂丹，丹成便即前往赴約。此次帶了一個心愛徒弟到成都去尋工匠，路遇許飛娘，說起煉法之事，約他前來相助等語。黎半風聞言，正合心意。先還留神矮叟等人，數日不見有什動靜，好在添了助手，可以聞警即行防備，也就略微放心。

雲從、風子避雨那一晚，原本滿天星月，兩個妖道各帶愛徒在山頭對酌，裝那閒散逍遙神氣。忽見風子手持的寶鏡光華，上燭重霄，看出不是曾經修道人祭煉過之物。以為寶物出土，連忙追蹤一尋，並未尋著。黎半風忙著煉法，又不捨那寶物，防為外人得去。貪心一萌，以為只此一晚無人瞭望，哪有這巧就出事？便留下妖道師徒搜尋，自己回山煉法。

天明事完，趕來一看，昨晚所坐大石已經移開，巖壁間現一洞穴，妖道師徒蹤跡不見。看出那大石是本門妖法所移，起初也為風子所佈疑陣所惑，疑心妖道師徒吞沒異寶逃走，勃然大怒，罵不絕口。偏他兩個徒弟一名晁敏，一名柏直，均甚機智。晁敏說：「尤師叔雖是多年不見，他人單勢孤，正想這裡事完，約師父同去創立基業。又說了他許多機密和鴉林砦根本之地，如若吞寶逃走，豈不怕我師徒尋去？」

妖道先還不信，以為要是真是件奇珍異寶，豈還不捨一個將要創業的地方？後來柏直忽然拾著一個法寶囊，裡面裝的丹藥和一些煉而未成的法寶，認出是小妖道之物，上面還染有血跡。再把地上掘動過的地方一察看，竟無處不有血跡。先還當是遇見峨嵋方面敵人，後來跟著泥中腳印，又在附近山澗中尋著妖道師徒屍身首級一看，一個雖似飛劍所傷，而小妖道頭破腦裂，分明是尋常人用的兵器。妖道師徒怎會死在平常人手內，好生不解。因屍首未用丹藥化去，已知不是峨嵋門下所為。

黎半風素來心冷，見妖道已死，所煉妖法已快完功，當地鄰近敵人巢穴，不願再去生事，也就罷了。偏兩個小妖道因既斷定那傷處是平常兵器所傷，必是山中潛伏的盜賊乘其無備下手暗害，否則何必移屍滅跡？且地下現有凡人腳印，是個明證。不代報仇，說不過去，執意要去搜查。

妖道到底心還惦著寶物，也未攔阻。只囑咐不要飛離太遠，以防遇見敵人，只可在附近尋找。如有可疑之人，急速先與自己送信，拿穩下手。囑罷，便自先回。

兩個小妖道以為常人決不會走遠，又值雨後，一路腳印鮮明，更易查訪，一心以為必在近處潛伏。卻沒料到風子、雲從走路本快，又是心急奔逃，早跑出老遠。那雨又只下了半邊山，有的地方並沒點雨。兩個小妖道尋了好一會，忽然不見腳印。兩人一商量，便駕劍光飛身空中，盤旋下觀。尋沒多時，便發現雲從、風子二人蹤跡，回去向黎半風報信。

黎半風因姑婆嶺後山麓雲林岡一帶，已離凝碧崖不遠，知道峨嵋不久開闢五府，常有敵派高人經過，本不敢前往生事，偏又捨不得昨晚所見的寶物。便囑咐兩個徒弟，去時不可造次，務要見機行事，問明了那人的來蹤去跡，昨晚是否殺人，再行下手。自己在後，暗中接應，暫不露面，以防遇見峨嵋敵人時，好措詞答話。

誰知晁、柏二人俱是少年喜事，報仇心切。對面商風子更是急性。晁敏還沒問明敵人來歷，柏直在後面一眼看到風子兜囊，才出聲一喊，兩個便跟著動起手來。黎半風原是隱身在側，相隔甚近，首先發覺風子身旁暗藏有寶。再一細看二人資稟，竟勝過自己徒弟好幾倍。默察來蹤去跡，料知是峨嵋門下新收弟子，既愛其寶，又愛其人，滿想兩得。肯甘心歸順自己門下，固然是好，不然生擒回去，日後也有好大用處，所以始終未下毒手，欺著敵人不會飛劍，由晁、柏二人去將他制服。

不料峨嵋劍法竟是神奇非常，兩下爭鬥了一陣，並無勝負。同時晁敏的飛劍比著雲從手中那口霜鐔劍還有相形見絀之勢。恐耽延下去，被峨嵋派中能人走來，遇上不便。正想行使妖法，忽被風子撒手一飛鐧，因為輕敵太甚，猝不及防，鐧雖沒有打中，卻被身後斷石碎塊連壓帶激濺，脊背頭面連挨了好幾下，怎不怒發如雷。口中唸唸有詞，將手往前一指，頭上便飛起九道黃光，光中裹著九根飛叉，直往雲從、風子頭上飛去。

雲從、風子用步法迎敵空中飛劍，本已吃力，哪裡還經得起這麼多的飛叉，沒有兩個照面，已受了好幾處傷。所幸妖道心還未死，打算逼著二人投降，未下絕情，才得暫延殘喘。二人被空中飛叉、飛劍圍繞，耳聽妖道師徒齊聲喊著：「肯降便活！」正在死命支持，危急萬分，忽見眼前又是兩道青黃光華一亮，閃出兩個道裝矮子。以為敵人又加添了幫手，剛自驚惶，猛聽雙方喝罵之聲，又一眼瞥見空中黃光分開大半，與來人青黃光華鬥在一起，才知是友非敵。正暗想那光華之色不對，猛覺眼前一黑，傷處疼痛，便即暈倒在地。

那來人是米、劉二矮，因從卦象上看出本門有人在中途遇難，便向英瓊討命，前去接應。一到便認出雲從、風子的峨嵋劍法，被飛叉真人黎半風困住，連忙上前救應。交手不多一會，雲從、風子已經受傷倒地。

那黎半風初見二矮飛來，以為同黨。及見他們一到，竟相助敵人，同敵自己飛叉，不禁勃然大怒，手指處又發出兩套飛叉，同時便要施展妖法取勝。

那米、劉二人自知不是妖道敵手，見雲從、風子倒地，本想上前搶了，借遁光地行逃回山去，偏偏敵人飛叉如驟雨一般打來，應付尚且不暇，怎能救人？眼看黎半風招呼兩個小妖道，要將雲從、風子擒走，忽聽空中一聲鵰鳴，接著便見兩道光華一齊飛來。定睛一看，來者正是神鵰，鵰背上坐著袁星。一到便直入黃光叢裡，長臂起處，那兩柄長劍的光華便如神龍離海，青虹貫日一般，上下翻飛，疾如閃電。

黎半風一見這厲害的鵰、猿，知道尋常妖法決難取勝，便從身上取出一面小旛，方要招展，忽然身側有人喝道：「大膽妖孽，敢在此間放肆！」言還未了，從斜刺裡一道金光比電閃還疾，直往黎半風手上那面妖旛飛去。

黎半風聞聲注視，早看出來人是誰，嚇了個魂飛膽落，連忙回身逃走，只怕不及。金光過處，黑煙飛揚，黎半風手上妖旛折為兩段。還算妖道見機得快，沒有受傷。二矮、袁星見來人是個中年女尼，知是本門前輩，上前拜見，一問法號，正是元敬大師。

原來黎半風受了萬妙仙姑許飛娘的蠱惑，師徒三人來到姑婆嶺後山行法，準備異日三次峨嵋鬥劍，暗害秦紫玲姊妹。自以為多年不曾出世，又和峨嵋派無什仇怨，佈置下手均極嚴密，人不知，鬼不覺，事完自去，等到兩下裡對敵時節，再來發動。不曾想妙一真人早已防到敵人的各種陰謀，預先派了醉道人和元敬大師巡視全山，探察一切。

黎半風到的第一日，便被醉道人在暗中看出他的行跡詭祕，當時本要下手除害，元敬大師卻主張從緩。一則黎半風洗手多年，新惡未著；二則敵人一計不成，定生二計。不如欲取姑與，聽他施為，暗中將他的虛實探明，預先想下防禦之策，到時再將妖法破去，以挫敵人銳氣。

當下議定，每值黎半風行法之際，便由元敬大師用玄門隱遁，另由別的地方穿入地底，察探細情。幾天過去，知道敵人是借了鳩盤婆的攝心鈴和一道魔符，煉那因意入竅小乘魔法。雖然厲害，只要在事前知道底細，凝碧仙府仍有克制之寶，不足為害，越更放心。

這日路遇矮叟朱梅，特意在黎半風面前現身示警，黎半風仍是無所覺察。雲從、風子無心中顯露寶鏡，計殺妖道師徒，醉道人和元敬大師俱已看在眼裡。後來黎半風師徒追去，本要上前救援，猛想起妖道空巢而出，正好趁此時機暗入地底，先將那攝心鈴破去，減去異日妖法許多阻力。那攝心鈴也是魔教中一件至寶，破時又要保存原來形式，不使敵人看出形跡，甚是費手。

元敬大師和醉道人到了黎半風行法的地方，各運玄功將飛劍煉到細如遊絲，穿入鈴孔，將鈴中一粒晶丸磨去，換了元敬大師小半截髮簪，施了法術，使它照樣發聲。算計那鈴輕易不會振動，不到動手時節，不致被敵人看破，才趕出來，去救雲從、風子。

元敬大師剛一露面，便將黎半風嚇退。那兩個道童見勢不佳，也各用妖法遁走。鵰、猿、二矮還要追趕，被元敬攔住。給雲從、風子服了點丹藥，吩咐送回仙府，仍會合醉道人前去行事。不提。

那黎半風逃回山去，不多一會，兩個道童也一同逃了回來，一問敵人，並未隨後追趕。先疑蹤跡敗露，存身不得，好生後悔。想要離去姑婆嶺，又因所煉妖法只有兩夜便要功行圓滿，又覺可惜。想了想，敵人既未追來，想是逃走得快，藏身之處又在地底，所以未被發覺。還是冒一點險，多加小心，將法煉成之後，再行離去為是。師徒三人便在地底潛伏了三日兩夜，剛將一套魔法煉完，便相率出了地底。仍由兩個道童瞭望，悄悄用邪法將行法之處封閉，離開峨嵋，去尋許飛娘覆命。那攝心鈴、因意入竅魔法，三次峨嵋鬥劍時自有交代。

請續看《蜀山劍俠傳》八　難為比翼

風雲武俠經典

# 蜀山劍俠傳【第一部】7 多情成孽

作者：還珠樓主
發行人：陳曉林
出版所：風雲時代出版股份有限公司
地址：10576台北市民生東路五段178號7樓之3
電話：(02) 2756-0949
傳真：(02) 2765-3799
執行主編：劉宇青
美術設計：吳宗潔
業務總監：張瑋鳳

出版日期：2025年9月
ISBN：978-626-7510-78-0
風雲書網：http://www.eastbooks.com.tw
官方部落格：http://eastbooks.pixnet.net/blog
Facebook：http://www.facebook.com/h7560949
E-mail：h7560949@ms15.hinet.net
劃撥帳號：12043291
戶名：風雲時代出版股份有限公司

風雲發行所：33373桃園市龜山區公西村2鄰復興街304巷96號
電話：(03) 318-1378
傳真：(03) 318-1378
法律顧問：永然法律事務所 李永然律師
北辰著作權事務所 蕭雄淋律師

行政院新聞局局版台業字第3595號 營利事業統一編號22759935


定價：340元



國家圖書館出版品預行編目資料

蜀山劍俠傳. 第一部 / 還珠樓主作. -- 臺北市：風雲時代出版股份有限公司, 2025.09
冊； 公分

ISBN 978-626-7510-78-0 (第7冊：平裝). --

857.9 114002681